組織の宿敵と結婚したら
めちゃ甘い
It's so sweet when
I marry my organization's nemesis.
有象利路　illust 林けゐ

「あなたが現れる度に、
わたしも
出なくちゃならないのって、
本当に面倒」
十年前

「同感だ。
お前が動けば、都度
おれも出張ることになる。
嫌気が差す円環《サイクル》だな」
二人の交戦《であい》は偶然ではなく。
そしてこの《落とし羽》を巡る
闘争が在る限り、永劫に——

現在

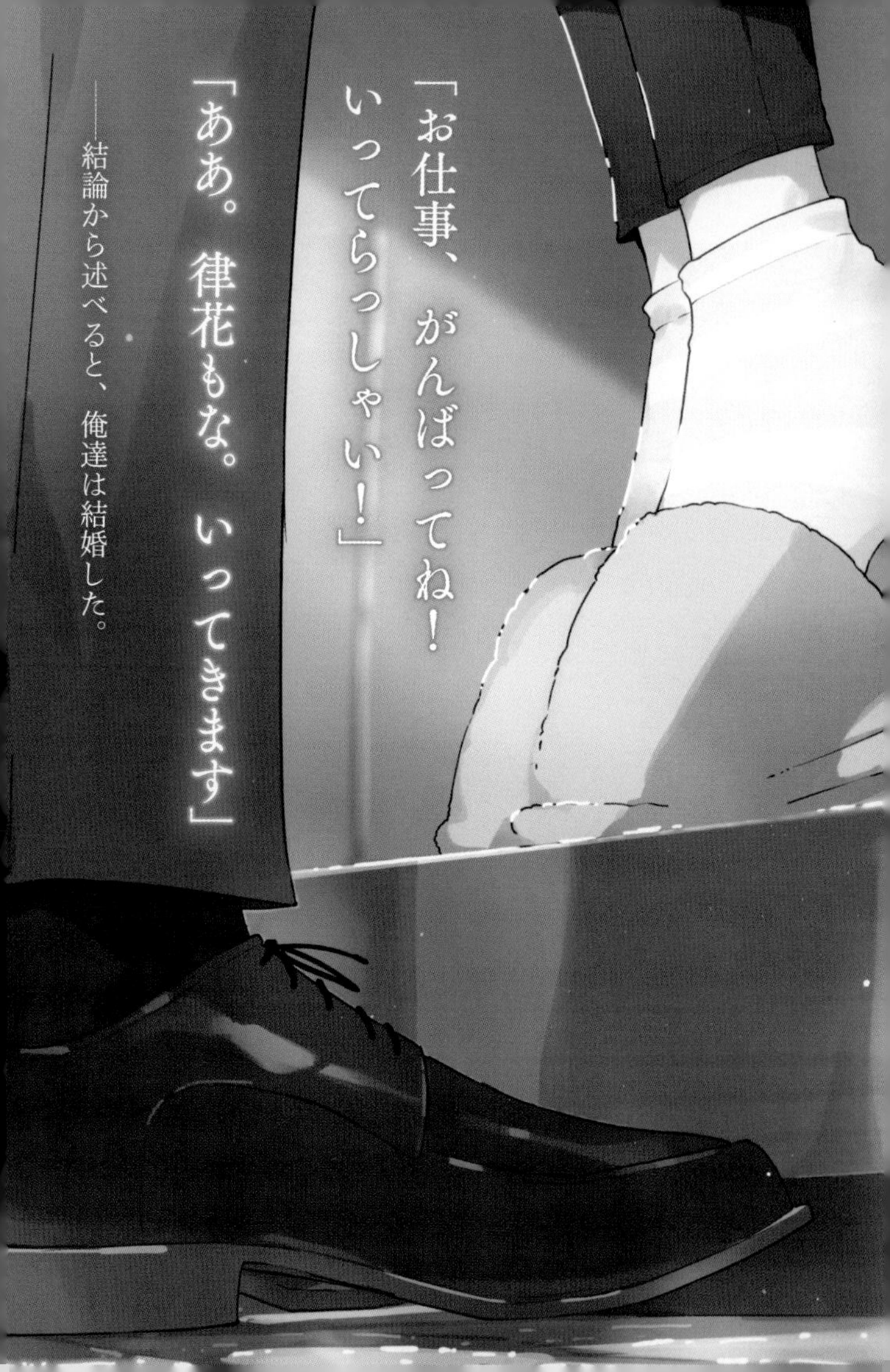
「お仕事、がんばってね！
いってらっしゃい！」
「ああ。律花もな。いってきます」
――結論から述べると、俺達は結婚した。

犀川《さいがわ》 律花《りつか》（24歳）

冷気を操る
最強クラスの異能力者。
狼士とは敵対する仲だったが、
紆余曲折あって結婚することに。
旧姓は柳良《なぎら》。

生駒《いこま》 兎子《とうこ》（21歳）

狼士が現在勤める
玩具メーカーの後輩社員。
気配り上手で仕事も優秀。
狼士を慕っている。

犀川《さいがわ》 狼士《ろうし》（26歳）

かつては志々馬機関と
呼ばれる組織に
所属していた戦闘員。
現在はしがないサラリーマン。
愛妻家。

柳良《なぎら》 虎地《とらじ》 (29歳)

律花の実兄。粘土を変形させて操る能力者だったが、現在はクレイ・アニメーション作家として成功を収める。重度のシスコン。

部長

狼士にとって
過去は上官、現在は上司。
両親のいない狼士を
拾い上げて育てた、
厳しくも優しい
父親のような存在。

獅子鞍《ししくら》 健剛《けんご》 (28歳)

身体を硬化させる能力者で、
肉弾戦特化の戦闘員。
過去狼士とともにタッグを組んで
暴れまわった、豪快で気の良い兄貴分。

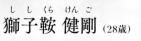

Contents

It's so sweet
when I marry my organization's nemesis.

にゃん吉 (♀)

猫種はボンベイ。
保護動物譲渡会で
犀川夫妻と出会い、飼い猫となる。
なぜか狼士とだけ会話が可能。

組織の宿敵と結婚したら
めちゃ甘い

It's so sweet when
I marry my organization's nemesis.

有象利路　illust 林けゐ

組織の宿敵と結婚したらめちゃ甘い

『《落とし羽》の反応は近い。回収を急げ、《羽根狩り》』

「──了解」

月暈《つきがさ》の冴《さ》える淡い宵闇を、黒き獣が駆け抜ける。

《羽根狩り》と通信手《オペレーター》に呼ばれたその獣は、身に纏《まと》う黒衣を夜風にはためかせ、ビルからビルへと一足で飛び移ってゆく。

ヘッドライトとネオンの輝く雑多な街の喧騒《けんそう》は、人々から夜空を見上げることなど忘れさせた。故に、人間が異様な身のこなしで摩天楼の合間を舞うなど想像の埒外《らちがい》のことである。仮に目にしたところで、甘い都会へ紛れ込んだ蝙蝠《こうもり》の一匹ぐらいにしか思うまい。

「こちら《羽根狩り》。《落とし羽》を発見した」

『至急回収し、帰投しろ。周囲に敵影はない』

どこかの大型ビルのヘリポートで、それは不自然に存在していた。

大型の鳥類から抜け落ちた黒い風切り羽。見た目だけならば素直にそう喩《たと》えられる。しかし、その羽根は独《ひと》りでに淡く発光しており、何よりその場でふわりと浮かんでいた。

屋上は全面消灯されており、月光以外の光源はなく、吹《ふ》き荒《すさ》ぶビル風は羽根の一枚など軽く流してしまうにも拘《かか》わらずだ。

多少知恵の回る者ならば、この羽根が異様なモノであることをすぐに察する。この世に在りながら、しかしどこか全てを隔絶したかのような、ただ羽根の形を取っているだけの何か。

《羽根狩り》の役目は、文字通りこの羽根──《濡羽の聖女》《ぬれは》の《落とし羽》を回収することにある。

静かに、《羽根狩り》はそれへと近付く。ごうごうと耳に煩わしい風の音が、どういうわけか羽根へ近付くほどに消え去ってゆく。音が、この羽根に吸い込まれているのか。

手を伸ばしたその時──月暈《つきがさ》が、一際《ひときわ》冴えた。

「ッ！」

瞬間的に踵《かかと》へ力を込め、大きく後方へと跳ぶ。地を蹴る衝撃でコンクリートが爆《は》ぜた。

同時、数瞬前まで《羽根狩り》が在った地点に、幾つもの刃が突き刺さる。刃は月光を受けて煌々《こうこう》と輝き、薄靄《うすもや》を放つ。これらは金属で出来たものではない。氷で作られたものだ。

殺気を針と称するならば、《羽根狩り》の全身は今まさに滅多刺しとなっている。この氷刃《ひょうじん》を放ったのがどこの誰なのか、《羽根狩り》はとっくに周知していた。

「敵影はない、か。冗談のつもりだったのか？」

『……訂正しよう。たった今こちらも捕捉した。《組織》《ロッド》の《白魔》《ハクマ》だな？』

「ああ。いつものだ──通信を切る」

インカムの電源を落とす《羽根狩り》だが、目線だけは一箇所に固定している。

長い銀髪が、荒れる風で意思を持ったかのように靡《なび》く。

ビルの縁《ふち》に立ち、月を背にしてこちらを見据える赤い双眸《そうぼう》──《白魔》《ハクマ》。

自分達《志々馬《しじま》機関》と敵対する《組織《ロッド》》の一員にして、《組織《ロッド》》が抱える最強の異能力者。

「《羽根狩り》――……ここで退くのなら、見逃してあげる」

涼やかな声音だった。それもそうだろう、《組織《ロッド》》の白を基調とした戦衣に身を包む《白魔《ハクマ》》だが、その見た目は《羽根狩り》よりも歳下《としした》の少女である。

そして、《羽根狩り》と《白魔《ハクマ》》は、何もこれが初顔合わせというわけではない。《落とし羽》を巡る抗争の中で、幾度となく交戦経験があった。

「それでおれが退くと思うのなら、知能が皆無に等しいな」

「格下相手に情けを掛けてあげていることに気付かないの？」

面罵し合うのは、別段口喧嘩《くちげんか》したいわけではない。互いの出方を探っているだけだ。

しかし、格下と見られたことに《羽根狩り》は内心少し苛立《いらだ》つ。

事実ではある。《白魔《ハクマ》》は《濡羽《ぬれは》の聖女》より異能力――《祝福《ブレス》》――を授けられた、自分達が呼ぶ所の異能力者、通称《痣持ち《ブルーズ》》である。一方で、《羽根狩り》にはそれがない。

即《すなわ》ち、《祝福《ブレス》》を持たない、ただの人間。対するは、氷雪を自在に操る異能力者。

およそ真正面からやり合って勝てる相手ではないが、《羽根狩り》は口角を吊《つ》り上《あ》げた。

「あまりの温情に涙が出そうだ。《痣持ち《ブルーズ》》様は随分と傲慢らしい」

「……《機関》のその呼び方、好きじゃない。わたし達は《祝福者《アクター》》よ」

「意味は同じ――だッ」

《白魔《ハクマ》》が苦々しげに訂正するのを見るや否《いな》や、《羽根狩り》は腰部《ようぶ》右側部に装着したガンホルスターより、銃を抜き放つと同時に発砲する。

狙い過《あやま》たず、確実に《白魔《ハクマ》》の急所を撃ち抜くはずの弾丸は、だが銃声が響いた時には既に、空薬莢《からやっきょう》よりも速く地面へと転がっていた。

（飛礫《つぶて》による自動迎撃――）

《白魔《ハクマ》》が目で見て弾丸を撃ち落としたわけではない。ただ、彼女に迫る脅威を、その異能が自動で認識し、銃弾と同程度の形状・硬度の氷飛礫《つぶて》を撃ち出して迎撃したのだ。

「相変わらず、対話の出来ない人ね。まあ、構わないけれど」

溜《た》め息《いき》交じりに《白魔《ハクマ》》も己の腰部《ようぶ》に手を伸ばす。ゆったりとした所作に反し、攻め入る隙はない。そうして、すらりと伸びる白刃《はくじん》を構えた。

彼女の腰に提げられている得物は、日本刀。銃を持つ《羽根狩り》とは対照的だった。

「どうせ、最後に立っている方が《落とし羽》を手にするだけだから――」

地を蹴り、宙に舞う《白魔《ハクマ》》は、空を滑る。比喩表現ではない。宙空に作り出した氷のレーンに導かれるようにして、常人では一切再現不可能な軌道を以《もっ》て《羽根狩り》に迫る。

天より雨粒が一滴落ちるかの如《ごと》く、《白魔《ハクマ》》の振るう一刀は静かだった。

――異能力、《祝福《ブレス》》。それを持つ者に共通する特徴の一つとして、『身体《からだ》のどこかに羽根のような痣《あざ》が現れる』、というものがある。

《志々馬機関《しじま》》の者はこれを以《もっ》て異能力者を《痣持ち《ブルーズ》》と呼んだ。

他方、《組織《ロッド》》の者はこれを以《もっ》て異能力者を《祝福者《アクター》》と呼んだ。

「……！　腕の一本ぐらいは持っていけたと思ったのに」

《白魔《ハクマ》》が瞠目《どうもく》する。己の一刀を、この《羽根狩り》は最小限の動きで躱《かわ》した。

「一発ぐらいは当たれ、畜生」

《羽根狩り》は歯噛《はが》みする。至近距離で放った銃弾ですら全て撃ち落とされている。

共通する特徴ではなく認識として、《祝福《ブレス》》を持つ者は持たざる者に比して、その戦闘力に三倍の開きがある、とされる。《祝福《ブレス》》持ちを相手にするならば、無能力者は最低でも三人居なければ話にならない。無論、無能力者側に十全な準備と装備を前提とした上で、だ。

故にこそ、《羽根狩り》とは――《落とし羽》を拾い集める為《ため》に付いた名、ではない。

「あなたが現れる度に、わたしも出なくちゃならないのって、本当に面倒」

「同感だ。お前が動けば、都度おれも出張ることになる。嫌気が差す円環《サイクル》だな」

単独で《痣持ち》を撃破可能な無能力者。

《白魔《ハクマ》》が《組織《ロッド》》の抱える最強の異能力者とするならば、彼は《志々馬機関《しじま》》が擁する最強の無能力者――即《すなわ》ち、異能力者狩《は》りである。

《白魔《ハクマ》》を止められるのは《羽根狩り》だけ。

《羽根狩り》を止められるのもまた、《白魔《ハクマ》》だけ。

「じゃあ素直に斬られてくれる？　そうすれば二度と会わなくて済むから」

「二度同じことを言わせるなよ。それでおれが斬られると思うか、間抜け」

両者は同時に距離を取る。単純な力量差は《祝福《ブレス》》を持つ《白魔《ハクマ》》が上だが、技量と経験と装備では《羽根狩り》に分がある。ここから先、戦局がどう転び、そしてどちらが《落とし羽》を持ち帰るのかは、当人達にも分からない。

ただ一つ、はっきりしているのは——

「……大っ嫌い！」

「奇遇だな。おれもだ」

——二人の交戦《であい》は偶然ではなく。

そしてこの《落とし羽》を巡る闘争が在る限り、永劫《えいごう》に続くであろうということ——

《第一話》

「ろうくん、大好きっ」

「俺もだよ、律花《りっか》」

——結論から述べると、俺達は結婚した。

とはいえそれだけ伝えても、見知らぬ他人から突如送られたウェディングカード並みに不審で意味不明であることは想像に難《かた》くない。なので簡単なあらましを述べておこうと思う。

もう十年も前のことになる。当時、《羽根狩り》と呼ばれていた俺こと《犀川狼士《さいがわろうし》》は、同じく《白魔《ハクマ》》と呼ばれていた少女——現在は立派な淑女——《犀川律花《さいがわりっか》》と、その後紆余曲《うよきょく》折《せつ》あって交際、同棲《どうせい》生活を経て、無事籍を入れた。(因《ちな》みに犀川《さいがわ》は俺側の苗字《みょうじ》だ)

……以上、説明終わり。

十年前は確かに色々あったが、そこから先はよくある男女の馴《な》れ初《そ》めと付き合いに過ぎない。

少なくとも現在、俺と律花《りっか》は相当仲良くやっている。ある一点を除けば、だが。

「ただ……毎朝好きって言わなくてもいいんじゃないか」

「え～？　どうして？」

不思議そうな顔をして、律花《りっか》は青いマグカップを俺の前に置いた。一方で自身は桃色のマグカップを手にしている。俺はブラックコーヒー、律花《りっか》はストレートティーだ。

現在は早朝、二人でダイニングテーブルに座って朝食を摂《と》っている最中だった。

「いや、単純に気恥ずかしいっていうか」

「んじゃ、このままでおっけーだね。言葉にしないと伝わらないことってたくさんあるんだよ？　好きって気持ちはその中でも特にとり……とりだた……される？　やつ！」

「取り沙汰される」

「そうそれ！」

ビシッと律花《りっか》が俺の方を指差した。嫁相手といえど、指を差されるのはアレなので、俺は反射的に身をよじる。律花《りっか》がそれを見てけらけらと笑った。

「でもさあ。もうちょっとこう、年齢相応の――渋い感じの夫婦のあり方を今後は模索しよう。ほら、お互い返事は目を見て頷《うなず》くだけみたいな」

「そんなのやだよ〜。ろうくん、おじさんみたい」

「おじッ……!?」

まだ26だ！　と反論しそうになる。渋い云々《うんぬん》言ったが、おじさん扱いはされたくなかった。

要は小っ恥ずかしいだけだから、どうにか誤魔化したかったのだ。律花《りっか》は十年の歳月を経てやたらと好意の出し方を覚えたが、俺はまだまだぎこちない。

とはいえ――そんな俺の心など見透かしているのか、律花《りっか》はトーストをサクッと鳴らし、俺の方を見てまたにこりと笑った。

長かった銀髪も今は肩先までに切《き》り揃《そろ》えており、あの頃に比べると顔付きも随分と大人びている。張り詰めた雰囲気はもうなく、自然体でいる分、中身は今の方が十年前よりも子供っぽく思えなくもないが、そういうのも含めて美人で可愛《かわい》い、俺の自慢の嫁だ。

「あ。ろうくん、寝癖ついてる。まだまだ子供だね〜」

「……後で直しておくよ」

俺と律花《りっか》の、なんでもない幸せな一日は、大体こうして始まる。

＊

今日も今日とて世の中はまるっと平和だ。

よって我々一般人はただただ日々を生きる。が、それには当然、金が要る。

独身ならまだしも、結婚生活は思っている以上にマジで金が要る。

なので俺は妻の為《ため》己の為《ため》、身を粉にして働かねばならない。一匹の社畜として……。

「お弁当持った？　ハンカチは？　あ、定期券忘れてないよね？」

「遠足前の小学生か俺は……大丈夫だって」

「だってろうくん、気を抜くとすぐ忘れ物するじゃん。注意喚起は妻の義務なのです」

「いつも感謝しております」

「うむ、よろしい。……あ！　注意で思い出した！」

玄関先で律花《りっか》がはたと目を開く。まだ何か持っていくべきものがあっただろうか。

改めてもう一度考え直す俺をよそに、律花《りっか》は俺の方に向けて真《ま》っ直《す》ぐに両腕を伸ばす。そして瞳を閉じ、唇を突き出して「ん！」とだけ告げた。

「いってらっしゃいのちゅー！」

「注意から連想したのか……」

出勤前は玄関先でハグとキスをする――説明しなくても分かるだろうけど。

基本的に出勤前はいつもやっているので、別に連想しなくてもやるつもりだったが、それはともかくとして俺は律花《りっか》を真正面から抱き締めた。ふんわりと柔らかい。

十年前と今とで変わらなかったものの方が少ないが、それでも一つ挙げるとするならば律花《りっか》の身長だろうか。俺は多少なり伸びたが、律花《りっか》は変化なしだった。本人曰《いわ》く「1ミリ伸びた」らしいが、腰の曲がり具合で変わるレベルには誤差の範囲内だろう。

抱き締めたまま、俺は律花《りっか》の頬に自分の唇を触れさせる。

一方で律花《りっか》は不満だったのか、じっとりとした目で俺を見つめ、すぐに俺の唇にキスをした。

「ちゃんと唇にしてよ！」

「朝からそこまですると夜まで辛《つら》いからダメって前言っただろ」

「もーっ。……ま、いっか。お仕事、がんばってね！　いってらっしゃい！」

「ああ。律花《りつか》もな。いってきます」

俺達は共働きだ。もっとも、律花《りつか》はほとんどテレワークによる在宅勤務で仕事が完結しているので、出勤することは稀《まれ》である。一方で俺は毎朝出勤する必要があるので、こうやって見送りをしてもらっている。

愛する妻の笑顔を背に受けて、俺は革靴を踏み鳴らし、玄関のドアを開いた。


（あー……仕事行きたくねえ……）

およそほぼ全ての社会人に共通していると信じたいが、根本的に労働とは苦痛だ。

（家で永遠に律花《りつか》とイチャイチャして生きていたい……）

なので俺のこの思考はごく自然、当然、必然なものであると断言しよう。

勿論《もちろん》そういう生き方をすると破滅待ったなしというか、律花《りつか》のヒモとして生きることになるので色々と有り得ない選択肢なのだが、考えるだけならタダだ。

さて、俺は通勤に電車を使う。借りているマンション曰《いわ》く最寄り駅まで徒歩で10分とのことなので、つまり歩いて17分ほどかかる。駅構内には併設されている駐輪場から入った方が若干近い。いつものように俺はそこを通って改札口を目指す。

「あっ！」

（ん……？）

ガシャン、という音がしたので俺はふとそちらを向く。どうやら女子高生が自転車を停《と》めた拍子に、他の自転車をドミノ倒ししてしまったらしい。その波は俺の近くまで一気に来ていた。

（これ全部元に戻すの面倒だろうなあ）

ガシャガシャと倒れていく自転車。俺は右足を自転車と自転車の間に少し差し込んで、その波を強引にせき止めた。そのまま女子高生へ一声掛ける。

「大丈夫？　手伝おうか？」

「え？　え？」

驚いた顔で女子高生が俺を見ている。「あ」と俺は思わず声を出してしまった。

（しまった……！　社会人が女子高生へ迂闊《うかつ》に声を掛けるべきではなかったか……⁉）

誓って俺は律花《りつか》以外の女性に興味などないが、それでも相手からすれば知ったこっちゃないだろう。事案という単語が脳裏に浮かんだ俺は、呆然《ぼうぜん》とする女子高生を横目に、自転車をせき止めている足を振り抜く。丁度来ている波に対抗するような形だ。

バタバタと倒れた自転車が今度は逆再生みたいにキレイに起き上がっていった。自転車同士絡《から》まっているものもあるが、まあ細かい部分は倒した張本人の彼女が元に戻すだろう。

「ごめん、残りは自分で頼む！」

それだけ告げて、俺は小走りで改札へと向かった。女子高生はなぜか呆然《ぼうぜん》としていた。

(今日も人混みがすごいな……)

俺と律花《りつか》はベッドタウンに居を構えている。文字通り、ここに住む多くの者は朝に都市部へ出掛け、そして夜は眠る為《ため》に戻る。必然、同じ目的の者しかおらず、朝晩は駅が混み合う。

もうホームの時点でごった返している。混雑する様子を『芋を洗うようだ』と喩《たと》えることがあるが、上から見たら俺達社畜はまさに真っ黒い芋だろう。

電車の扉が開き、俺は扉の近くで寿司詰めになった。社畜は芋であり押し寿司《ずし》でもある。

「すいません、乗せてください!」

扉が閉まるタイミングで、新卒っぽいリーマンが駆けて来る。が、多分間に合わない。基本的に通勤ラッシュは自己責任だ。他人の通勤にかかずらう余裕など社畜にはない。

……ものの、俺はどうにか腕を伸ばし、小指を一本閉まりかけのドアへと引っ掛ける。

そのまま力を込めて、閉まるのを妨害した。数秒ぐらいなら遅延にもならないだろう、多分。

「早く乗って!」

「す、すみません、ありがとう……ございます?」

疑問形のようなお礼を受けたと同時に、ぷしゅうと音がして扉が閉まる。

(妙な視線を感じる……やっぱ迷惑行為だったかな)

ドア付近の人達が俺を見ている。気のせいではないだろう。電車内で大声で通話する奴《やつ》が居たらみんなジロリと見るだろうが、それに近いものを俺に感じたのかもしれない。

俺は肩身の狭さを痛感しつつ、なるべく俯《うつむ》いて過ごすことにした。

＊

《濡羽《ぬれは》の聖女》とは、一体何なのか。俺も、全てを知っているわけではない。

曰《いわ》く、人ならざる存在。古《いにしえ》よりこの地球に存在しており、あらゆる『奇跡』を内包した、人智《じんち》を超えた何か。その力は動植物の生命はおろか、この星に流れる時すら操る。

彼女の力を用いれば、それこそ神の如《ごと》く振る舞うことも可能。

しかしながら、聖女は誰のものにもならない。『ある条件』を満たさねば。

その条件とは、聖女の力の残滓《ざんし》――《落とし羽》をより多く保有する、というものだ。

そうすれば、己のそれを取りに戻った聖女が、やがていつか顕現する。

《志々馬《しじま》機関》は、聖女に対し各々《おのおの》が『願い』を抱えた者で構成された機関だった。

無論、所属していた俺も、聖女へ『願い』を持っていた。

全部過去形なのは、もうとっくに《志々馬《しじま》機関》は解体されてしまっているからだ。

理由は単純。《濡羽《ぬれは》の聖女》の完全消滅による、存在意義の消失。個々人の『願い』という我欲で繋《つな》がった集団が、その大本を絶たれたとなれば、継続する必要などどこにもない。

俺の戦う理由も。願う理由も。生きる理由も。全部――

「犀川《さいがわ》。以前提出した企画書だが、全面的にボツだ。練り直せ」

「え」

「顧客のニーズに合っていない。市場調査データをよく見ろ。新卒かお前は」

「マジですか……すみません」

——とはいえ俺の人生はまだまだ続く。闘争とはまた別種の戦いが、今の俺にはある。

その最たる例として、俺は朝礼後早々に、部長から呼び出されお叱りを受けていた。

「つくづくお前には足りんな。子供心というものが」

「もう26なんで……」

「言い訳をするな。ここがどういう会社か知らんわけでもあるまい」

「承知してます……」

俺の勤め先は《般田《ばんだ》製造株式会社》——聞く分には可愛《かわい》らしい社名に因《ちな》んだのか、玩具製造企業である。いわゆる『おもちゃ』を作って売る会社だ。社員数は約150名。

そして、俺を軽く叱っている中年男性……つまり部長なのだが。

「それとも——《羽根狩り》は雑用係をお望みか？」

「ちょッ……やめてくださいよそれで呼ぶの！　誰かに聞かれたらどうするんですか⁉」

この人は《志々馬《しじま》機関》時代に俺の直属の上官で、通信手《オペレーター》も兼任していた。

つまり俺の過去を知る数少ない人であり、そして様々な面での恩人でもある。

もっとも当時の俺はなんというかクソ生意気で、立場に上も下もないみたいなトンガリバカキッズだったので、この人に敬語一つ使っていなかったが……。

「心配するな。誰も聞いていない。まあ——しっかりやることだ。普通にな」

「うっす。ガンバリマス……」

俺は力なくそう返して一礼し、自席へと戻った。

上官と部下が、上司と部下という関係に若干変化したものの、部長のような《機関》の一部の面々とは今も交流がある。考えてみれば当たり前で、そこに所属する全ての人には各々《おのおの》の人生があるのだ。《機関》が失《な》くなったからといって、全部リセットされるわけではない。

（まあ……あの人とこういう関係になるとは思ってなかったけど）

俺が般田《ばんだ》製造に就職したのは、あくまで大学時に——割と適当に——行った就職活動の結果で、ここに部長が居るとは露とも知らなかった。だから再会した時は驚いたものだ。

（って、物思いに耽《ふけ》ってる場合じゃないな。企画書を見直さないと——）

支給されているノートパソコンを開きつつ、俺は頭の中を仕事の煙で満たした。そいつが充満している限りは、とりあえずサラリーマンとして最低限は働ける。

「せ〜んぱ「何か用？　生駒《いこま》さん」うひゃあ！」

背後から声がしたので、俺はすぐに振り返った。

声の主は、同じ部署で俺の後輩にあたる《生駒《いこま》》さんだ。まだうら若い小柄な二年目の女性だが、よく気が付くし機転や発想力や度胸もあるし、期待の新人と言えるだろう。

「び、びっくりさせようと静かに近付いたのに……。せんぱい、相変わらず気配に敏感っていうか、動物みたいですね」

「人間も動物じゃないか。それで、用件は？　何か質問かい？」

「いえ、コーヒー淹《い》れたのでどーぞ！」

生駒《いこま》さんは両手に持っている紙コップホルダーの一つを俺の席に置いてくれた。

「おっ、気が利《き》くなぁ、ありがとう。ま……俺の嫁ほどじゃないけど！」

「嫁ハラですか？」

「何その造語は……」

「言葉の通り、お嫁さんを使った部下へのハラスメントです。せんぱいが幸せ新婚生活真っ最中なのは分かってますから。でもそういう幸せのおすそ分けは独身への猛毒です！」

口を尖《とが》らせて生駒《いこま》さんは抗議している。俺は頂いたコーヒーを啜《すす》った。彼女は誰とでも仲良くなれるようで、俺ともこうして軽口を叩《たた》き合ってくれる。

「幸せなのは否定しないけど、もう来月で結婚一周年だから。それに、生駒《いこま》さんはまだ21歳じゃないか。その歳《とし》なら未婚者の方が多いって」

生駒《いこま》さんは短大卒で、俺が彼女の年齢の時は既婚未婚以前にまだ大学生だった。なので働いているだけ今の彼女の方が何倍も立派である。

「ですねー。そのうちあたしも先輩並みに幸せになってみせますよ！　というわけで、ちょっと企画書で分からないところがあるのですが……」

「いいよ。印刷して見せてくれる？」

「分かりました！」

ぱたぱたと生駒《いこま》さんが自席に戻って、パソコンを操作するのを眺める。

自分の仕事もあるが、しかし後輩の面倒を見るのも仕事の範疇《はんちゅう》である――と、過去に部長から教わったので、俺はそれを忠実に守ることにした。

俺と生駒《いこま》さんは企画開発部に所属している。要は『ウチでこんなおもちゃを作ろう』とあれこれアイデアを出し、その上でそれを実際に製造する仕事だ。とはいえ製造開発の方は他に担当が居るので、俺達は企画がメインとなる。

もっと言うと、弊社は弱小企業なので、いわゆる大手メーカーみたいに自社製品をバンバン作っては市場で捌《さば》くような力はない。あくまで自社製品は脇役、もっぱらそういう大手メーカーからの依頼を受けて、仕様書通りの玩具を製造開発するのが主力だ。

そういう意味では俺の居る部署は花形とは言い難《がた》いだろう。

「さて……今日も頑張るか」

コーヒーをもう一口啜《すす》って、俺は一度伸びをする。

頑張って成果を出す……というよりかは、早く帰りたいから今日一日を頑張るのだ。

「二年目の子の方が俺より明らかに才能があったら俺はどうすればいい？？？？？」

「とりあえず……嫉妬しよ！」

「小物にも程がある……」

＊

多少の残業の後、俺は帰宅して律花《りっか》と夕食を食べていた。

食事の支度というのも、なるべく俺は夫婦で分担してやりたいのだが、どうしても家に居る時間に差がある以上、律花《りっか》に任せてしまう。なので俺は彼女の手料理を噛《か》み締《し》めるように味わいつつ、しかし愚痴だけはしっかりと垂れ流していた。

「そんなに優秀な後輩なんだ～」

「まあ……うん。色々しっかりしてる。最近の若い子はみんなそうなのかもな……」

「あはは。ろうくん、おじさんだ」

「もう『みたい』すら付けてくれないのか……」

朝よりも俺は確実に老《ふ》け込んだということだろうか。律花《りっか》は自作の漬物をぽりぽりと齧《かじ》りながら、微笑《ほほえ》んで俺を眺めていた。

二年目の子、要は生駒《いこま》さんだが——見せてもらった企画書は、特に文句の付けようがないものだった。少なくとも俺目線ではそうで、しかし生駒《いこま》さん目線ではそうでもなかったようなので、つまるところ俺の能力不足が露呈したというわけである。最後は部長に直接見てもらったので、俺が貢献した部分といえば部長に声を掛けたことぐらいだ。

「あー、裏で『犀川《さいがわ》パイセン仕事マジ出来ねえわw』とか陰口叩《たた》かれてたらどうしよう……」

「とりあえず……弁明しよ！」

「恥の上塗りだな……」

「大丈夫だよ。ろうくんならきっといい弁明が出来るから！」

「もう弁明すること前提なのか？　陰口叩《たた》かれているのは確定で見たのか？」

「冗談だってば。でも、心配してもしょうがない部分だもん。ろうくんはお仕事頑張ってるんだから、そんな陰口言う人なんて誰もいないよ、きっと」

「そうであることを信じるか～」

第一、生駒《いこま》さんはそんなタイプには見えないしな……。

「そんな暗い顔しながらごはん食べたらおいしくなくなっちゃうよ？　はい、あーん♪」

「ん」

対面に座る律花《りっか》が、サバの煮付けを小さく箸でカットして俺の口元へと寄せた。拒む理由は一切ないので、俺はぱくりと食べる。身が口の中でほろりと崩れ、甘辛い旨味《うまみ》が広がった。

「おいしい？」

「うん。自分で食べるよりも数倍はうまい。魔法の調味料でも使ったみたいだ」

「ふっふっふ……今こっそりまぶしたからね、粉」

「褒め言葉が事実の指摘になったぞ……」

俺の見ている前でバレずに謎の粉をまぶしたとなると、律花《りっか》は時間でも停《と》めたのかもしれない。律花《りっか》なら出来なくもなさそうではあるが、まあ冗談の一環だろう、流石《さすが》に。

「ところで、ろうくん。今日もあんまり目立ってないよね？」

「もちろん。律花《りっか》も大丈夫だったか？」

「うん。今日はお買い物以外で外出してないよ」

夫婦間には幾つもの決まりごとやルーティンが存在するものだ。俺達なら家を出る前のキスがそうだが、他にもう一つ、俺と律花《りっか》には毎日の確認事項があった。

「今の俺達はただの一般人だ。『普通』に過ごしてるだけで平気だと思うんだけどな」

「だよねぇ。みんな心配しすぎだよ～」

それが、このような『今日も目立たず一般人だったか？』という相互チェックである。

恐らく、普通ではない。こんなことをする夫婦など、まず存在しないと思う。

戦闘訓練に明け暮れ、多くの武器の使い方を学び、そして戦いを幾度も重ねた俺。

同じく幾度もそんな手練と戦い抜き、未《いま》だ異能力《祝福《ブレス》》を保有する律花《りっか》。

――俺と律花《りっか》は、ただの人間ではない。

「俺なんてもう立派な社畜だぞ。今や攻撃避ける時よりも謝罪で頭下げた回数の方が多い」

「ごめんね、もっと頭を狙っておけばよかった」

「そういう問題か……⁉」

世間に対し、《濡羽《ぬれは》の聖女》の存在は公になっていない。どころか、《志々馬《しじま》機関》も《組織《ロッド》》も、その存在が完全に秘匿されている。《祝福《ブレス》》などもってのほかで、ああいった異能力なんか漫画やアニメの中だけのものである、というのが一般人の常識だ。

つまるところ、俺や律花《りっか》の過去というものは、この現代社会の中においては全て出来の悪い空想物語でしかなく、しかし一方で俺達はそれらを経験した上で、確かに人並みから外れた力を今も持っているわけで。

「──わたし達が問題を起こすなんて、そんなことありえないのに」

「違いない。隣人がいきなり逮捕される可能性の方がまだ高いな」

「お隣さんの亀岡《かめおか》さんは良《い》い人だよ！」

「例え話だって」

一人だけで生きるならまだしも、そんな強い力を持っている俺と律花《りっか》が共に生きる《結婚》となれば、余計な心配をされるのも無理はない、らしい。

俺なら今は部長がよく口を酸《す》っぱくして咎《とが》めて来る。「変なことするなよ」と。

……いやいやいや、もう26ですよ俺は。自分の力を無闇に振りかざすほど幼稚でもないし、それを使って何か大きな事を成し遂げてやろうという野心もない。

俺はただ、律花《りつか》と平穏無事に——どちらかが先に死ぬまで、一緒に生きていたいだけだ。

「——毎日幸せだよ、俺は。律花《りつか》といられてさ」

「あ、じゃあ幸せついでにお風呂《ふろ》掃除してくれる？　ちょっと観《み》たいテレビがあるので……」

「おい」

食器洗いは飯を作らなかった側、風呂《ふろ》掃除は毎日交代制なのが俺達のルールだ。今日は律花《りつか》の当番だったのだが、俺の歯の浮くようなセリフをダシにされてしまった。

「ったく……しょうがないな」

「ろうくん、優しい～。愛してるちゅっちゅ♡」

「そういう都合のいい愛はいらん」

でも投げキッスする律花《りつか》は可愛《かわい》かったので良しとしよう。

結局のところ、誰にどれだけ心配をされたところで、俺達は俺達でしかなく。そして俺達なりに気を付けて毎日精一杯生きている。自分達が問題を起こしているとは思わないし、実際のところ起こってもいない。俺と律花《りつか》は今やどこにでも居るような、仲良し夫婦だ。

なので、俺と律花《りつか》の間にある、目下最大の問題——ある一点をご紹介したい。

俺にとっては世間体とかよりも、よっぽど重大な懸念《けねん》事項を。

「それじゃ、おやすみろうくん。また明日ね！」

にっこりと微笑《ほほえ》み、片手をくいと上げて、律花《りつか》は自室へと消えていった。

自室……律花《りつか》の自室。夫婦の寝室ではない。

俺には俺の部屋があり、律花《りつか》には律花《りつか》の部屋がある。だが夫婦のベッドルームはない。

（今日もか……）

誰にも聞こえない溜《た》め息《いき》を俺はつく。酒は飲まないので、浄水器の水を飲む。

（なあ、律花《りつか》。キミの旦那様はさ……）

軽くグラスを水洗いして、キッチンペーパーで水気を拭き取り、食器棚に戻す。

（なんとまだ童貞なんだわ……）


そして俺はその事実に頭を抱えた。

童貞。童貞とはなんぞや。まあヤってない男のことを指すんですけどね。

俺は童貞だ。女を抱いたことがない。だがそこは人によって価値観が異なる部分で、様々な女を抱くこと自体に価値を見出《みいだ》す男もいれば、そもそもそういうことに興味があまりない男もいるだろう。何より、童貞が恥であるとは俺は全く思わない。

もし俺が恥であると考えているのなら、今頃どうにかして童貞を捨てているはずだ。

だが違う。俺はその辺の女を抱くくらいなら童貞でいい。そう、俺は律花《りっか》以外抱く気がない。操《みさお》を立てる（?）相手は生涯で律花《りっか》がいい。律花《りっか》だけでいい。律花《りっか》だけがいい。

しかし――しかし、それでも……ッ！

『寝室は別じゃないと同棲《どうせい》はやだ♡』

――と、過去に律花《りっか》から笑顔でそう言われているのだ。

そもそも付き合い始めた頃から、俺は律花《りっか》とキスまではあってもそれ以上がない。多分、身体《からだ》ではなく律花《りっか》の心の、どこか柔らかくてデリケートな部分に、俺の手は触れてしまう。

めちゃめちゃ詩的に表現したが、要は一度流れに身を任せて律花《りっか》の身体《からだ》を全力でまさぐったら顔面グーパンされた苦い思い出があるのだ。律花《りっか》ちゃんはとてもお強いので、あれは常人なら頸椎《けいつい》が捻《ねじ》れて死んでいたと思う。俺は鍛えてるから生きてた。血は出た。

(俺の何が不満なんだ……？　顔か？　スタイルか？　性格か？　収入か？)

律花《りっか》の俺への好意に嘘《うそ》はない。それでも一線を越えさせてくれないのには、必ず理由がある。それが何かは今も尚《なお》分からないが、俺に原因があるはず……である。

寝室をわざわざ別で所望されている時点で、俺は律花《りっか》と一緒に寝たことすらない。前に下心抜きで『添い寝しちぇ♡』と懇願したことがあるが、不意に三角コーナーから出てきたゴキブリを見るような目で蔑まれたので、もう二度と言わないと一人誓った。

だが、俺は何も諦めてはいない。まず諦め切れるわけあるか、愛する人のことを。

(――来月、来月だ。来月に勝負を仕掛ける)

俺は壁掛けカレンダーをめくり、翌月のある一日に目を落とす。

11月12日。俺と律花《りっか》の結婚記念日。

一周年記念でもあるその日を目処《めど》に、俺は着々と『準備』を進める予定だ。

(せめて……!　せめて理由だけでも……!!)

いきなりしようだなんて思わない。少しずつ関係を進められればそれでいい。俺を拒む理由だけでも、その日に知れたらそれでいい。もし、律花《りっか》が生涯誰にも身体《からだ》を許さないと決めているのなら、それならそれで構わない。律花《りっか》を傷付けるくらいなら俺は生涯童貞でいい。

ただ――俺は知りたいだけなのだ。愛する人のこと、全てを。


十年前に一度終わった俺の物語は、十年後の10月12日からまた、動き出す――

「……《雲雀《ひばり》》？　鳥のこと？」

　戦闘訓練を終えた《白魔《ハクマ》》――律花《りっか》は、しとどに濡《ぬ》れた銀の前髪を掻《か》き上《あ》げながら、手渡されたスポーツタオルで汗を拭う。そのまま、それの名前を聞き返した。

「違う違う。ほら、リッカの刀、この前アイツ……《羽根狩り》にへし折られたじゃん？」

　黒縁の眼鏡をくいと指で押し上げながら、黒い髪の少女が明るく答える。

《狐里芳乃《くりよしの》》――律花《りっか》と同じ《組織《ロッド》》の一員で、同い年の少女だ。また、《祝福《ブレス》》を持つ《祝福者《アクター》》でもあるので、律花《りっか》とは昔から気が合う。唯一と言っていい親友とも呼べるだろう。

　芳乃《よしの》にタオルを返しつつ、律花は脳裏で以前の交戦のことを思い出す。

「うん。あのヤローに折られちゃった。でも、《落とし羽》は回収したから」

「こっちの勝ち、ではあったけどねー。ただ武器が無いとやっぱ不安っしょ？」

「別に……。《霏霏氷分《ミクマリ》》があるもん。刀は重くて邪魔だったくらい」

《霏霏氷分《ミクマリ》》、即《すなわ》ち律花《りっか》の《祝福《ブレス》》の名称である。

《祝福《ブレス》》は必ず、《濡羽《ぬれは》の聖女》より与えられた際に、聖女自身より名付けられる。

《祝福者《アクター》》達にとって、己の能力名とは単なる名前以上の意味を持つ。敵は当然、味方にもおいそれと名を明かすことはないのだが、律花《りっか》と芳乃《よしの》は互いの能力名を教え合っていた。

「ダメだぞー、《祝福《ブレス》》にばっかり頼ってちゃ。あくまで《祝福《ブレス》》は戦闘中における択の一つ！　って、そう教わったじゃん？　そりゃ、リッカの《霏霏氷分《ミクマーリ》》はめちゃ強だけどさ。やっぱり後方支援担当としては、キミにはいつも無事に還《かえ》ってきて欲しいのだよ」

故に、武器の携帯は必須である——と、芳乃《よしの》は指を一本立てて律花《りっか》を諭す。

《祝福《ブレス》》にも様々な種類が確認されている。戦闘用としか思えないものもあれば、まるで戦闘には活用出来ないものもある。芳乃《よしの》の持つ《祝福《ブレス》》は後者で、従って彼女は主に後方で律花《りっか》を支援する通信手《オペレーター》を担当している。

「芳乃《よしの》にそう言われると、ヤダとは言えない……」

「うんうん。で、話は戻るけど。新しい刀——その刀銘が《雲雀《ひばり》》ってこと。ほら、これ」

芳乃《よしの》は訓練場に持って来ていた、横長のアタッシュケースを律花《りっか》へと見せる。中に何が入っているのか気になっていた律花《りっか》だが、どうやら刀が納められているらしい。

「開けてみ。リッカにしかそのケース開けないらしいから」

「そうなの？　お誕生日プレゼントみたい」

「いや誕プレは本人以外開けないだけで誰でも開けられるじゃん……」

「でも……本人以外は開けたらダメだから」

「うん、だよね、だよね！　じゃあそのエラい人達からの誕プレをささっと開けてね!!」

戦闘中は年齢不相応に怜悧《れいり》な側面を見せる律花《りっか》だが、戦線から離れれば今度は年相応に幼く、そしてどこか抜けている。

（《志々馬《しじま》機関》の連中が《白魔《ハクマ》》はこんな子だって知ったらどう思うだろ……）

「芳乃《よしの》、芳乃《よしの》。このプレゼントボックスどうやって開くの……？」

「プレゼントボックスじゃないんですけどぉ……。ほら、ここところの金具をパチンって外して、んで鍵はリッカの指紋を認証したら開くらしいから、次はここに指当てて——」

手取り足取り芳乃《よしの》は律花《りつか》を導いてやる。ややもたつきながらも、アタッシュケースは息継ぎするようにプシュッと空気を漏らし、ゆっくりと自動で開いた。

「わあ……。これが——《雲雀《ひばり》》」

「キレイ……工芸品かと思った」

《雲雀《ひばり》》は鞘《さや》と刀が別々に納められていた。律花《りつか》も芳乃《よしの》も、思わず感嘆の声を漏らす。

その刀身——漆黒の鎬《しのぎ》地に対し、純白の刃文がさながら荒波のように波打っている。そんな黒白《こくびゃく》のコントラストが冴《さ》え渡《わた》り、電灯の光を倍以上にして照り返していた。

工芸品と称した芳乃《よしの》はあながち間違っていないだろう。《雲雀《ひばり》》は実戦用の刀剣であるが、許されるのなら部屋に飾っておきたい程に美しい一振りだった。

律花《りつか》はまず、柄の鮫皮《さめがわ》を指でするりとなぞり、そして手に取った。

「……！　軽い。羽みたい」

「え、マジ？　ケース込みで超重たかったんだけどな」

所有者たる律花《りつか》が柄を握った瞬間、《雲雀《ひばり》》の刃が一際《ひときわ》輝いた——気がした。それよりも、律花《りつか》は《雲雀《ひばり》》の異様とも呼べる軽さに舌を巻く。これまで支給されていた刀剣は、いずれも軽量化はされていたものの、基本的には鉄の塊なので律花《りつか》には少々重かったからだ。

だが《雲雀《ひばり》》は違う。重さを感じない。綿で出来た刀、と言われれば信じられるほどに。

「でもすっごく軽いよ、これ。こっちの鞘《さや》の方が重たいもん」

「うう－ん、そうなの……？　まあじっちゃんが死ぬ気で打った刀らしいいし、実際に持ったら超軽くなる細工でもしてんのかなー」

「じっちゃん？」

「あ、そうそう。これ、《組織《ロッド》》のエラい人達に言われて、アタシのじっちゃんがリッカの為《ため》に鍛造《つく》った刀なんだ。アタシのじっちゃん、刀鍛冶だからさ」

「し、知らなかった……。前の刀、折っちゃってごめん……」

「いや、多分一般支給される刀剣はじっちゃん関係ないと思うし、そもそも折ったのは《羽根狩り》だからリッカは悪くないって。それより、《雲雀《ひばり》》はどう？」

芳乃《よしの》に感想を問われて、律花《りつか》は一度《雲雀《ひばり》》を鞘《さや》へ納刀する。剣術は学んでいるので、律花《りつか》のその所作は無駄がなく美しい。刀が映える子だな、と芳乃《よしの》は内心で思う。

「……不思議な感じ」

「不思議？　ってーと、つまり？」

「ええと、その……不思議な感じ」

「あっ　これ一生ループするやつだ」

律花《りっか》は勉強が苦手だった。その中でも国語が特に苦手だった。根本的に天性と感性で生きているので、芳乃《よしの》からすれば最も不思議なのは律花《りっか》本人である。

だがもどかしそうに、どうにか律花《りっか》は言葉を絞り出す。

「その、あの、ピタッと吸い付く？　みたいな……。これこれ〜！　みたいな……」

「アレだね。今日会ったばかりなのに、まるで昔からの友達だったみたいな感覚だ。前世の縁で、今世の相棒で、来世でも盟友ってわけだ」

「そう、それ！」

「ほんとかよ」

大袈裟《おおげさ》に表現した芳乃《よしの》だったが、律花《りっか》にはしっくり来たようだ。実際、《雲雀《ひばり》》を身に付けた途端、自身の中で力のようなものが湧き上がってくる感覚がする。武器を持ったことによる高揚感の一種であろうが、律花《りっか》からするとこれもまた運命的な何かに思えた。

「……これ、わたしがもらっちゃっていいの？」

「もらうも何も、リッカ専用の刀なんだって。ただ……」

「ただ？　タダでくれる？」

「そっちのタダじゃねっつの。なんかさー、じっちゃんがアタシに変なこと言ってたんだよね。ぶっちゃけじっちゃんってかなり偏屈だから、適当に聞き流したんだけど——」

「？」

視線をあちこちに彷徨《さまよ》わせる芳乃《よしの》。周囲には自分と律花《りつか》しか居ないことを確認している。

――《組織《ロッド》》とは、《濡羽《ぬれは》の聖女》を生来の友と定め、そして彼女を信奉・崇拝する集団だ。

その目的とは『聖女と再会する』に集約され、同時に彼女の力を何者かが私物化することを決して許さない。故に、真逆の目的を持つ《志々馬《しじま》機関》とは根本的に相容《あいい》れないのは自明。

だからこそ、芳乃《よしの》は少しだけばつが悪そうに、小さな声で呟《つぶや》いた。

「――《雲雀《ひばり》》は、聖女を斬る為に打った、って……」

ある刀鍛冶が、己の人生において終《つい》の一本と定め鍛造《つく》った拵《こしらえ》、《雲雀《ひばり》》。

今より永久《とわ》に、《白魔《ハクマ》》の傍《そば》でその身を冴《さ》え渡《わた》らせる。

『敵』を、斬り断つ為《ため》に――

《第二話》

ボキッ……。

「あーっ！　包丁折れちゃった……」

硬いかぼちゃに根負けした三徳包丁がポキリと折れてしまい、わたしはがくりと肩を落とす。

大した思い入れもない、安物の包丁だったから別に折れても構わないけれど、問題は三徳包丁がないと料理に困るということ。

というわけでわたしは、ひっそりと部屋の片隅に飾ってあるインテリアに目を移した。

「これめっちゃ斬れる～～～～!!　まな板ごといっちゃいそうですなあ～～～!!」

さすが我が相棒《雲雀《ひばり》》。手強《てごわ》かったかぼちゃも一刀両断！　すっぱすぱ！

かつての愛刀《雲雀《ひばり》》は、十年前から今に至るまでずっと傍《そば》に置いている。捨てるのもアレというか、刀の捨て方なんて知らないし、そもそも捨てる気もないのだけれど。

なのでこれまではインテリアになってもらっていたが、今久々に出動。ホコリを拭うぐらいのお手入れしかしてなかったけど、切れ味は全く変わっていないみたい。スゴイ刀～！

「何やってるんだ、律花《りっか》……？」

「うひゃあ！」

いつの間にかキッチンを覗《のぞ》き込んでいたろうくんが、ドン引きした声を出していた。

「ど、どこから見てたの……？」

「『これめっちゃ斬れる〜！』ぐらいから……」

「ほぼ最初からじゃん!!」

台所で日本刀を構え、かぼちゃを斬って喜んでいる愛妻——それを見た旦那の心境やいかに!?　ストレス溜《た》まりまくってるとか思っちゃわない!?

「ち……違うの！　これにはふか〜いワケがッ……！」

「まあ——そうなんだろうな」

ここで普通の旦那様なら『どしたん？　話聞こか？』と一般的な理解を示してくれそうだけれど、ウチのろうくんは洞察力に優れた人なので、きっと大丈夫。

「包丁折れたのか。安物だったもんな、アレ。で、例の刀で代用したと」

「そうなの！　別に《雲雀《ひばり》》を振り回したかったわけじゃないんだよ!?」

ほらね！　さっすがろうくん大正解！　自慢の旦那様♡♡

「でも刀で食材を斬るのはそもそもどうかと思うぞ……。何かあるなら話聞こうか……？」

一手遅れた理解〜〜!!　でもそういうところが好き〜〜!!

「ちゃ、ちゃんと刃はアルコールで消毒したから！」

「衛生面の話じゃないんだが……。ほら、ストレス的な……」

やっぱりストレス面の心配をしてくれているらしく、ろうくんはわたしのつま先からおでこの辺りまでを検査するみたいに眺めていた。

なのでわたしも負けじと、ろうくんのことをつむじから足の裏まで見つめ返す。どっちも見えないんだけど、見えない部分まで見る気合が大事。

身長は……わたしよりもずっと高い。十年前よりも確実に伸びてる。ずるい。目鼻立ちはちょっと鋭いけど、普段は伊達眼鏡《だてめがね》で和らげてるんだよね。今日はお休みの日だから、裸眼のまだけれど。体型は昔からほっそりしているのに、実は筋肉質。細マッチョとかじゃなくて、もっと実戦的な筋肉がついてる。ろうくんは『昔より太った』って言うけど、そんなに変わってないと思うなぁ。今もたまに筋トレしてるもんね。

えー、総合的に言うと10000点満点!!　いつもかっこいいよ、ろうくん♡

でもわたしが台所で《雲雀《ひばり》》片手に暴れていたことは忘れてね♡

「ちゅっ♡」

「おい何か誤魔化してないか？　律花《りっか》が元気ならそれでいいけどさ」

渾身《こんしん》の投げキッスは効かなかったみたい……。

「ともかく、そんな物騒なもので料理するのは危ないので禁止。ほら、預かっておくから」

「はい……。気を付けます……」

「それと、今日も料理してくれてありがとうな。明日は俺がやるからさ」

「ろうくん……」

彼はとても優しい人だ。たぶん、普通の人よりも、ずっと。

わたしは優しく微笑《ほほえ》むろうくんにキュンを感じながら、《雲雀《ひばり》》を鞘《さや》に納めて渡した。

「重ッッッ!!」

そしてろうくんは体勢を崩す。筋トレで重すぎるバーベルを持たされた人みたい。普通なら床に《雲雀《ひばり》》を落とすのだろうけれど、ろうくんはどうにか支えていた。イタズラ大成功☆

「これわたし以外の人が持つと急に重くなる？　みたいだから気を付けてね！」

「渡してから言うなよ……!!　そんな機能昔あったか……!?」

《雲雀《ひばり》》は、基本的にわたし以外の誰にも触らせない。危ないし。

けど、ろうくんは過去に一度だけ、《雲雀《ひばり》》を使ったことがある。その時は普通に使えてたから、実はわたし以外扱えないという事実に彼はびっくりしていた。

「あったよ？　でも《雲雀《ひばり》》は不思議な刀だからね〜。原理はわたしもよく知らないの」

「《組織《ロッド》》の技術力も大概意味不明だな……」

よたよたとろうくんが刀掛けの方まで歩いていく。「妖刀かよ……」とぼやいていた。

「あー、でも、包丁折れたのなら買いに行かないとダメだな。明日出掛けようか」

「そうだね！　デートしよっか！」

「デート――」

その単語を聞いた途端、ろうくんがちょっと気恥ずかしそうにする。二人でお出かけすることはよくあるけど、それをデートと呼んだ瞬間に彼は照れるのだ。昔はわたしもこんなだったけど、今は全然平気。二人で一緒に出かけるのなら、そこがたとえ戦場でもデート！

「んー、明日がすっごく楽しみになってきた！　早起きしなくちゃ！」

「朝早くに出るつもりはないけどな……。えーっと、律花《りっか》」

ろうくんがわたしの傍《そば》に寄ってきた。まだ恥ずかしげだ。何かあるのかな？

「なぁに？」

「その、いつも料理作ってくれてありがとうというか――」

視線が右に行ったり左に行ったりしている。言葉を選んでる、ってやつなのかな？　感謝の気持ちを伝えるのはとっても大事なことだけれど、伝えるのが恥ずかしくなるって気持ちもちょっとは分かる。でも、今更照れるような仲でもないのにな。

「――律花《りっか》の手は綺麗《きれい》だな」

す、とわたしの手にろうくんの手が重なろうとした。

「ありがと！　でも今お料理中だし、このあとお肉触るから向こうで待っててね！」

「アッ、ハイ」

お料理中にあんまりベタベタしたら不衛生だし危ないからね。今のわたしは、ろうくんにおいしいと言ってもらうのが一番の目的なのです！

＊

というわけで翌日、日曜日。わたしとろうくんは午前中に家を出た。

プランとしては割とフリーで、大型ショッピングモールに行ってぶらぶらしつつ、帰《かえ》り際《ぎわ》に金物屋で包丁を買ってから帰宅、という流れの予定。

「包丁以外にも買う予定のものが結構あるなー」

「電車で行くから、あんまりたくさん買えないのがネックだね」

「いや、気にしなくていいよ。俺が全部持つし」

「いやいや、ろうくんだけにそんな苦労は」

「いやいやいや、俺の方が力あるし。男だし」

「いやいやいやいや、今の時代は男女平等ということで荷物持ちも平等に」

「いやいやい……ってもういいわ！　まず必要なもの優先で買っていこう」

電車の中で、そんな話をしながら盛り上がった。ろうくんはツッコミ上手だ。

「でもさ、そろそろ車も欲しいよね」

「車なぁ。便利だとは思うし、実際便利なんだろうけど――」

自転車と違って、自家用車は買えばそこでおしまい、というわけにはいかない。ランニングコストがずーっとのしかかる。わたし達は共働きだから生活がめちゃくちゃ苦しいわけじゃないけど、じゃあ車が絶対必要か？ っていうと別にそうじゃないんだよねぇ……。

「交通の便はいいからな、ここ。大体電車で事足りてしまうってのもある」

「けどドライブって楽しいよね。最高の夜景をさ、いつかボクが見せてあげますよ、キミに」

「無免許ですよアナタ」

「そうだった！」

ドライブ自体は、レンタカーを借りて何度もしたことがある。なんだけど、そもそもわたしは運転免許を持っておらず、もっぱら助手席でろうくんを励ますのが役目だ。『静かに運転させてくれ』ってたまに彼は言うけど、きっと照れ隠しなんだと思う。

「マイホームとマイカー計画……人生に目標があるってのは良《い》いことだよね！」

「だな。早いとこどっちも買えるように仕事頑張るよ」

「わたしも頑張る～」

そんな話をしているうちに、目的の駅に着いたので降りる。

すぐわたしは大げさに右手をぷらぷらと揺らしてみた。振り子みたいに。

「さて――どこから見て回ろうか」

「んー」

もうちょっと強めに揺らしてみた。早めのメトロノームみたいに。

「カーテンが傷んできてるんだよな。これって家具コーナーだっけか？」

「えー」

とうとうグルグルと腕を回す。ピッチングマシンみたいに。ようやく彼は気付いた。

「あー……なるほど。すまん、律花《りっか》」

「なにが～？」

「いや……何だろうな。いつまでも慣れなくて悪い」

わたしの右手に、ろうくんの左手が、撚《よ》り合う糸のように絡《から》まる。バツが悪そうに、彼は
『買い物じゃなくてデートだもんな……』と反省していた。しゅんとするろうくんも可愛《かわい》い！

「いいよ。慣れてる方がイヤだもん」

「違いない。その時は浮気《うわき》を疑ってくれ。多分ずっと俺はこんなだから」

「むしろ成長しないことがろうくんのせ、せーれ……けっぱ……」

「清廉潔白」

「そうそれ！　だからね！」

ちゃんとした時は、ろうくんもきっちりとエスコートしてくれる。

なので普段のデートは、むしろわたしが引っ張っていく感じで丁度いい。

お互いに欠けている部分があったとしても、それを許したり、埋め合わせたり、補い合っていくことが、一緒に生きていくということなのだと思うから！

「見て見てこのサングラス！」

モール内にある眼鏡屋で、サングラスの試着品が展示してあったので、わたしはそれを手に取って装着してみる。そして鏡とろうくんを交互に見た。

男女の差の一つに、買い物に対する考え方の違いがあるんだって。

男の人は目的のものを最初に買うために、そこへ一直線に動く。逆に女の人は最後に目的のものを買えればいいから、そこに辿《たど》り着《つ》くまであっちこっち見て回る、ってやつ。

一般論だろうし、絶対的なものじゃないとはいえ、わたしとろうくんにはこれが結構当てはまるんだよね。見ての通り、わたしは色々見て回るのが好きだから。

「レンズがやたらでかいな……。律花《りっか》は他のサングラスの方が似合うと思うぞ」

顔からはみ出るぐらいに、レンズが巨大なサングラスだった。

小顔効果を狙ってあえてデザインしていることは理解出来るのだけれど、微妙かなぁ。

「ねー。トンボみたいだよね。ろうくんもこれ掛けてみてよ！」

「どれどれ――……どうだ？」

「わ。不審者」

「何でトンボから更に格下げしたんだ？」

「ろうくんはそもそもサングラス自体が似合わないよね。似合いすぎるから」

「矛盾してるぞ……。言いたいことは分かるけど」

普通のサングラスをろうくんが掛けてしまうと、どこかのエージェントにしか見えない。伊達眼鏡《だてめがね》ならイメージは和らぐのに、サングラスだと強張《こわば》ってしまうから、ファッションっていうのは不思議。小物一つでこうも変わるから、面白いよね。

「このぬいぐるみかわいい～！」

次にわたし達はグッズショップをぶらついた。様々なキャラクターのアイテムが所狭しと並んでいて、ここに居るだけで楽しい気分になれる場所。

その中でも特に、わたしは投げ売りされていたぬいぐるみに目を付ける。

「可愛《かわい》い……か？」

ろうくんは首を傾《かし》げている。ぬいぐるみは白くて丸くて、角があって翼が生えている。表情は雑な笑顔で、それが逆に不気味でキュート！　素材はビーズクッションで触り心地もいいし、おもち型のぬいぐるみって感じ。

「これは……買いですな！」

「うーん……でもどの層を狙ったのか今ひとつハッキリしないんだよな。子供向けにしてはポップさが足りないし、大人向けにしてはチープ過ぎる。投げ売りされているのが答えだとはいえ、これじゃ中途半端《ちゅうとはんぱ》で売れようもない。メーカーどこだ？　ちょっと見せ――」

「…………。市場調査ご苦労さま」

「はッ！」

ろうくんは完全に仕事モードの目になっていたが、わたしの一言で元に戻った。

グッズショップに来たのは失敗だったかなぁ。ろうくんには休みの日くらい、仕事のことは忘れて欲しかったし――反省しなくちゃ。

「すまん、つい……」

「ううん、こっちこそごめんね。他のところ行こっか！」

それから、わたしとろうくんはあっちこっちと見て回った。

アクセサリーだったり、スポーツ用品だったり、ペットショップだったり、欲しいものはなかったわけではないけど、必要なものでもないので、見て楽しむだけで我慢我慢。

それで途中でランチを食べて、最後にここでの目的である家具コーナーにやって来た。

「えーっと、カーテンの大きさってどんなだっけ？」

「寸尺はここにメモしてあるから、同じか似たサイズで律花《りつか》の好きな柄を選んでくれ」

「さっすがろうくん、準備がいい！」

「それでそのー、ちょっと……トイレ行ってきていいか？」

目を右往左往させながら、ろうくんが申し訳無さそうに言う。んー、この感じ、多分お手洗いに行くわけじゃないっぽいな。でも悪いことをするわけでもないだろうし。

「いいよ〜。戻ってくるまでに目星はつけとくね！」

「悪い、頼んだ。すぐ戻るから！」

ぺこっと頭を下げ、ろうくんは走り去っていく。わたしはちらりと、天井から吊《つ》り下《さ》げられている案内板を見る。男子トイレは右向きの矢印。その矢印とは逆の方向へ走っていることに、きっとろうくんは気付いていないだろう。嘘《うそ》が下手だもんね。普段つきなれてないから。

（なにするんだろう？）

こっそりと欲しいものを買うのかな？　言ってくれればいいのに。

（でも、人に言えないことは誰にでもあるよね。わたしだってそうだし）

夫婦間に隠し事はなし——とはいかない。少なくともわたし達はそうだ。

他ならぬわたしに、ろうくんに言っていないことがある。きっと他の人達から見るとそれはくだらないことで、どうでもいいことでもあるのだろうけれど、言えないものは言えない。

（けど——いつか言わなくちゃ。ううん、言うの。来月の12日には、絶対に）

愛する人のことを全部知っておきたい。それは理想で、わがままだ。

お互い、知らない方が良《い》いことだってきっとある。でも知りたい。だけど知られたくない。

そうやって浮かぶ色々な泡が、ぶつかったり弾《はじ》けたりして、結局背中を向けてしまう。

ろうくんは優しいから、わたしのそこに深く踏み込んで来ない。

でも、絶対に思うところがあるというのも分かるから。悪いのは全部、わたしだ。

「ごめんね」

誰にも聞こえないように、口の中でつぶやく。

何となくわたしが選んだカーテンの色は、淡い空色だった。

＊

「金物屋って、今まで入ったことないな」

「わたしも。でも、芳乃《よしの》に訊《き》いたらここがオススメだー、って」

「ああ、狐里《くり》さんね。情報通っぽいもんな、あの人」

わたしとろうくんは商店街の中にある老舗の金物屋、《鰐淵《わにぶち》金物店》へとやって来ていた。

家の最寄り駅よりも少し前の駅で降りたところにある商店街で、場所は芳乃《よしの》から教えてもらった。昔から芳乃《よしの》はなんでも知ってるからね。

「しかし――色々置いてあるな。包丁だけでも大量にある」

「だね……」

木とガラスで出来た古めかしいショーケース（もっと正しい言い方がありそう）の中に、ずらりと様々な包丁が並んでいる。包丁ってこんなにたくさんの種類があるんだ……。

「わ。見て、ろうくん。大工さんが使うやつもある！」

「鉋《かんな》だな。いやでもこれは……鰹節《かつおぶし》削り器みたいだ」

「いいな〜。ガリガリってやってみたいかも」

「結構高いぞこれ……。一万円は軽く超えてる……」

「ま、万超え⁉　やばっ！」

思った以上のお値段だったよ……。でもお出汁《だし》は重要だもんね……。納得……。

「冷やかしか、オメェら」

「ひゃっ！　あ、いえ、その」

店の奥からいつの間にやって来たのか、甚平《じんべい》を着たシワだらけのおじいちゃんが唸《うな》り声みたいにそう言ってきた。目付きは鋭くて、背は高くないのにすごい圧がある。

「すみません、騒がしくして。店主さんですか？」

「そうだ。用件があンなら手短に話しな。こちとら暇じゃねンだ」

「実は僕達、包丁を探していまして。料理の最中に折れてしまったんです」

「三徳か」

「そうです。妻が道具にこだわりたいとのことで、良《い》い包丁があればと」

「あ、あの！　友達にこの店めっちゃいいよって聞いたものでして！」

わたしは社会人だけど、いわゆる社会人スキルはそんなに身に付けていない。最低限の常識はあるとは思うけども、こういう時にスラスラと喋《しゃべ》れるろうくんはしゅごい……。

おじいちゃんはわたしとろうくんをじろりじろりと見比べて、くいっと顎を動かした。

「家庭用の包丁はそっちの陳列棚だ。高《たけ》ェのほど質が良《い》い。が、安くてもそこいらのモンにゃ負けてねェ。握りを確かめたかったら己《おれ》に言え。取り出してやる」

「ありがとうございます。じゃあ律花《りっか》、選ぼうか」

「あ、うん。ありがとうございます！」

おじいちゃんはぶっきらぼうなだけで、お客さんに対してはきちんと対応してくれるみたい。

「三徳包丁のみでもかなり種類があるな。刃渡りとか柄の大きさとかが全部違うのか」

「わたしだけじゃなくてろうくんも使うわけだし、二人にちょうどいいのがいいよね～。おじいちゃん、オススメとかってありますか？」

「……。こいつだ」

ショーケース……じゃなくて陳列棚の鍵を開けて、おじいちゃんは迷いなく一本取り出して渡してくれた。迷ったら店員さんに訊《き》く！　これ買い物の鉄則！

「おおっ、これすっごいしっくり来るよ！　さっすがおじいちゃ……」

「たりめェだ。《雲雀《ひばり》》の柄とほぼ同じ寸だからな、そいつァ」

最初その言葉を聞いた時、鳥の名前かと思った。けど、絶対に違う。

ただ——わたしはあれこれ考える前に、先にろうくんの手首を強くぎゅっと摑《つか》んだ。

「……ダメだよ、ろうくん。そんな顔しちゃ」

「……。顔を見てから言ってくれよ」

「見なくても分かるってば」

「構えンな、《羽根狩り》。《白魔《ハクマ》》の嬢ちゃんも」

わたしとろうくんの過去を知っている人は、あんまり居ない……と、思う。

だからこそ、わたし達と面識がないのにそれを知っている人は、危ない。

ろうくんは、そういう危ない人達に向けて、もっと危ない顔をする。

そんなのはもう、必要ないのに。そういう顔は、しちゃいけないのに。

「あの、おじいちゃん。どうしてわたし達のことを？」

「孫が何度かオメェらの写真を見せて来た。そんなハイカラな髪色、見間違えるわけねェ」

「あ、いや、わたしのこれは《祝福《ブレス》》の影響で……」

そこまで言い掛けた時点で、わたしはようやく思い至った。この場所を教えてくれたのは芳《よし》
乃《の》で、そして彼女の祖父がどんな仕事をしているかを。

「……孫って、もしかして、芳乃《よしの》のおじいちゃんですか？《雲雀《ひばり》》を作ったっていう、あの」

「そうだ。あの馬鹿、何も言ってねェのか。お陰で久方振りに良い殺気《モン》浴《い》びちまった」

「申し訳ない。狐里《くり》さんのおじいさんでしたか。金物屋を営まれているとは知らず」

「あれ？　でも、芳乃《よしの》のおじいちゃんって、確か刀鍛冶をしているはずじゃ……？」

「もう刀は打ってねェ。己《おれ》の刀は《雲雀《ひばり》》で終《しま》いだ」

過去に芳乃《よしの》が言っていた。《雲雀《ひばり》》を作ったのは自分のおじいちゃんだと。

「嬢ちゃん。《雲雀《ひばり》》はどうだった？」

「え？　えーっと……」

昨日かぼちゃをスパスパしてました!!　とはさすがに言えないよね……。

「げ、元気です！　昨日もアルコールをたくさん浴びて……」

「飲んだくれかよ……」

「おい。まだ折れてねェのか？」

「へ？　折れて……ないです。大切にしてるのでっ！」

もう《雲雀《ひばり》》と出会って十年経《た》つ。家電でも十年保《も》つ方が少ないので、そういう意味では《雲雀《ひばり》》はとても長生きと言えるだろう。なのでわたしはおじいちゃんに褒められるかな、と思った……ら、おじいちゃんは腕組みして少し考え事をするような素振りを見せていた。

「──あらゆる道具には役目ってモンがある。その役目を果たすまで道具は生き続け、そして果たせば死ぬ。包丁が折れたのは、駄目ンなったからじゃねェ。包丁《そいつ》にとっての何かを終えたから死を選んだだけだ。そこに、人間の介在する余地はありゃしねェ」

「面白い考え方ですね。人間が道具を壊したのではなく、道具側が死を選んでいる、と」

「ちょっとむずかしいお話ですな……」

「《雲雀《ひばり》》が折れてねェのなら、それは《雲雀《ひばり》》にゃまだ何かしら役目があるからだ。己《おれ》ァてっきり、十年前の戦いでアイツはもう折れたとばかり思っていた。そう鍛造《つく》ったからな」

「えっと、もしあれでしたら、お返ししましょうか？　《雲雀《ひばり》》……」

「馬鹿言うンじゃねェ、嬢ちゃん。ガキを送り出すことに喜ぶ親は居ても、出戻りするガキに喜ぶ親なんざ居ねェだろ。《雲雀《ひばり》》は、嬢ちゃんと――ついでに《羽根狩り》のモンだ。まだ折れてねェのなら、いつか折れるその日が来るまで、大切にしてやってくんな」

おじいちゃんはそこでようやく歯を見せて笑った。その笑顔は、芳乃《よしの》のそれにちょっとだけ似ている。最近、芳乃《よしの》に直接会ってないから、なんだか会いたいなぁと思った。

「で、包丁はどうする？　その《雲雀《ひばり》》と似た感触のやつでいいか、律花《りっか》？」

「ろうくんがこれでいいなら、これがいいかなーって」

「じゃあこいつにしようか。すみません、買います」

「毎度。チンタラ悩まねェのは――」

「おい鰐淵《わにぶち》のジジイ‼　ブツの引き取りに来たぞボケ‼」

お会計をしようとしたら、店先でいきなり大きな声が。びっくりした……。

何事かと二人で振り向くと、ガラの悪そうな人がおじいちゃんを睨《にら》み付《つ》けている。

「商売中だ。帰ンな」

「知るか！　こっちが先だ！　ジジイ、俺は前に出せる限りのポン刀用意しとけってテメェに言ったよなぁ⁉　準備出来てんのか⁉」

「最近のヤクザは看板も読めねェのか。ウチは金物屋だ。刃物はあっても刀は置いてねェ」

いや〜な単語が耳に入った。怖い人はずんずんとこちらに詰め寄って、おじいちゃんに唾が全部掛かりそうなぐらい顔を近付けている。ちらっと首の後ろから刺青が見えた。

「誤魔化すんじゃねーぞ、クソジジイ。テメェが刀を打っては筋モンにバラ撒《ま》いてたことぐらい、とっくに調べが付いてんだ。まだ持ってんだろ、なあ？　出せやボケ」

「誰に聞いたが知らねェが、半世紀前の話だ。仮にその刀が残ってたとして、そんな錆《さ》び付《つ》いたナマクラでドンパチやるのか？　笑っちまうなァ。ここにある包丁の方がまだ斬れらァ」

「……痛い目に遭わねえと分かんねえか、オイ」

怖い人が右腕を振り上げる。その瞬間、わたしは反射的におじいちゃんの前に身体《からだ》を滑り込ませていた。ぴく、と怖い人が一旦動きを止める。

「律花《りつか》！」

「嬢ちゃん。オメェらには関係無《ね》ェ話だ。首突っ込むンじゃゃ——」

「何だテメェ？」

「先客です！　ご老人に乱暴するのはよくないでしょ！　やめなさい！」

「堅気《かたぎ》か？　キーキーうるせえ女だな。自分は乱暴されねえとでも勘違いしてんのか？」

「カタギじゃなくて犀川《さいがわ》ですけど!!」

「おい《羽根狩り》。嬢ちゃんはアレなのか」

「国語が苦手なんです。可愛《かわい》いでしょう？」

「オメェもアレなのか……」

後ろでおじいちゃんとろうくんがひそひそ話をしている。

え、わたし別に変なこと言ってないよね？

カタギってカタギさんって苗字《みようじ》のことだよね？　わたし犀川《さいがわ》ですけど!?

「……。バカ女が。顔歪《ゆが》ませてもっとブスにし「俺の嫁のどこがブスじゃクソボケがぁぁぁぁあぁぁぁぁぁ――――――――――――――――ツッツ!!!」ぶぇあ!!」

「あっ、ろうくん……」

音速でろうくんが怖い人をぶっ飛ばしてしまった。「狭い店内で暴れンな」とおじいちゃんが言っているけれど、ろうくんはそれを見越して地面に叩《たた》き付《つ》けるようにして倒したみたい。

「し、しまった。つい手が……」

「だから言ったンだよ、オメェらは首突っ込むなって。手前《てめえ》の落とし前ぐれェ手前《てめえ》で付けらア」

「すみません……」

「で、でもっ！　けっこーおじいちゃんも危なかったというか、黙って見ていられないというか、そもそもろうくんはそこまで悪いことは……」

怖い人はすっかり伸びてしまっていた。別に、わたしが相手にしてもろうくんが相手にしても、結果は変わらなかっただろう。どっちかが、いずれはやってしまっていた。

けど、おじいちゃんがその軽はずみな行動そのものを咎《とが》めていることも、分かる……。

「オメェらなら分かるはずだ。このボンクラは味噌《みそ》っ滓《かす》でしかねェが、背後には『組』ってェ組織がある。そこに一般人が弓引くことが、どれだけ危険なことかってくれェはな」

「……軽率でした。申し訳ない」

ろうくんが深々と頭を下げる。人は、一人っきりで生きていられる生き物じゃない。学校や会社など、色々な集団に属して生きている。この怖い人は一人で来ただけで、実際はその後ろに、もっと大人数の怖い人達がいる。だからあそこまで乱暴で大きな顔が出来ちゃう。

おじいちゃんはふうと大きな溜《た》め息《いき》をつく。あまり、怒ってはないみたい。

「まァ――嫁さんを目の前で愚弄されても動けねェような屁《へ》垂れが、あの《白魔《ハクマ》》の旦那じゃなくて良かったとも思うがな。男としては立派だよ、オメェは」

むしろその逆で、今度は頷《うなず》いて笑ってみせた。

とはいえ、やってしまったことに変わりはないので、ろうくんはちょっと困惑気味。

「ははは……ありがとうございます。でも覚えられましたよね、顔。はあ、どうしよう」

「ここ最近どこぞのバカタレが、次々とヤクザ共を理由なく襲っているらしい。今更己《おれ》ン店まで来て武器を掻《か》き集《あつ》めてンのも、それだけ連中が追い詰められているからだ。つまり、堅気《かたぎ》のオメェらにかかずらう余裕なんざねェさ、安心しな」

「あの、カタギじゃなくて犀川《さいがわ》ですけど……」

「そうですよ。俺は犀川狼士《さいがわろうし》で、こっちは犀川律花《さいがわりつか》です。カタギさんじゃありません」

「オイ嫁の無知に全力で乗っかンじゃねェ」

よく分からないけれど、そういえばおじいちゃんに自己紹介していなかったので、それが出来たということにしておこうっと。

おじいちゃんは怖い人の首根っこを摑《つか》んで、店先まで引きずっていく。

「鰐淵《わにぶち》さん。そいつをどうされるんですか？」

「後でサツに突き出す。困ったら公権力に頼ンのが一般市民だ。覚えときな」

「そっかぁ……そうだよね。今度はそうします！」

「もうこんなことはゴメンだけどな……」

おじいちゃんは店の前に怖い人を蹴り転がして戻って来た。その手にはスマホが。

「わ。おじいちゃん、スマホ使えるんですね！　かっこいい！」

「ハ。孫が持ってってうるさくてなァ。店ン中にも防犯カメラを勝手にあちこち置きやがって」

「思ったより防犯がしっかりされている店なんですね。意外でした」

「どうだかな。己《おれ》ァ別に、自衛なんざコイツさえありゃ充分よ」

おじいちゃんは甚平《じんべい》の裡《うち》から、ちらりと小太刀の柄を覗《のぞ》かせた。あれ、でもさっき――

「おじいちゃん、刀は置いてないって怖い人に――」

「畢竟《ひっきょう》、己《おれ》ァ刀鍛冶よ。もう打たねェだけでな。刀《コイツ》が無い生活なんざ考えられねェさ」

「な、なるほど……？」

「しっかりしている、というよりも……結構したたかってことですね」

あんな怖い人には負けないくらい、おじいちゃんはあらゆる面で強いのかも。わたしやろうくんに首を突っ込むなって言った理由は、そういうことなのかな。

おじいちゃんは通報した後に、ようやく本来の目的である包丁のお会計をしてくれた。

「ついでだ、砥石《といし》も付けとく。手入れすりゃ、そいつァ十年は余裕で使えるからな」

「良《い》いんですか？」

「やったぁ！　ありがとう、おじいちゃん！」

「気にすンな。それと、もし《雲雀《ひばり》》に何かあったらウチに持って来な」

もう使うことはねェだろうが――と、おじいちゃんは付け加えた。確かに、もう使うことはない。でも、自分の刀を気にかけてくれる人がいるのは、とっても嬉《うれ》しいことだよね。

「分かりました！　けど、何もなかったとしても、今度また遊びに来ます。芳乃《よしの》と！」

「そうかィ。そん時ゃ、茶菓子の一つでも用意して待ってらァ」

「色々とご迷惑をお掛けしました。それじゃ、俺達はこれで」

警察が来る前に退散しろ、ということで、わたし達はお店を後にする。

「――仲良くやれよ、ご両人。応援してらァ」

最後におじいちゃんが、そう小さく言っていたのを、わたしもろうくんも耳にした。

＊

「うーん、つかれた～。もうくたくただよ～」

帰りにスーパーへ寄ってから帰ったら、すっかり日が沈む時間になっちゃった。

とりあえず荷物を置いて、手洗いうがいをして、わたしはソファに倒れ込む。

「お疲れ様。飯は俺が作るから、律花《りっか》はゆっくりしといてくれ」

「ありがとー、ろうくん。たくさん食べてね～」

「俺のセリフじゃないのかそれは……」

「作った人も遠慮しないでねってこと～」

「なるほど」

台所の方で、がちゃがちゃと音がする。ろうくんがお料理の準備を始めているのだろう。

ろうくんは料理にけっこー時間がかかるっていうか、すごくかっちりしすぎてるから、ごはんの時間は遅くなるかな、とぼんやり思う。

「おじいちゃん、いい人だったね」

「ん？　ああ、そうだな。抜け目もない感じだったし、伊達《だて》に歳食《とし》ってないよ」

「そんなこと言わないの！」

ろうくんを叱りつつ、わたしは今日あったことを早速芳乃《よしの》にメッセージで送った。今度都合がついたら、《雲雀《ひばり》》を持って二人でまたおじいちゃんのところに行きたいよね。

「俺さ――良くないよな。相手が誰であれ、傷付けるってのは」

「……さっきのこと、気にしてるんだ？」

「そりゃあな。一歩間違えればとんでもないことになってたと思うし」

おじいちゃんは『無茶な注文をして店主に詰め寄るヤクザを、たまたま買い物していた客が撃退した』という体で警察には通すと、そう言ってくれた。なので大事にはなっていない。

でも、わたし達の『目立たない』というチェック的にはNGかもしれない――ので。

「ろうくんは、わたしのために怒ってくれたんでしょ？」

「そう……だな。それだけは、間違いないよ」

「なら、わたしとしてはとっても嬉《うれ》しいからセーフ！　一方で、他にもっといいやり方があったかもしれないから、アウト！　あわせて……セフトで！」

「リクエスト判定行きな答えだ……。でも、気が楽になったよ。ありがとう、律花《りっか》」

「どういたしまして～」

ろうくんは少しだけ勘違いしているけれど、何かと戦って傷付けるということは、絶対に悪いことではないと、わたしは思う。そうしなければならない時って、きっと誰にでもある。

もしろうくんが手を出していなかったら、おじいちゃんを守るためにわたしがあの怖い人をやっつけていた。結局どっちが先だったかってだけなのだから、あまり気にしないで欲しい。

……わたしの方がダメな考えなのかな。

「な、なあ、律花《りっか》」

「どうしたの？　お料理の準備は？」

「いや、ちょっと鶏肉《とりにく》が常温に戻るまで一旦休憩で……」

わたしの隣に、エプロン姿のままのろうくんが座る。さっきまでのしんみりした顔じゃなくて、今はまた視線が右と左に反復横飛《よことび》する感じ。考え事が他にもあるのかも。

「その━、今日は結構歩いたよな。足とか疲れてないか？」

「ん━、疲れはしたけど、足はほどほどって感じかなぁ。ろうくんこそ、荷物持ってもらったし腕とか疲れてない？」

「俺は頑丈だから。えっと、足とかマッサージ……するけど」

「足つぼマッサージってやつ？」

「そうそう。良かったら――」

「あれくすぐったいからきらい～」

どこかで聞いた話だけれど、足つぼを押されて痛がる人は、身体《からだ》の調子があまりよろしくない人らしい。わたしはくすぐったいだけなので、多分健康なんだと思う。

「むしろわたしがろうくんの足つぼを押そっか？　つぼの場所知らないけど……」

「俺はマジ超頑丈だから。そ、それなら肩とか……凝ってないか？」

「肩？」

「ああ。ほら、女性って――」

右と左に動きがちだったろうくんの視線が、下に動いた。昔のクセっていうか、わたしは人の視線の動きに敏感だ。っていうか、女の子はこの視線の動きに大体敏感。だって普通にしていたら、目の動きは下に向かないいんだよね。身体《からだ》のどこかを見る時以外はさ……！

「――よく肩凝るって言うから」

「今どこ見たの？」

「え？　ははは、俺はいつも律花《りっか》しか見てないぞ？」

「『こいつ肩凝ってねえだろうな』って考えたでしょ？」

「そんなことはないって！　こういうのは個人差だから！　別に律花《りっか》の肩が凝ってなくても、感謝の気持ち的に肩を揉《も》んであげたいという理由だから‼」

「肩凝ってないなんて一言も言ってないんですけど？」

わたしはろうくんにクッションを投げ付けて、そっぽを向いた。肩……肩ね。そうですね、全然凝らないですね。わたしは健康体だからね！　胸の大きさとか関係なくね！

「もう鶏肉《とりにく》常温に戻ってるでしょ！　おなかすいた～!!　早く料理作って～!!」

「分かった分かった！　凝ったらいつでも揉《も》むからな!?」

「その時はよろしくねえ!!」

すごすごとろうくんがキッチンへと戻っていく。結局わたしをからかいに来ただけだったのかな。あ、マッサージしたかったのは本当かぁ。別に必要なかったけれど、もしわたしが足とか肩とか凝った時は、遠慮なくろうくんに頼もうっと。

「り、律花《りっか》！　この包丁やばいぞ！」

「え？　どういうこと？」

台所でろうくんが驚きの声を出している。

話をまとめるってわけじゃないけれど、料理も戦いもマッサージも、わたしは全部根っこが同じだと思うんだよね。

「鶏肉《とりにく》が豆腐みたいに切れる!!　え、いい包丁ってここまでなのか!?」

「気になる～！　見せて見せて！」

つまり——どちらも誰かのためにするものだ、ってこと！


「あっ」

「こいつ――ッ」

《羽根狩り》――狼士《ろうし》は己の心拍数が跳ね上がったことを自覚した。背中を駆け抜けるような怖気《おぞけ》は、本能が鳴らした警鐘だ。銃把を砕けそうな程に強く握り締め、狼士《ろうし》は走る。

「逃さない」

入り組んだ路地の奥、ビルとビルの壁を蹴り跳んで迫る《白魔《ハクマ》》。以前の交戦とは明らかに動きが違う。野良猫《のらねこ》が山猫にでもなったと言うべきか。しなやかな動きに、圧倒的な鋭さ。何故《なぜ》彼女がそうなったのかは、交戦して数秒ですぐに解《げ》せた。

（得物……刀が以前と異なる。それだけでこうも動きが変わるのか――）

武器を替えて攻撃力に変化が出ることは当然だとしても、動きまで格段に良くなる、というのは不可解ではある。ただ、別段これは武器が《白魔《ハクマ》》に力を与えているというよりかは、そもそも彼女が持っている実力に武器が最適化していると狼士《ろうし》は感じた。

（これまで奴《やつ》が使っていた武器は、そもそも手枷《てかせ》にしかなっていなかったと見るべきか。いずれにせよ厄介だな。地の利も相手にある）

威嚇射撃をしても飛礫《つぶて》による自動迎撃で通じない。距離を取ろうとしても、《白魔《ハクマ》》は壁を氷結させ、それを滑り降りるようにして一気に距離を詰めてくる。面さえあれば、彼女にとってはそれが壁だろうと天井だろうと、スケートリンクのように機能する。

（全く以《もっ》て《痣持ち《ブルーズ》》は非常識だ。無能力で挑むおれの身にもなれ）

狼士《ろうし》は足を止める。眼前にあるのは高い壁——袋小路《ふくろこうじ》に追い詰められていた。無理をすればよじ登れなくもないが、《白魔《ハクマ》》に背中を向けてそれが出来るとは思えなかった。

「——追い詰めた。《落とし羽》を渡しなさい」

「渡すと思うか？　力ずくで奪え」

「交渉してあげたのよ。後から恨まれても嫌だから」

ここに誘い込んだならまだしも、追い詰められたとなっては打つ手もない。己の懐《ふところ》に《落とし羽》があることを狼士《ろうし》は確認したが、しかし渡す気は元よりなかった。

「心配するな。恨むのは——お前の方だ」

黒衣の外套《がいとう》をはためかせ、狼士《ろうし》はそこに仕込んでいた短機関銃を抜き放った。弾丸一発一発に狙いはない。群れを成す数十発が、面を舞う得物をその面ごと制圧する。

飛礫《つぶて》の迎撃には限度がある。弾丸の嵐を自動で全て防げるわけがない。狼士《ろうし》のその考えは正しい——が、《白魔《ハクマ》》は姿勢を限りなく低くし、地を蹴って滑り疾走する。的を小さくした上で高速移動し、更に己に当たる可能性が高い弾丸だけを選んで飛礫《つぶて》は迎撃しているのだ。

（山猫？　違うな。こんなもの豹《ひょう》か、もしくは化け猫——）

刀が翻《ひるがえ》る。元来、狼士《ろうし》と《白魔《ハクマ》》の実力差は、《白魔《ハクマ》》側が勝っている。狼士《ろうし》はこれまで手練手管でその差を埋め合わせ、五分にしていたが、今回ばかりは違う。

新たな刀を手にした《白魔《ハクマ》》に対し、狼士《ろうし》は追い付けていない。完全に上回られた。

「斬獲《と》った」

――《白魔《ハクマ》》が呟《つぶや》いたその瞬間、狼士《ろうし》が背にしている壁が、爆《は》ぜた。

高い金属音が一帯に響く。鉄で鉄をぶっ叩《たた》いたかのような音。

「無事か、《羽根狩り》ッ!!」

「《天鎧《てんがい》》……随分派手な登場だな」

「憎まれ口を叩《たた》けるなら大丈夫そうだなッ！　安心した!!」

壁をぶち破って登場したのは、赤毛の偉丈夫だった。狼士《ろうし》と同じ黒衣に身を包み、しかし彼よりもかなり生気溢《あふ》れる顔をしている。通り名は《天鎧《てんがい》》、《志々馬機関《しじま》》の一員。

「こいつ……！　《祝福者《アクター》》か……！」

歯噛《はが》みして《白魔《ハクマ》》は後退する。《羽根狩り》に振るった刃は、寸前で受け止められた。《羽根狩り》ではなく、《天鎧《てんがい》》の腕に。籠手か何かの防具を疑った《白魔《ハクマ》》だったが、しかし《天鎧《てんがい》》は腕まくりをして地肌を露出させている。

それだけで彼が《祝福《ブレス》》を持つ者であることは分かったようだった。

「初めましてだなァ、《白魔《ハクマ》》！　俺は《天鎧《てんがい》》！　本名じゃないぞ!!」

「なんなの？　この男……」

「おい。悠長に何やってる」

「最近まで盲腸で入院していたから戦線復帰出来ていなかった!!　だが俺が戻って来たからに

は、もうお前の好きにはさせんッ!! なあ《羽根狩り》!?」

「………。《白魔《ハクマ》》ならもう逃げたぞ」

「なんとぉ!?」

想定外の増援、更にデータにはない異能力者。《白魔《ハクマ》》は向こうの通信手《オペレーター》と小声でやり取りをし、すぐに撤退した。迅速な判断は、本人と通信手《オペレーター》の連携が良く取れている証拠だ。

《天鎧《てんがい》》のある意味常識外れな名乗りは、結果として相手を威圧したらしい。そしてそれは、《羽根狩り》の久方振りの危機を救ったということでもあった。

「残念だ！　あの《白魔《ハクマ》》とようやく闘り合えると思ったのにな！　まあ、労せずして《落とし羽》をゲットと考えればいいか！　ははははははは！」

「……合流時間から遅れ過ぎだ、健剛《けんご》。何をしていた」

《天鎧《てんがい》》――もとい、《獅子鞍健剛《ししくらけんご》》。狼士《ろうし》の同期である。年齢は健剛《けんご》の方が僅かに上だが、幼少期から共に訓練をした中だ。我々は親友……とは健剛《けんご》側だけの談である。

本来、今回の任務は狼士《ろうし》と健剛《けんご》の二人で行うはずだった。が、いつまで経《た》っても健剛《けんご》が現れないので、狼士《ろうし》単独で進めた結果、危機に陥ったのである。

「ちょっと美味《うま》そうなラーメン屋があってな！　食ってきた!!」

「……馬鹿かお前は。命令違反だ」

「だがタイミングはバッチリだったぞ！　結果オーライ!!」

「はあ……」

健剛《けんご》は我が道を地で行くタイプだ。己の本能に忠実とも言える。裏表がなく、親しみやすい男なのだが、自分の欲望を優先するあまりに命令違反を何度も重ねる問題児でもあった。

「おし！　そこまで言うなら二人でもっかいラーメン食い行くかぁ！」

「何も言ってない。行くわけもない。いいから報告に戻るぞ。そこまでが任務だ」

《志々馬機関《しじまきかん》》では数少ない、《祝福《ブレス》》を持つ《痣持ち《ブルーズ》》であり、単純な戦闘力なら狼士《ろうし》にも引けを取らない健剛《けんご》だが、機関から重用されない理由は、この圧倒的な扱いにくさにある。

何せ、どれだけ上官に叱られたところで、全く反省しないのだから。

「駄目だぞ、狼士《ろうし》！　任務とか命令とか、そういうのは自分の次にあるものだ！　俺達は人間、お手と言われて素直にお手をする犬じゃない！　自分こそ全て！」

「犬の方がお前よりマシだ。命令を聞くわけだからな」

「悪いが俺は猫派だ‼　猫は自由だからな‼」

「……。付き合ってられん。ならおれ一人で戻る。命令に背きたいなら勝手にしろよ」

「そうツれないことを言うな狼士《ろうし》ィ！　奢《おご》ってやるから！」

騒ぐ健剛《けんご》を無視して、狼士《ろうし》は歩き出す。もし、健剛《けんご》が大真面目に取り組めば、無能力者の狼《ろう》士《し》ではなく《痣持ち《ブルーズ》》の健剛《けんご》こそが《羽根狩り》と称されただろう。そうはならなかったことが全てなのだが、しかし狼士《ろうし》は内心で健剛《けんご》の言葉を反芻《はんすう》する。

（犬、か）

狼《おおかみ》、という文字が己の名には刻まれている。しかし、それが命令に忠実な理由ではない。

単に、狼士《ろうし》にとっては与えられた命令が全てだ。備え、従い、こなし、また備える。

（別に構わない。犬でも何でも）

その繰り返しの先に、《濡羽《ぬれは》の聖女》が居るのなら、何も問題はないのだから。

《第三話》

「猫だよ!!!」

「いや犬」

「猫！　ねーこ!!」

「いや……犬ッ」

価値観の一致というものは、結婚生活において非常に大事である。一致する部分が多ければ多いほど、人間は仲睦《むつ》まじくなるものだ。事実、俺達はほとんどの価値観が似通っているが、夫婦といえど同じ人間ではない。どうしてもズレることがある。

そして、いわゆる派閥のあるモノの最たる例——恐らく『きのこ・たけのこ』と同じぐらい、古《いにしえ》より我々人間に議論を巻き起こしたカテゴリ。即《すなわ》ち——

「飼うなら絶対に猫だってば!!」

「いや……犬ッッッ」

——『犬派・猫派』論争である!!

断言しておくが、そこに優劣はない。犬には犬の、猫には猫の魅力がある。ただ、律花《りっか》は猫の魅力に取り憑《つ》かれており、そして俺は犬の魅力に取り憑《つ》かれているだけだ。

切っ掛けは、以前包丁を買いに出掛けた時のショッピングモールだ。そこで俺達はふらりとペットコーナーを眺めた。律花《りっか》は子猫に、俺は子犬にときめいた。本来ならそこで終わる、泡沫《うた》《かた》の夢みたいな胸のときめきのはずだった。誤算があるとするなら、それは。

『ウチってさ、ペットOKだよね』

という、律花《りっか》の一言だった。住居探しの際に、俺達はペットOKの物件を探していたのだ。

しかし思ったよりもその日が早く来てしまった。俺と律花《りっか》がモメる日が……。

「猫はいいよ？　静かだし、あんまり手が掛からないし、なにより可愛《かわい》いし！」

「犬はいいぞ。飼い主に忠実だし、常に寄り添ってくれるし、何より可愛《かわい》いからな」

飼うこと自体に異論はない。ただ、予算の関係上、飼えるのは一匹までだ。

「…………」

しばし、俺達は見つめ合った。睨《にら》み合《あ》ったとも言えるが、夫婦なので見つめ合った。

ソファに腰掛けている俺の膝に、律花《りっか》は無言でごろんと頭を乗せる。

「ね～え、ろうくん♡」

「なんだい、律花《りっか》？」

「愛してる♡」

真《ま》っ直《す》ぐに俺を見上げながら、律花《りっか》は指でつんつんと脇腹を突《つ》いて甘えて来た。甘えて……

いやこれはおねだりだろう。俺をオトそうとしているのは火を見るより明らか。

「俺もだよ、律花《りっか》」

なので俺は膝上の律花《りっか》に顔を寄せて、前髪を掻《か》き上《あ》げ額にキスをした。

「……あはは♡」

「ふふっ」

お互いにやや薄っぺらい微笑《ほほえ》み。律花《りっか》はぐりんと背を向けるように寝返りをうつ。

「チッ」

「おい」

露骨に舌打ちしやがった……。これでコロッと翻意するなら、そもそも犬猫でここまでモメないだろうに。でも、俺だって犬を飼いたいのだ。一人でなく、律花《りっか》と。

「──まあ、しばらくこのお題は封印で。追々考えていこう」

「そだね～。ろうくんとケンカしたくないし。わたしが勝つから……（暗黒微笑）」

「言ったそばから喧嘩《けんか》を売るな……‼」

「売ってませ～ん」

また寝返りをうって、今度は俺の腹筋にぐりぐりと律花《りっか》は顔を押し付けていた。何やらくぐもった声がする。俺はぽんぽんと律花《りっか》の頭を軽く撫《な》でた。

「……熱《あ》っつ‼」

腹筋の一部、律花《りっか》の唇が当たる辺りがやたら熱を持つ。やいとされていた。

＊

問題を無期限先送りし、この犬猫論争は一時的な解決を見せた……かに思えたのだが。

「ろうくん、今日はデザートあるよ。カップアイス！　のチョコ！」

「お、マジか。いいね」

「今食べる～？」

「そうだな。んじゃ食べるよ」

食後、机の上に律花《りつか》がコトリとそれを置く。どうやらカップアイスらしい。

カップ表面には可愛《かわい》い猫のイラストが描かれ、側面には『愛猫元気《あいびょう》』とデカデカと宣伝文句を謳《うた》い、そのフレーバーというと『ゴージャスまぐろ味』とある。

どう見ても猫用《ねこ》のカップアイスっすねえ、これねえ。キンキンに冷えてますねえ。

「……律花《りつか》さん」

「あっ！　ごっめ～ん、間違えちゃった！　はい、こっちね！」

今度は普通のカップアイスが置かれた。そそくさと律花《りつか》は猫缶《こかん》を回収する。

「……ゆくゆくは必要になるからね……」

俺に背を向け、ぼそりとそう（聞こえるように）呟《つぶや》く。

無言で俺はアイスをスプーンで掘り返す。なるほどね、と。そう来たか、と。

(外堀から埋めて来やがった……!!)

思えば、俺と律花《りっか》は長らく《落とし羽》を巡って争い合っていた。その中で、お互いがお互いに敗北している。しかし、どちらもその敗北で心が折れたことは一度もない。

何が言いたいかというと——俺と律花《りっか》は非常に諦めが悪い、ということだ。


「ただいまー」

仕事から帰って、玄関の扉を開き、ほっと一息つく。自分の家の匂いって、どうしてこうも落ち着くのだろうか。ああ今日も一日疲れた……と、俺はふと靴箱の上に目をやる。

(小物が増えてる……)

それも猫をモチーフにしたやつがチラホラと。ここも外堀の一つですか律花《りっか》さん。

「おかえり、ろうくん!」

「ただいま。なあ、律花《りっか》。これ」

「かわいいでしょ?」

「お、おう」

玄関先までやって来た律花《りっか》は、にっこり笑っている。訊《き》きたいことは色々あるのだが、可愛《かわい》いという結論を最初に突き付けられてしまったので何も言えない。まあ可愛《かわい》いけどさ……。

「今日はカレーにしたよ〜。ろうくんカレー好きだもんね！」

「好きだなぁ。律花《りっか》の作るカレーは特に」

「ありがと！」

　これは別にお世辞でも何でもない。自分でもカレーぐらいなら作れるが、律花《りっか》が作るものは自分のそれよりも何倍も美味《おい》しい。きっとアレンジしながら作っているからだろう。

　ことり、とカレー皿が目の前に置かれる。俺はごくりと息を呑《の》んだ。

（飯が猫形に盛られてる……）

　白米が猫の顔のように成形され、更には海苔《のり》で目と鼻とヒゲがデコられていた。26歳が晩飯で食うにしてはあまりにもファンシーでキュートであることは間違いない。

「い、いただきます」

「いただきまーす」

　律花《りっか》の料理は幾度となく食べているが、こういうキャラクター料理？　みたいなのはこれまで見たことがない。ここも律花《りっか》からすれば攻め時なのだろう。俺は具材に目をやる。

（ジャガイモも人参《にんじん》も猫形にカットしてる……）

　手間掛かっただろこれ。自分でやるって考えたら面倒過ぎて嫌気が差すレベルだぞ。

「な、何かすごいな、今日のカレー。努力の跡が見え隠れするっていうか」

「かわいいでしょ？」

「お、おう」

事実、子供は絶対に喜ぶ見た目だとは思う。俺は子供じゃないが。

あえて俺は色々と触れずに、「うまい」とだけ伝えて全部頂いた。おかわりもした。

食後、俺は洗い物を済ませ、律花《りっか》と二人でのんびりとバラエティ番組を観《み》ていた。

その番組が終わりかけの頃合いで、律花《りっか》がソファから立ち上がる。

「そろそろお風呂《ふろ》沸かしてくるにゃ」

「ん。ん……？」

聞き間違いか？　いや、聞き間違いだろう。俺がちょっと神経質になっているに違いない。

「どっちから先入る～？」

「律花《りっか》からでいいよ」

「りょーかいにゃ」

「………」

いや、まだ聞き間違えた可能性がある。「了解な」と返事した可能性がある。了解の後に『な』を付ける意味は分からないが、じゃあ『にゃ』を付けるかっていうと付けないだろう。

つまり俺の耳がバグったんじゃないのか？　そっちの可能性に賭けよう。

「んー、眠くなってきちゃった。そろそろ寝よっか～」

「だな」

0時を回ったくらいのタイミングで、律花《りっか》が眠そうに伸びをした。

「じゃ、ろうくん。おやすみにゃさい」

「え？　今噛《か》んだよね？」

三流芸人のしょうもないイジりみたいに、俺は律花《りっか》の言葉尻を捉えた。

申し訳ないが三度目はない。風呂《ふろ》から今に至るまで律花《りっか》のそれは一切にゃり、もとい、鳴りを潜めていたから、ガチで俺の聞き間違いだったと処理していたのに。

俺が何を言いたいのか、律花《りっか》はどうやら察したらしく、「あっ」と声を上げた。

「もしかして、またわたし『にゃ』って言ってた？」

「俺の聞き間違いじゃないのなら、さっきから何回か……」

「そっか～。これ癖なんだよね――子供の時からの」

ド嘘《うそ》をつくな……!!　どんな癖だよ……!!

「当時の動画とか残ってないのか？　せめて証拠として……」

「ないと思うなぁ。でもさ」

律花《りっか》はその場でくるりとターンして、猫の手を作ってポーズを決めた。

「かわいいでしょ？」

「お前それ言うと俺はもう黙ると思ってないか？」

俺が思わぬ反撃に出たのが意外だったのか、律花《りっか》はそれこそ猫のように目を丸くした。

「………………。ちゅっ♡」

「おい」

が、再攻撃なのか誤魔化しなのか、律花《りっか》は俺に投げキッスをして、そのままそそくさと自室の中に消えていってしまった。逃げ足も猫の如《ごと》くであろう……。

「ふーっ……。まあ可愛《かわい》かったけど」

大きく俺は息を吐く。可愛《かわい》いのは可愛《かわい》いが、俺は語尾に『にゃ』を付けるようなキャラクターにはハマらないタイプだとも思った。だって本物の猫は語尾に『にゃ』って付けないし。

＊

「――っていうことが最近あってさ」

「なるほどですねー」

ここ最近における律花《りっか》の猛烈な『猫攻め』について、昼休みに生駒《いこま》さんへと話してみた。

「ぶっちゃけ、それはせんぱいが悪いですよ」

「うっ……。やっぱそうかぁ」

「ですです。そうまでして猫を飼いたいって思っているのなら、それを汲《く》んであげるのが夫としての度量ってやつじゃないですか？」

「度量……」

器とか度量とか、そういう単語に男は弱い。目に見えないモノのサイズにこだわってしまうというか、プライドってモノの根っこがここに繋《つな》がっているというか。

俺は律花《りっか》の作った弁当に目を落とす。ついでに生駒《いこま》さんも俺の弁当を覗《のぞ》く。

さも当然のように、猫尽くしのキャラクター弁当がそこにはあった。

「めちゃ可愛《かわい》いですねー。この猫ちゃんお弁当」

「ありがとう。嬉《うれ》しいよ」

「せんぱいが食べると可愛《かわい》さ半減ですけどね」

「何でそんなこと言うの？」

まあ俺くらいの歳《とし》でキャラ弁を食べるというのは中々ないとは思うけど……。

弁当の中の猫形おにぎりは、カレーの時と同じく海苔《のり》で可愛《かわい》く顔が描かれている。

今更だが律花《りっか》は絵が上手《うま》い。更に大体の芸術的才能に溢《あふ》れている——俺には無いものだ。

「ま……こうまでアピールされてるわけだし、俺が譲るのが全部丸く収まるよね。ところでさ、生駒《いこま》さんは犬と猫どっち派？」

「あたしは——」

生駒《いこま》さんが俺の弁当と俺の顔を交互に見る。二択を選ぶのにその行動は必要だろうか？

「――犬ですね、やっぱり。人類の友といえば犬ですよ！」

「おっ、分かってるじゃないか。いいよな、犬！」

「鳥はいいぞ」

同志となった俺達の間へ割り込むようにして、中年のおっさんが現れた。

「うわ。何すか部長。そういう第三の選択肢とか今要らないんで」

「部長さんは鳥派なんです？」

「ああ。脱走されると二度と回収出来ないであろうリスクを差し引いても、鳥はいいぞ」

「リスクがデカすぎる……」

「確かに、あたしみたいな独り身は鳥が丁度いいかもですねー。犬や猫だと、どうしても世話に掛かりっきりになりますし。出社中は気が気じゃなくなっちゃうかも」

「でも俺は犬か猫が飼いたいんで、鳥は最初からナシっすよ」

「だろうな。その弁当を見れば状況は察するに余りある。ではそんな悩める部下に、上司として一つ助言を授けてやろう」

戦局分析や戦況判断に比べれば、社内の部下の管理ぐらい造作もないのだろう。

部長がどこまで話を察したのかは不明だが、少なくとも部長から手渡されたコピー用紙を見た瞬間、俺の中に新たな選択肢が発生したことは確かだった。

「おかえり、ろうくん！」

帰宅すると、嫁の頭部に猫耳が生えていた。それだけは事実だった。

「……。ただいま。似合うな、それ。可愛《かわい》いよ」

正確性を加味して述べるのなら、猫耳形のカチューシャだろう。どこで調達したのか、もしかして最初から持っていたのか、諸々《もろもろ》不明だが俺は先手を打って可愛《かわい》さを断言しておいた。可愛《かわい》いというのは本心だ。律花《りっか》の銀髪に猫耳はよく映える。俺は語尾に『にゃ』こそハマらないが、猫耳となった嫁にはハマるタイプらしい。新たな己の一面を見付けた気がする。

「あ、これ？なんかね……生えてきたの。急に」

「マジか。耳鼻科行く？」

ド嘘《うそ》をやめろォ……!!

猫攻めもとうとう来るところまで来たのか、律花《りっか》自身が猫になる路線へ入ったようだ。じゃあ次はもう俺が猫にされるのではないのかとすら思うが、しかし俺は考える。

やっぱりこう……俺は男なわけで。攻められてばかりだとフラストレーションが溜《た》まる。昔から守りに入るよりは攻め入る方が得意だった、ってのもあるが。

丁度いい。俺は通勤カバンをその辺にぶん投げて、ネクタイを少し緩めた。

「しかし──本当に可愛《かわい》いな」

「でしょ〜。猫はかわいいからね！」

「いいや、可愛《かわい》いのは律花《りっか》自身だよ」

歯の浮くようなセリフだが、先に述べたように本心なので問題ない。俺はきょとんとしている律花《りっか》へ詰め寄って、その小さな顔を両手で包み込むようにして触れた。

さらさらもちもちとしている。なめらかに指が滑るのに、吸い付いて離れない。少しだけ力を込めて頬を指の腹で押すと、ぷにっと指が沈むと同時に少しだけ抵抗で押し返される。

「ちょ、ちょっと、ろうくん?」

ようやく律花《りっか》が違和感を覚え始めた。俺はさながら巧緻な陶芸品を確かめるような手付きで、律花《りっか》の頬や顎のライン、首下を指で撫《な》で続ける。

そう、これが俺の結婚記念日までに打ち立てた『準備』——名付けて『(そのうち童貞を捨てる為《ため》に)律花《りっか》と一歩ずつ距離をもっと縮めていこう作戦』である!!

といっても別に強引に迫るわけではない。あくまで日常生活範囲内で、これまでよりかは多少積極的に律花《りっか》へ触れていくだけだ。無論律花《りっか》が嫌がったらすぐにやめるつもりだし、受け入れたのなら行けるところまで行くという、フレキシブルな内容となっている。

「く、くすぐったいんだけど! それに手付きがちょっと、えっちぃような……」

「オレハ　ネコヲ　ナデテイルダケ」

「ウソが下手すぎてロボみたいになってる……」

こうも顔をベタベタと触られれば、普通は嫌がるだろう。化粧をしている女性ならば特にそうであろうが、しかし俺達は夫婦である。律花《りっか》は家ではほぼすっぴんだし、そもそもそんなに嫌ではないのか、困惑はしても抵抗はしない。

徐々に触れる指が熱を感じ取ってきた。律花《りっか》が赤面したのだ。なるほど、人間は赤面した時にこうも温かくなるものなのか。律花《りっか》は基礎体温が高いのか、とてもぽかぽかしている。

「オレハ　ネコヲ　ナデテイルダケ……ナデテイルダケ……ネコヲ……」

「ろうくん、あの――」

律花《りっか》の瞳が潤んでいる。俺は性感帯とかそういった事情にまるで疎《うと》いが、しかし同じ部位をひたすら触られ、撫《な》でられれば嫌でも肉体は反応してしまうのではないか。

可愛《かわい》い、というよりも愛おしい。愛しているのだから当然だ。猫耳があろうとなかろうと、律花《りっか》の顔を見つめながら触れるだけで、こうも鼓動が激しくなる。

俺はぷっくりとした桜色の唇へ、人差し指を一本這《は》わせた。そろそろ乾燥する季節で、ガサつき始めた俺のそれとはまるで違う。実りたての果実みたいに瑞々《みずみず》しい。肌とはまた違うその質感は、普段からキスで触れ合っているはずなのだが、改めて指で撫《な》でたことなどなかった。

「律花《りっか》――」

奪ってしまおう。俺はもう半歩、律花《りっか》へと肉薄する――

ガブッ。

「ぐああああああ――――――――ツッッ!!」

「フシャーッ‼」

──噛《か》まれた。割とバックリと。愛らしい子猫ちゃんかと思ったら山猫だった。

「噛《か》むなよ‼」

「は？　猫も噛《か》む生き物ですけど？　犬みたいに」

「でもここは、せめて一回──」

「うるさーい！　まだ手洗いうがいもしてないでしょうが！」

「あっ、確かに……」

そら噛《か》むわ……。律花《りっか》の真っ当な指摘に、俺は返す言葉もなかった。むしろここまでよく許してくれたものだと、律花《りっか》の優しさに感動すら覚えた。

「ごはんの準備するから、さっさとしなさい！」

耳まで赤くしている律花《りっか》は、そう言って踵《きびす》を返《かえ》す。

生えてきたらしい猫耳だけが、むしろ自然な色合いを保っていた。

夕食後。俺は手に部長から渡されたコピー用紙を持って、ソファに座る律花《りっか》へ声を掛けた。

「律花《りっか》。ちょっと話が──って」

夕食中もずっと猫耳だった律花《りっか》の頭部は、今度は犬耳に変化していた。俺が用紙を取りに部屋へ戻った間に替えたのだろうか。っていうか何でそんな耳ばっか持ってるんだ……？

「あ、これ？　なんかね……今生え変わったの。急に」

「もう耳鼻科程度では対応出来ないかもな……」

「ところで話ってなあに？」

「あー、いや。猫か犬飼うって話なんだけどさ」

俺はコピー用紙を律花《りっか》へと渡す。すぐに律花《りっか》はそれを読み上げた。

「保護動物譲渡会のご案内――」

保護動物。主に人間の都合で捨てられたり、飼うことが出来なくなった動物を、どこかの団体が一時的に保護している。譲渡会はそれらの動物を譲る、即《すなわ》ち里親を広く募る為《ため》の会だ。

保護動物のメリット・デメリットは色々あるだろうが、とりあえずメリットの一つを挙げるとするなら、譲渡は通常ペットショップで購入するよりも安価で行われるということだ。

別段、俺や律花《りっか》はブリーダーが育てた血統書付きの由緒《ゆいしょ》正しい犬や猫が欲しいわけではない。

その上で、俺達が犬か猫で争っている最大の理由は予算だった。なので――

「会社の部長が何か色々俺達のことを察しててさ。『予算だけが問題なら、どっちも飼えばいいだけだろう』って。確かに、犬か猫かで決着つかないなら、いっそのこと両方――」

「こんなことってあるんだ……」

「え？」

何やら律花《りっか》が驚いた表情を見せる。「ちょっと待ってて」と言って、律花《りっか》は小走りで自室へと戻り、すぐに帰ってきた。その手にはやはり一枚のコピー用紙が。

「保護動物譲渡会のご案内——って、俺のと同じやつか、これ？」

「えと……実はね、最近のことを芳乃《よしの》に相談したの。そしたら『自分の都合ばかり旦那に押し付けるな』って、叱られちゃって。確かに、ろうくんのことを全然考えてなかったなって。ごめんね、ろうくん。最近、猫猫してて……」

猫猫してるって何……？　と思ったが、ニュアンスは理解出来た。

「なるほど。いや、俺も悪かったよ。律花《りつか》が猫猫してるのを、あえてスカしてたからさ。まあ、さっきはその、思うまま撫《な》で回《まわ》しましたけども」

「うん。だからね。付けたの……犬耳」

「それはちょっと意味がよく分からん……」

猫猫した猫攻めの激しさを反省した結果が犬耳らしい。狐里《くり》さんがどうやら律花《りつか》に部長と同じようなアドバイスをしたらしく、要は『どっちも飼えば？』って話のようだ。

「今週末に譲渡会があるから、二人で行ってみようか。ただ、別に両方絶対飼うってわけじゃなくて、よく考えて決めよう。俺は犬派だけど、律花《りつか》が猫を飼いたいなら猫でもいい」

「そうだね。わたしは猫派だけど、ろうくんが犬を飼いたいなら犬でもいいよ」

動物を飼うということは、その一生に責任を持つということだ。自分が犬好きだから、猫好きだからって、じゃあその両方を満たす為《ため》にどちらも飼う、というのは人間の都合が良すぎるというものだろう。だから、二人で本当に飼いたいと思った子を飼おう、もしそれが犬と猫の両方なら、どちらも飼うというだけだ。

夫婦間で価値観が一致しないのならば、どうするか？　単純な話だと俺は思う。

否定や不寛容ではなく、互いに理解し、許容し、或《あ》るいは共有すればいいのである。

譲渡会は意外と多くの人間で賑《にぎ》わっていた。少し見渡しただけで、犬や猫というポピュラーなものから、部長推しの鳥や蛇やトカゲなどの爬《は》虫類《ちゆうるい》、果ては何故《なぜ》か昆虫や魚まで居た。

ただ、最初に会場へ入る際に渡された注意書き曰《いわ》く、「ください」と言って「どうぞ」とはいかないらしい。里親側の身分証の提示は勿論《もちろん》のこと、住居や経済状況、家族構成まで事細かに伝えねばならない。その上で面談を行い、向こうがＯＫと判断して初めて、譲渡成立となる。

「結構煩雑っていうか、しっかりしてるっていうか……」

「単に動物を渡したいわけじゃなくて、『里親』だもんね。保護団体の人達は、保護している動物には幸せになってもらいたいだろうから。そのくらいきちんと判断してくれる方がいいんだよ、きっと。わたしはこれでいいと思うな」

「違いない」

ここはそもそも、『何か動物が安く手に入る』っていう感覚で来るべきではないのだろう。

そういう側面があったとはいえ、やはり動物を飼うということ、保護動物を引き受けるということには大きな責任が伴うのだ。俺は一つ深呼吸して、自分の考えをリセットした。

「そんなに硬い表情をされなくても、大丈夫ですよ」

「え?」

「そうだよ、ろうくん。この子達も緊張しちゃうよ、そんな顔したら」

保護団体の方が朗らかに話し掛けてきた。40代くらいの御婦人だ。

団体の方が俺と律花《りっか》の手に視線を移す。指輪をどうやら確認したらしい。

「ご夫婦ですか。まだお若いでしょう? 保護動物に興味がおありで?」

「ええ、そうですね。色々ありまして……」

「け、決してその、お金だとか犬猫でもめたとかではないのでっ!」

どうして自白するんだい? と思ったが、団体の方は微笑《ほほえ》み、フォローしてくれた。

「どんな理由でも結局のところ、興味を持たれないということが、この子たちにとっては最も悲しいことなので。来てくれるだけでもありがたいわ」

保護動物というと、めちゃくちゃヘビーな過去があって、そのせいで大体は人間不信に陥っているようなイメージだった。しかし、過去のほどは不明だが、会場に居るほとんどの動物達は人間に慣れており、吠《ほ》えたり暴れたりするような子はごく僅かだ。

「……どの子もかわいいね。犬も猫も関係ないよ」

「だな。多分、ある程度人間に慣れさせた上で連れて来てるんだ」

『あ～臭《く》っせぇにゃ』

「まあニオイは仕方ないけどな。そこは我慢しないと」

「え？　あ、うん。そうだね」

『マジ獣臭くてたまらんにゃここはァ！　鼻曲がるにゃァ!!』

「もしアレならマスクするか、律花《りつか》？　使い捨てのやつ俺持ってるから」

「……？　いらないけど？　どうしたの、ろうくん？」

「え？　でも今、ニオイが気になるって言ってなかったか？」

「ううん、全然」

首を横に振る律花《りつか》。猫を見ているからか、幼少期からの癖（笑）である『にゃ』口調が出ていたのかと思ったのだが。疲れてんのかな、俺……。

律花《りつか》は犬猫問わずに、色々な子達と触れ合っている。俺はそれを眺めつつ、奥の方にあるケージに目をやる。不自然なまでに、そのケージだけが離されていた。

「あの、すみません。向こうにあるケージですが。あれは一体？」

「やっぱり気になっちゃいますか？　んー、でもあの子はちょっと、性格が激しくて。本当は連れて来る予定もなかったんですけど、あまりにも連れてけって暴れるものだから」

「どんな子なのかな？　……わ。ボンベイじゃないですか、この子？」

「あら。よくご存知ですね」

猫種の一つなのだろう。律花《りっか》がボンベイと呼んだケージ内の猫を、俺も確かめてみる。

「ボ、ボンベ？」

「おお……結構カッコいいな」

ボンベイを一言で評するなら、小さい黒豹《くろひょう》……と言ったところか。黒い体毛は短く、光沢があり、しなやかな四肢には程よく筋肉が付いている。尻尾は一本線のようにピンとしていた。

『ジロジロ見てんじゃねえにゃ！　見せもんにゃうど⁉』

「⁉」

「でも、ボンベイってかなり希少というか、日本ではあまり見ない品種ですよね？　失礼なこと言っちゃいますけど、こういう場所には合わないような……」

「え、ちょ、今」

「でしょう？　それが不思議なことに、私達もどういう経緯でこの子を保護したのか、誰も覚えていないのよ。気付いたらウチに紛れ込んでいたというか……」

俺の耳がバグった可能性を再び疑うことになるとは。聞き間違い、或《ある》いは幻聴の類ならいいが、でも直感的にそうではないと俺は思った。間違いなくこのボンベイ、喋《しゃべ》ったぞ……！

「結構ケージ内で暴れちゃってますねえ。やんちゃな子なのかな？」

「そうですね……やんちゃで済めば良いのだけれど。見た目や猫種は良くても、本当に気性が荒くて、これまでこの子を見た方は皆敬遠しちゃっているから」

『出せにゃ!! こっからぁ!! にゃん権侵害にゃあ!!』

「何だよにゃん権って……」

思わず俺はツッコミを入れてしまう。その瞬間、ボンベイは暴れ叫ぶのをやめて、じっと俺の方を見つめてくる。団体の方と律花《りっか》も同じく俺を見ていた。

「ろうくん、にゃん権って?」

「ふふふ。ユニークな旦那様ですね?」

「………。いやー、ははは。狭いところに閉じ込められちゃってんのが可哀想《かわいそう》で、つい奇妙なことを口走っちゃいましたよ。にゃん権! プリチ～な響きですよね?」

こいつの声は、俺にしか聞こえていないらしい。理由は……全く分からないが。

「良かったら、直接見てみますか? 今丁度落ち着いたみたいだし……この子、お腹《なか》の方に羽根みたいな形をした白い毛並みがあって、可愛《かわ》いんですよ」

「なっ……! 《痣持ち》《ブルーズ》……!?」

《祝福》《ブレス》を持つ者、即ち《すなわ》《痣持ち》《ブルーズ》の特徴の一つとして。

身体《からだ》のいずこかに、羽根形の痣が現れるというものがある。まさか、この猫――

「ちょっと、ろうくん! さっきからどうしたの?」

「いや、今羽根形の痣《あざ》って」

「羽根みたいな形をした白い毛並みでしょ? 痣《あざ》じゃないよ。そもそも、猫だし」

律花《りっか》の言う通り、《祝福《ブレス》》は人間が扱うものだ。猫がそれを持っているなんて話は、十年前から現在までまるで聞いたことがない。ただ、この言語を操る（?）現象に、最も分かりやすい理屈を付けるとするなら、このボンベイが《祝福《ブレス》》を持っているということなのだが。

『ほぉ～う? おまえ、わがはいの声が聞こえる人間にゃ? あー、久々にそういう人間に出会えて嬉《うれ》しいにゃ。人間が大量発生するような場所なら、どうにか見付かると思ってたけど、予想通りにゃ。わがはいは天才にゃ。ワンチャン摑《つか》んだにゃ――ネコチャンなのに』

団体の方の腕に抱かれたまま、そのボンベイが語ってくる。「にゃあにゃあ言ってる～」と律花《りっか》が顔を綻ばせ、「言ってますね～」と団体の方が肯定するので、恐らく俺以外にはにゃあにゃあ言っているようにしか見えないのだろう。

あえて俺は無視をした。コイツは……面倒事のような気がする。

『単刀直入に言うにゃ。おまえ、わがはいを逃がすにゃ』

「ほら、見てください。このお腹《なか》のところ」

「きゃー、かわいい! ボンベイって黒単色なのに、珍しいですね!」

「そうでしょう? もしかしたら、この子はミックスなのかも。血統書とかはないから、確かなことは全く分からないんですけど」

『飯をくれるのは助かったけど、こいつらはわがはいの自由を阻《はば》んできてうぜぇにゃ。お前、わがはいを逃がすか、それかわがはいをにゃんかいい感じに飯くれて自由にさせてくれる安全猫人《ねこんちゅ》の仲にゃ』

な場所に連れてけにゃ。犬猿の仲の対義語知ってるにゃ？

めっちゃよく喋《しゃべ》るなコイツ……。何だよ猫人《ねこんちゅ》の仲って……。

俺は猫を無視するが、あまりにも態度が露骨過ぎたのか、猫がドスの利《き》いた声で告げる。

『わがはいの言うことが聞けないのなら――この場にいる人間をみにゃ殺しにするにゃ』

「……！　どういうことだ」

『返事は「にゃー」か「にゃあ」にゃ。さあ、どうするにゃ？』

（どっちがどっちなんだよ……）

単なる脅し、とは俺には思えなかった。もし本当にこの猫が《痣持ち《ブルーズ》》なら、猫ならざる戦闘力を持っているのかもしれない。それが大暴れしたとなれば、ただでは済まないだろう。

俺はごくりと唾を飲み、「にゃあ」とだけ返した。ふ、と猫は溜《た》め息《いき》をつく。

『……交渉は決裂にゃ……』

（どうしろってんだ）

「痛っ！　……ああっ！」

団体の方が大きな声を上げる。どうやら猫が彼女の手を噛《か》み、痛がった隙に腕から抜け出したようだ。しなやかに着地した猫は、そのまま脱兎《だつと》――もとい、脱猫の逃走。

『にゃははははは！　もうこうにゃっては手遅れにゃ！　にゃったらア!!』

「誰か！　その子を捕まえてーっ！」

小さい黒豹《くろひょう》という見た目は伊達《だて》ではないのだろう。あの猫はかなり動けるタイプのようだ。

俺は律花《りっか》に目配せをした。こくりと律花《りっか》は頷《うなず》く。

「わたしが追い込むから、ろうくんはサポートよろしく！」

「了解」

武器になるものは手元にない。せいぜい財布とボディバッグ、スマホぐらいか。あの猫がもし《祝福《ブレス》》を使ったのなら——最悪、戦闘も避けられないだろう。

『立てよ獣ども!! 人間にゃんかクソザコダンゴムシにゃ！ シバいたれ!!』

朗らかな空気が満ちていた会場は一転、あの猫が他の動物達の足元を駆け抜け、更には煽動《せんどう》をしているのか、次々と他の動物も暴れ出す。騒音だけで地獄絵図みたいになってきた。

『この隙にわがはいは新天地を目指すにゃ！ てめーだけの力でにゃあ!!』

猫は一直線に会場の出入り口へと向かう。猫らしいスピードだ。

「こらっ！ みんなに迷惑かけちゃダメでしょ！」

『にゃ……ッ!? え？ にゃんで先回りされてるにゃ？』

しかし、出入り口では律花《りっか》が仁王立ちしていた。驚いた猫は足を止める。コイツの疑問にあえて答えるのなら、律花《りっか》の方がお前より単純に『速い』からだ。

(会場にいる大体の人間は混乱してるから、誰も俺達を見ていない)

やりやすいと言えばやりやすい状況だろう。律花《りっか》と猫が対峙《たいじ》しているが、俺はその背後からゆっくりと猫へと近付いた。同じく、律花《りっか》もじりじりと猫へ距離を詰めていく。

「ね、大丈夫だよ〜。怖いことしないから、こっちへおいで〜？」

『こいつ、わがはいより速く動いたにゃ？　それってかなり怖いことじゃないですかね？』

（突然普通に喋《しゃべ》るな）

『ここは一つ、策を弄するとしますかにゃ……』

猫はその場に座り込み、ペロペロと前足を舐《な》めている。一見すると落ち着いたように見える。

が、他ならぬ本人……本猫が『策』と言ったのだ。

「わあ、いい子いい子。ほら、こっちに——」

「律花《りっか》！　罠《わな》だ！」

「え？」

『ふんにゃア!!』

「わわっ」

騙《だま》された律花《りっか》がしゃがみ込み、手を伸ばすが、猫がここぞとばかりに前足を薙《な》ぎ払《はら》う。

律花《りっか》は寸前に手を引いてそれを回避したものの、体勢を崩して尻餅をついてしまった。

『これも避けるとは、にゃんにゃんすかこのメス人間……まあいいにゃ！　じゃあにゃ！』

猫は大きく跳躍し、律花《りっか》を飛び越える。なので俺も同時に跳んで、猫に空中から迫った。

「おい」

『にゃ……？』

武器はないが、手錠になるものはある。俺はボディバッグからマスクを取り出し、空中で猫の両前脚にゴム紐《ひも》を引っ掛けた。手錠、というよりも足枷《あしかせ》と言うべきか。いきなり宙空で拘束された猫は着地してもすぐには動けず、当惑する。

俺も着地し、動けない猫の首根っこを摑《つか》んだ。そのまま猫に顔を寄せて小声で話す。

『お、おまえ……！　わがはいににゃにを……⁉　こっわ……』

「質問に答えろ。お前は《祝福《ブレス》》を持っているのか？」

『はぁ？　《祝福《ブレス》》ってにゃんすか？　おまえ頭マタタビかにゃ？』

「……。どうして俺とだけ会話が成り立つんだ」

『こっちが訊《き》きたいにゃ。どうしてたまに、わがはいの声が聞こえる人間がいるんだにゃ？おまえも見た目と違ってそういう人間なのかにゃ？』

「どういう人間なんだよ。見た目に何の関連がある」

『あーもう知らんにゃ！　ギブギブ！　わがはいの負けでいいにゃ！　はい解散！』

生意気な猫だな……。訊《き》きたいことはまだあったが、砂埃《すなぼこり》を払いながら律花《りっか》がやって来たので、俺は一旦猫への尋問を中断することにした。ついでに拘束具のマスクも外してやる。

「さっすがろうくん！　アクロバティックだったよ～」

「……誰も見てないだろうからな。にしても、随分と頭の良《い》い猫らしい」

「だね～。もうっ、こんなことしちゃダメだからね？」

『はいはいすんませんしたァ　ニャッキュー』

「ふふっ。ごめんなさいって鳴いたみたい」

（恐らく猫的に相当酷《ひど》い罵倒語を吐いたと思うぞ……）

俺とこの猫が会話可能であることに、律花《りっか》はまだ気付いていないようだ。ちゃんと話せば理解は得られるだろうが――しかし、あえて言うこともないだろう。俺だって何かの冗談だと思いたいし、そもそもコイツとはもうこれっきりだ。

俺達は団体の方、つまり例の御婦人に猫を返す。かなりの感謝の言葉を述べられた。

騒動がどうにか落ち着いた頃合いで、俺は改めて律花《りっか》へと切り出した。

「さて、じゃあ改めて見て回るか。個人的には次に犬を見てみたい」

「そ、そうだね！」

＊

『おう、オス人間！　今日からわがはいに尽くしていいにゃ』

数日後、家に帰るとソファの上で例のボンベイが寝転がっていた。

急に現れた――わけではない。ちゃんとした手続きを得た上でやって来た。

結局、あの後色々見て回ったが、俺はピンと来た子が居なかった。一方で律花《りつか》はこの黒猫が最も気に入ったようで、二人で相談した結果引き取ることになったのだ。

ぶっちゃけ俺は思うところがあるが……まあ、律花《りつか》が喜んでいるのでもういいや。

「かわいいよ～。すぐウチに馴染《なじ》んでくれたみたい！」

「みたいだな……」

「あ、そろそろこの子のごはんの時間だ。用意しなくちゃ！」

パタパタと律花《りつか》が台所の方へと向かう。俺は猫の横に座り、顔を見ずに小声で呟《つぶや》く。

「おい。先に言っておくが、問題だけは起こすなよ」

『問題ってにゃに？　いい感じに飯くれて自由にさせてくれる安全な場所が見つかったから、わがはいは文句にゃしにゃ。あのメス人間はわがはいに従順だし、おまえもそうしろにゃ』

犬は飼い主を主人と定め、猫は下僕と定める、みたいな話は聞いたことがあるが、いざ喋《しゃべ》る猫を相手にするとそれが事実であると実感する。こいつが特に生意気なだけだろうか。

「この家に居る限り、俺と律花《りつか》がお前の飼い主だ。それは弁《わきま》えておけ」

『ニャッキュー　おまえらがわがはいを勝手に世話してくるだけにゃ。主もクソもないにゃ』

「この野郎……」

「どうしたの、ろうくん？　そんな難しい顔して――あっ！　そっか！」

餌皿を持った律花《りつか》が、何やら一人で気付きを得たようだ。猫はというと、飯のニオイを察し

たのか、香箱座りになってジッと餌皿だけを見ている。

「名前だよね！　この子の！」

「あー、そういやまだ付けてなかったな」

『名前？　どうでもいいにゃ、そんにゃの。でもどうせなら高貴にゃので頼むにゃ』

「……。俺はネーミングセンスないから、律花《りっか》が名付けてやってくれ」

「ふっふっふ。そう言うと思って、実はもう決めてあったの！」

与えられたカリカリを食べ始める猫。己の名前よりも飯の方が大事なのだろうが、しかし聞き耳を立てていることは明らかだ。律花《りっか》はふふんと胸を張って宣言した。

「この子の名前は《にゃん吉《きち》》！　にゃんこのにゃんに、大吉の吉で！」

『ごふッ』

「かわいいでしょ？」

「うん。めっちゃいい」

俺はネーミングセンスがないが、律花《りっか》にそれがあるとも言っていない。

『いやあの、わがはいメスにゃんですが……』

「よろしくな、にゃん吉!!」

というわけで——我が犀川《さいがわ》家に、新たな家族であるにゃん吉が加わったのであった。

「怪我《けが》したところが……痛いッ!!」

模擬戦の最中、健剛《けんご》が声高に叫んだ。狼士《ろうし》は一旦攻めの手を止め、構えを解く。

「いきなり何だ。そういうことはやる前に言えよ」

「いや、この前《白魔《ハクマ》》の一刀を防いだだろう？　あれがどうにも深くてな！」

己の腕を健剛《けんご》は狼士《ろうし》に見せる。一本線を引いたような赤黒い痣《あざ》が腕に刻まれており、更に今の模擬戦で傷口が開いたのか、じわりと血が滲《し》み始めていた。

「お前の《祝福《ブレス》》を上回るような一撃だったのか。空恐ろしいな」

「《攻護仁王《ヴアジユラ》》も無敵じゃないからなあ！　まあ俺もあの時本気モードではなかったが！」

「……前も言ったが、自分の能力名をおいそれと言うな」

「ん？　俺とお前の仲だろう、気にするな!!」

《攻護仁王《ヴアジユラ》》──獅子鞍健剛《ししくらけんご》の持つ《祝福《ブレス》》だ。能力内容は至ってシンプル、『自身の肉体を硬化させる』というもの。だが、その硬度は銃弾すら小石の如《ごと》く弾《はじ》き、振るう拳は金剛石を超えるものとなる。汎用性は低いが、攻防一体の純粋な戦闘用《祝福《ブレス》》だと言える。

基本的に人智《じんち》を凌駕《りようが》する《祝福《ブレス》》だが、しかし弱点が存在しないわけではない。

「俺達は仲間だ！　能力内容も、能力名も、『代償』も含めて、お前には知っていて欲しいというわけだ、狼士《ろうし》！」

「知ってどうする。そもそも、お前の『代償』はおれにはどうにも出来ない」

それが、『代償』──《祝福《ブレス》》には必ず、使用者本人が支払う何かがある。

発動までは無条件でも、発動後に何かしらのリスクを背負う。

健剛《けんご》の場合、全身の筋肉のいずこかに痙縮《けいしゅく》が起こる。短時間の使用ならば肩が凝る、腰が張る程度の症状で済む。が、長時間或《あ》るいは全開で使用した場合、日常生活に影響が出る程の反動が来る。健剛《けんご》が戦線離脱していたのは、本人曰《いわ》く盲腸が理由らしいが、その実態は違うことを狼士《ろうし》は知っていた。

「動けなくなったら、おれ達は終わりだ。能力は適切に使え、健剛《けんご》。もう次は無いぞ」

「とは言ってもな！　俺の《祝福《ブレス》》は皆を護《まも》る為《ため》のものだ！　我が身可愛《かわい》さに出し渋って、それで皆が負傷することの方が俺は嫌だからな！　許せ‼」

もし、発動者が『代償』を支払うことが出来ない状態になっても尚《なお》、《祝福《ブレス》》を使い続けた場合どうなるか。答えとしては『強制徴収』が起こり、また別の何かが取り立てられる。

過去に健剛《けんご》は『強制徴収《インプラント》』が起こるまで戦った。結果、関節が異常硬化し、右肘関節と左膝関節を器械に人工置換することになった。長期離脱になるのも已《や》む無《な》しである。

「にしても俺の心配をしてくれるとは、優しいじゃないか！」

「お前という戦力の喪失を危惧しているだけだ」

「照れるな照れるな‼　よし、飯行くぞ‼」

傷口が開いているし、これ以上模擬戦をするわけにもいかないだろう。健剛《けんご》は狼士《ろうし》の腕を掴《つか》み、人並み外れた力でずるずると引きずっていく。

昔から健剛《けんご》は強引だ。常に誰かを引っ張る力が——物理的にも性質的にも——ある。

一方の狼士《ろうし》は寡黙で、感情の起伏が乏しい。若さの割に溌剌《はつらつ》さがまるでない。

「今日は何食う、狼士《ろうし》!?」

「何でもいい」

《志々馬《しじま》機関》本部内には食堂がある。健剛《けんご》が食券機の前で大声を出すが、狼士《ろうし》は最初に目に付いた日替わり定食を注文した。健剛《けんご》は定食や丼物、麵類まで大量に発券している。

「おいおい！　ご飯大盛りにしないのか、まさか!?」

「しない」

「伸び盛りだぞ？　食べ盛りだぞ？　成長期だぞ!?」

「しない」

健剛《けんご》は身長が190センチを超える巨軀《きょく》なだけあって、かなりの大食漢だ。逆に狼士《ろうし》は食が細い方で、そもそも食への関心がほぼない。

「お前なぁ、もっと食べることへの意識を高く持てよ！　勿体《もったい》ないぞ！」

「胃に入れれば全部同じだ」

「そんなわけあるかーッ！　米粒一つ一つですら味が違う！　だから米を作った農家の方に感謝しつつ一気に掻《か》っ込む！　それが礼儀だろう!?」

「どんな礼儀だよ」

一気にバクバク食べる割に味にうるさい。狼士《ろうし》にとって食事は単に栄養補給の意味合いしかなく、味は二の次三の次だ。もし栄養豊富だったのなら、泥でも黙って食べていただろう。

健剛《けんご》と狼士《ろうし》は、斯様《かよう》に正反対だった。ともすれば喧嘩《けんか》でもしそうなものだが、案外上手《うま》くいっている。本質的に、二人は似通っているからだ。

「よし！　今度、俺のお気に入りの定食屋へ連れてってやる！　安くて美味《うま》いんだコレが！」

「別にいい。それより食ったら医務室に行けよ」

「いい？　いいってことは行くってことだな!?　承ったァ!!」

「どうしてそうなる」

「食は人生を豊かにするからな！　お前はそれを知るべきだ、狼士《ろうし》！」

「必要ない」

何かを食べて都度豊かになるような人生なら、そもそも何をしたって幸福に違いない。

狼士《ろうし》は、幸福ではない。故に戦い、求める。それだけが全てだから。

一時間後、訓練に戻った狼士《ろうし》は、己が昼に何を食べたかすら思い出せないだろう――

《第四話》

「弁当忘れた……」

昼休み、俺は自分の通勤カバンを開けて絶望に打ちひしがれた。

いつもの弁当箱を入れ忘れた。今頃弁当箱は、家のテーブルの上で独りぼっちだろう。

「あちゃー。愛妻弁当を忘れるのは罪ですよ、せんぱい?」

生駒《いこま》さんが俺の顔を覗《のぞ》き込んでくる。罪どころか大罪であると個人的には思う。毎朝律花《りつか》が手ずから作ってくれる弁当は、俺が午後からの勤務をどうにか乗り切る為《ため》の活力の源だ。

何故《なぜ》ならそこには愛が詰まっている——俺は愛を食べて動いている!!

「愛が……愛が足りない……! このままでは愛に飢えてしまう……!!」

「だいじょーぶですか、せんぱい? やばい人みたいなこと言ってますよ?」

生駒《いこま》さんが若干俺に引いていた。

とりあえず、律花《りつか》にはメッセージを送っておこう。本当に申し訳ないな……。

ただ、俺は愛で動くにしても、人間である以上飯を食わないと動けないという側面もある。

昼飯を抜いて午後から勤務するのは不可能(マジでぶっ倒れる)だし、仕方ないか。

「……とりあえず、コンビニ行ってくるよ。適当におにぎりでも——」

「あ、それなら一緒に食べに行きません？　意外といい店あるんですよ、この辺！」

「外食かぁ。それもいいね。行こうか」

生駒《いこま》さんの提案に、俺は素直に頷《うなず》いた。「やった！」と生駒《いこま》さんが喜ぶ。

昼飯をどこかの店で済ます……滅多にないことだ。それだけ律花《りつか》が毎日弁当を作ってくれているということでもある。本当に律花《りつか》へは感謝しかない。

「犀川《さいがわ》、生駒《いこま》。外で食うのは構わんが、休憩時間内に戻れよ」

外出しようとする俺達に、部長が一声掛けてきた。

「分かってますって」

「ちゃんと回転率のいい店ってことは調べてるので、大丈夫ですっ！」

「……。犀川《さいがわ》」

「何すか？」

「いや——……何でもない。気を付けて行って来い」

「はあ。んじゃ行ってきますんで」

「行ってきまーす！」

部長に奇妙な間があった。俺と生駒《いこま》さんを見比べて、何か思うところがあったのか。

まあ気にしても仕方がないか。ともかく、俺達は社外へと出ることにした。

「そこ小さめのイタリアンなんですけど、ランチセットがすっごいお得かつおいしくて！　あ、せんぱいはイタリアンって大丈夫ですか？　ほら、トマトとか苦手な人多いですし！」

「子供じゃないんだから、平気だよ」

生駒《いこま》さんが身振り手振りで目的の店について教えてくれる。何年かこの会社に勤めているが、そういえば俺は周辺の店について全然知らないことに気付いた。

「せんぱいって料理とかされます？」

「どうしたの急に。休みの日はするよ。なるべく家事は均等にしたいからね」

「へー、そうなんですね。いえ、男の人ってあんまりそういうのやらないじゃないですか。せんぱいはどうなのかなって、気になったんです」

「独身の時からたまに自炊はしてたからさ。まあ別に料理自体は上手《うま》くないけど」

「いいなあ〜。男の人の手料理って、一周回って憧れちゃいますよ！」

じゃあ彼氏に作ってもらえばいいんじゃない？　と、軽口を叩《たた》こうとしたが、今の世の中そういう発言でもセクハラと捉えられかねない。なので俺は適当に濁しておいた。

そうこうしている間に、目当ての小ぢんまりとしたイタリアンレストランに到着した。

ちょっと待つかもと思ったが、まだ席は空いていたらしく、テラス席に俺達は案内された。

「お客様、ご注文はお決まりですか？」

「俺はランチセットでいいかな。生駒《いこま》さんは？」

「あたしも同じので！　あ、パンの数は一つ減らしてください！」

ランチセットは千円でサラダにスープ、日替わりの主菜にコーヒーまで付いて来るらしい。

「パンの数減らすの？　何で？」

「えー、それ女の子に言わせちゃいます？」

「ああ……ダイエット？」

「です。あたし結構、お肉がつきやすいタイプで」

確かに生駒《いこま》さんは小柄な割に肉付きが良《い》い方だろう。とはいえ、律花《りっか》もたまにダイエットがどうこう口にするが、俺から見れば二人共細いとしか言えない。男女でそういう価値観が異なるのは知っているが、わざわざライスやらパンやらを減らすのは勿体《もったい》ない気がする。

「生駒《いこま》さんはそのままでいいと思うけどね。無理して痩せても良いことないよ」

仮に戦闘のことを想定するのなら細すぎるのは――って、何考えてるんだ俺。大体、体型なんてものは本人の自由だ。嫁相手ならともかく、後輩に意見するようなことでもない。

「んー……じゃあ、無理はやめときます。せんぱいがそーゆーのなら！　しかたなく！」

「いやいや、ごめんごめん。好きにするといいよ――……ッ!?」

首筋に何か冷たいモノが当たった気がして、俺は思わず振り返った。が、別段そこに店員や客が立っているわけではなく、何かが本当に首へ触れたわけでもない。

（でも今のは確かに、殺気……）

「どうしました、せんぱい？　お手洗いなら店の中ですよ？」

「あー、ごめん、何でもないよ。会社から着信来たかなって思っただけ」

「あるあるですよね〜。社用携帯って全員に配付されてますけど、休みの日とか絶対鳴って欲しくないですもん！　あたし達は部署的にそんなことは滅多にないとはいえ……！」

だね、と相槌《あいづち》を打ちつつ、俺は念《ねん》の為《ため》周囲を警戒した。『敵』は、今更俺に存在しない。強いて言うなら毎日の業務が敵であるが、それでも何が起こるかは世の中分からないものだ。

俺はスーツのジャケットに手を突っ込み、内ポケットを指で確認した。

リーマンなので武器は当然携帯していない。が、一応武器となるものは身に付けている。

「……せんぱいって、昔なにかスポーツやってました？　格闘技的なのです」

「え？　やってないよ、ずっと帰宅部。前に言わなかったっけ？」

「結構前の飲み会で聞いた気はしますけど、やっぱり今一つ信じられなくて。せんぱいってほら、他の人とちょっと違うじゃないですか。全体的に」

「……。マジ？　俺、他の人と違うの？」

平然と言う生駒《いこま》さんだが、俺は内心でかなりショックを受けていた。俺は普通を装《よそお》う、ではなく、普通でありたいと思って生きている。やろうと思えば、ビルとビルの間を駆け巡って移動することぐらい造作もないが、じゃあそんなサラリーマンが世の中に存在するかっていうと、存在するわけがない。俺は、自他共に認める凡百のリーマンのはず……なのに。

「もしや仕事が出来ないヤツ的なアレ？　ならすげえ傷付くけど」

「いえ、お仕事のことじゃないです。女の勘っていうか、本能っていうか。あたし達を草食動物とするなら、せんぱいだけは狼《おおかみ》みたいな。あ、せんぱいの下の名前は関係ないですよ？」

「ははははは……。まあ狼《おおかみ》も犬みたいなものだし、そういうことにしといてよ」

よもや生駒《いこま》さんは俺の過去を知っているのではないかと思ったが、そんなはずはない。単に、彼女は勘が良《い》いのだ。律花《りつか》もそうだが、女性というものは妙な鋭さを絶対に持っている。

俺は狼《おおかみ》じゃない。犬だ。社会の犬、会社の犬。お手と言われれば素直に差し出す、従順な犬。サラリーマンは、きっとみんな犬だ。俺だけ犬じゃない、なんてことはあってはならない。

「あ、ランチ来ましたね！　大丈夫です、せんぱいもそのままの方がいいですよ！」

「お、おう……」

モヤッとしたものを感じつつも、俺達は昼食を済ませた――

会計は俺が奢《おご》ろうとしたのだが、生駒《いこま》さんが強く固辞したので、割り勘ということになった。美味《うま》かったし、先輩だし、店を知れたという意味でも奢《おご》ってあげたかったのだが。

「払って頂いたら、奢《おご》られたいからせんぱいを誘ったみたいになるじゃないですか！」

「なるかなぁ？　俺は別に気にしないけど」

「奢《おご》られたい時は、そういう体でちゃんと誘いますから。また行きましょう！」

「どういう体なんだ……？　まあいいか。もしまた弁当を忘れたら行こうか」

滅多にないというか、実質的にもう行かない発言にも捉えられそうだが、生駒《いこま》さんは「はい！」と元気良く返事してくれた。後は時間内に会社へ戻るだけだ。まだ時間に余裕はある。

「生駒《いこま》さん。コンビニに寄って、コーヒーでも買って――」

「きゃっ！」

俺がそう提案しようとしたら、悲鳴が生駒《いこま》さんから上がった。

目深《まぶか》に帽子を被《かぶ》った男が、生駒《いこま》さんを片手で突き飛ばしたのだ。同時に、彼女が持っていたハンドバッグを奪い取り、猛烈に駆け出す。ひったくり犯だった。

俺は一瞬迷ったが、犯人を確保するよりも先に生駒《いこま》さんを片手でどうにか受け止めた。

「大丈夫？　怪我《けが》はない？」

「は、はい。いえ、でも、あたしのバッグ！　これ、泥棒ですよね⁉」

「ひったくりだね。治安悪いのかな、最近……」

前に律花《りっか》と金物屋へ行った時も、ヤクザの下《した》っ端《ぱ》に遭遇したしな。世の中は平和とはいえ、それを乱す輩《やから》というものは確かに一定数存在しているのだろう。

別に焦《あせ》りはない。生駒《いこま》さんに怪我《けが》は無さそうだし、犯人は充分に射程圏内だったからだ。

「あの、せんぱ――」

「問題ないよ。すぐ捕まえるから」

空いた手をジャケットに突っ込み、ボールペンを一本取り出す。たったのペン一本でも、使い方次第では武器に成り得る。さっき手探りで確認しておいて良かった。

（さっきの殺気はまさかアイツが？　そんなはずはないか……）

腕を軽く振るい、ボールペンを俺は投擲《とうてき》した。俺と男の間に通行人は居ない。

投げたボールペンは男の脹脛《ふくらはぎ》にブスリと突き刺さり、そのまま男はつんのめって転んだ。

「ちょっと待っててね。余裕があったら通報して、ないならじっとしてて」

「は、はい。え、速――」

生駒《いこま》さんを腕から解放し、俺は起き上がろうとする男へと小走りで近寄った。

「ほら動くな。こんな平日の昼に何をしているんだ」

「なッ……!?　ぐふぅ」

男を組み伏せる。段ボールを畳むよりも簡単だ。男の年齢は30代くらいか。犯行に及んだ理由は興味も知る由《よし》もないが、俺の後輩のバッグを盗《と》ったのが運の尽きだ。

ざわざわと周囲に居る人が集まってきた。ちょっと目立ったかもしれない……。

（いや、そんな変な動きはしてないし、何より生駒《いこま》さんの為《ため》だ。善良なサラリーマンが、ひったくり犯をとっ捕まえた。よくある話じゃないか）

十分程で、警察が（生駒《いこま》さんが通報したらしい。優秀だ）やって来て男を連行していった。

一応状況を伺いたいということで、俺と生駒《いこま》さんも警察署に同行を願われたが、「仕事があるので」と固辞した。名刺は渡したから、何かあったら連絡が来るだろう。

――結局、昼休みが終わるギリギリで俺達は帰社したのだった。


「ういっす、犀川《さいがわ》先輩。ちょっといいっすか？」

「ん？　どうした、大鷹《おおたか》。市場調査に出てたんじゃなかったのか？」

会社に戻ってすぐ、後輩である《大鷹《おおたか》》が俺に声を掛けてきた。

「昼前戻ってたんす。それで用件っすけど、さっき……先輩が生駒《いこま》と飯行ったのと入れ違いぐらいのタイミングですかね。会社の入り口で先輩の嫁さんに会いましたよ」

「………。へ？　律花《りっか》と？」

「はい。銀色の髪した人でしょ？　日本人なんすか……って、まあそれはいいや。何か弁当届けに来たらしいんすけど、俺先輩が外に食いに行ったの知ってたんで、それ伝えたらすぐに出て行きましたよ。外で嫁さんと会わなかったんすか？」

「会ってない……」

「そっすか。にしてもめっちゃ気の利《き》く嫁さんっすね」

大鷹《おおたか》は「いっすね」みたいな感じで律花《りっか》を褒めているが、俺は気が気ではない。

律花《りっか》へは『ごめん、弁当忘れた』とメッセージを送っている。それに対して律花《りっか》は『OK！』と、よく分からん謎のスタンプ（前に見たぬいぐるみのキャラだった）で返してきた。

家から会社までの時間を考えると、俺のメッセージを受けてから届けに来たというわけではないだろう。恐らく律花《りつか》は俺より先に弁当忘れに気付き、昼に時間を合わせて届けに向かっていたのだ。あえてそれを伝えなかったのは、律花《りつか》なりのサプライズだったのかもしれない。

「あ～～～！　すげえ申し訳ないことをしたぁぁぁ～ッ!!」

「ドンマイっす。んじゃ俺はこれで」

「冷たいなお前!!」

大鷹《おおたか》は生駒《いこま》さんとはまた別種の後輩で、非常に飄々《ひょうひょう》としていて摑《つか》みどころがない。仕事は出来る方なので、優秀ではあるのだが……いや今コイツのことはいいか。どっか行ったし。

きっと律花《りつか》は己の仕事の合間を縫ってこっちに来たのだ。それをフイにしてしまった……。帰ったら音速で謝ろう。あー、仕事早く終わらねえかな……。早退したい……。

「あの、せんぱい」

「え……？　どうしたの、生駒《いこま》さん。今ちょっとかなり精神的にキてててさ……」

「…………。いえ、ならなんでもないです。それより先程はありがとうございました」

「あー、いいよいいよ。あの状況ならみんなああするだろうし……」

力なく俺がそう言うと、生駒《いこま》さんは一礼して席に戻っていった。小声で「そんなことない」と言っていたが、今の俺には別にどちらでもよかった。

＊

「おかえりなさい、ろうくん♡　お仕事お疲れさま♡」

「あ、ああ。ただいま、律花《りっか》」

こんな日に限って残業が発生し、俺は普段より遅めの帰宅になった。そして家に帰るや否《いな》や、満面の笑みで律花《りっか》が出迎えてくれたので、思わず面食らってしまう。

律花《りっか》は怒っているかもしれないと思ったが、案外そうでもないらしい。

「お腹《なか》空いたでしょ？　ごはん温めとくね！」

「ありがとう。それと、今日の昼だけど……ごめんな。入れ違いになって」

「いいよいいよ、気にしないで！　わたしも今日出社する用事があったから、そのついでで届けに行っただけだし！　こんなこともあるよ！」

「そうなのか。いやでも、本当に悪かった。お詫《わ》びに今度何か律花《りっか》の好きな物買ってくるよ」

「別に気にしなくていいのに～」

からからと律花《りっか》が笑う。俺も思わずはにかんでしまった。

許すということは夫婦仲において重要なことだ。今回は俺が全面的に悪い。それを律花《りっか》は優しい心で許してくれた。ああなんて愛おしい我が妻。天使かな？

というわけで俺は着替えなどを済まし、ダイニングテーブルに向かった。

――容器包装詰加圧熱殺菌米飯、通称パックごはんだけがそこに置いてあった。

「…………。律花《りっか》さん。これは……？」

「ごはん。温めておいたから」

「え？　直喩……？」

確かにごはんで、そして温めて食べるやつだ。嘘《うそ》はついていない。

だがしかし、俺がこのホッカホカのパックごはんを見た瞬間、部屋の温度が数度ぐらい下がった気がした。そういや律花《りっか》は氷雪系の《祝福《ブレス》》だったな。最近見てないけど……。

いやそんなことはどうでもいい。こんな冷え切った熟年夫婦にありそうな食卓風景が、よもや新婚一周年前の我々の間に起こるとは思わなかったのだ。

「えーっと……あ、律花《りっか》も出社してたんだっけ。それで作る時間なかったとか？」

「別に……。夕方には帰ってたけど」

「あっ、そうですか……。ところで律花《りっか》の分の飯は……？」

「もう食べたよ。お弁当が余ってたので」

「あっ　あっ」

もう間違いない。俺が間違っていたことが間違いない。

律花《りっか》は……めちゃめちゃ怒っている……!!

え、じゃあ何で最初笑顔で俺を出迎えたんだ? 上げて落とすためか? 悪魔かな?

律花《りっか》はこっちを見ずに、ソファで寝転んでいる。近寄りがたいオーラを発して。

『やってしまいましたにゃあ?』

「……………」

『これは……やってしまいましたにゃあ?』

「おい黙れ」

食後、洗い物があったので黙々と済ませていたら、にゃん吉が話し掛けてきた。チリンチリンと、最近律花《りっか》に付けられた首輪の鈴が小刻みに鳴っている。どうやら笑っているようだ。

『おまえ、あのメス人間ににゃにしたにゃ? あいつ、外から戻ってきてからとんでもない殺気を放ちっぱなしにゃ。もうわがはい怖くて怖くて……今日もその辺で漏らしたにゃ』

「躾《しつけ》がなってないだけだろそれは……!!」

三回に一回の頻度で、にゃん吉はトイレ砂以外で用を足す。『ゆっくり覚えていこうね』と律花《りっか》は言うが、コイツは己の排泄物《はいせつぶつ》を片付ける人間を見て嘲笑《あざわら》っているだけだ。

斯様《かよう》にムカつくにゃん吉だが――しかし、こういう時は会話可能というのがありがたい。

俺は洗い物を済ませ、廊下の方に出てにゃん吉を手招きした。

『おっ、招き猫のモノマネかにゃ？　似てねえにゃ』

「違《ちげ》えよ……。お前、律花《りつか》のこと見てたんだろ。どんな様子だったか教えてくれ、頼む」

律花《りつか》はへそを曲げると割と長い。これまでにも幾度と喧嘩《けんか》をしたことがあるが、その度に俺はどうにか和解の道を探ってきた。にゃん吉は俺が持っていない情報を持っているはずなので、まずはそれを聞き出してから今後のプランを練ろうというわけだ。

『猫にモノを頼む態度かにゃ？　それが……？』

「……今度猫缶こっそりやるから」

『ふむ……。まあいいだろう』

「突如普通に喋《しゃべ》るな」

『なんかあの女、ずっとバカバカ言ってたにゃ。わがはいの頭脳が囁《ささや》くに、このバカとはおまえのことで、そしておまえはバカ……つまりバカはおまえで、おまえはバカにゃ』

「全面的に正解だから何も言えないが、他には？」

『さあ……。あとは板がどうこう言ってた気がするにゃ。他は忘れたにゃ』

「板……まさか」

イタリアンのことだろうか。思えば、あの時に感じた鋭い殺気は、およそ常人に出せるものではなかった。あれが怒りの律花《りつか》が発したものだとすれば、辻褄《つじつま》は合う。

(自分が苦労して作った弁当ではなく、適当に外食で済ませている旦那を見てブチギレた……

ってところだろうか。まあ怒るよな、そりゃ）

『にゃん生の先輩として忠告しておくと――わがはいは肉が好きにゃ。魚も好きにゃ』

「要らん忠告過ぎるだろ……まあ頭に留《とど》めておくよ」

間違いなくにゃん吉より俺の方がにゃん生とやらの先輩だろうが、そこはまあいい。

俺はすぐにリビングへと戻り、ソファで寝転ぶ律花《りっか》にゆっくりと近付いた。

「あのー、律花《りっか》……いや、りっちゃん？　ちょっといいか？」

滅多に使わない呼び方で切り込んでみた。あとなるべく高い声を出してみた。

「今忙しいんですけど」

「そうは見えないけどなぁ～……？　少しだけでいいから、な？」

「ふんっ。手短にお願いします」

敬語はやめてほしい。距離を感じるから……。

律花《りっか》は起き上がり、クッションを抱いたまま俺を不審そうにじっとりと睨《にら》む。対話の余地があるということは、そうまで怒っていないのかもしれない。

昔、律花《りっか》がガチギレした時は会話もままならなかった。つまり今回は……イケる！

「本当にごめんな、律花《りっか》。毎朝チェックしてくれてるのに忘れ物してさ……。でも、俺は何を食べたって律花《りっか》の手料理が一番美味《うま》いと常々思ってるから。もう二度と弁当は忘れないし、仮に忘れたとしても外食はしない。今ここで誓ゥボぁ」

パァン！　俺の顔面にクッションが叩《たた》き付《つ》けられた。あまりの威力に破裂音がしたが、俺が丈夫じゃなかったら鼻骨がどうにかなったかもしれない。

いやそんなことはどうでもいい。あれ？　俺きちんと謝罪して、問題点を洗って改善点も述べてるよな？　なのに何でこんな……りっちゃんはドス黒いオーラを放っているんですか？

「え、あの、りっちゃん……？」

つかつかと律花《りっか》が自室の方へと歩いていく。俺は思わず律花《りっか》へ手を伸ばした。

「触るな──《羽根狩り》」

「ええ～……」

鋭い切っ先が俺に向けられる。いつの間にやら律花《りっか》は《雲雀《ひばり》》を手にしていた。夫婦喧嘩《げんか》で本物の刀が出てくるのは恐らくウチぐらいだろう。せめて抜き身はやめて欲しかった。

律花《りっか》が俺のことを《羽根狩り》と呼ぶということは──ガチのマジの大激怒状態だ。

こうなった律花《りっか》に俺は一切手出し出来ず、結局その背中を見送るだけだった。

（いやいやいやいや！　俺は何をミスったんだ!?　さっきまで怒ってはいたけど、マジでキレるほどではなかったろ!?　それが一瞬でこんな悪化するのか!?）

俺は嫁の心情を完全に把握しているような出来る夫ではない。

なので俺がいつどこで律花《りっか》の地雷を踏み抜いたのか、これが全く分からない。

（っていうかまずいぞ……もうすぐ結婚記念日なのに、ここで溝を作るのはまずい!!）

結婚記念日までは、もう二週間もない。これまでの経験を鑑《かんが》みるに、ガチで怒った律花《りっか》のそれは数日間持続し、更にそこからもしばらく尾を引く。完全な状態で結婚記念日を迎えるには、一刻も早くこの怒りを鎮《しず》めねばならないだろう。

『おい、オス人間』

「何だよ……」

『やっぱりたまには――野菜も食べたい時があるにゃ』

「知るか……!!」

翌朝。俺と律花《りっか》の間に会話はなかった。重く苦しい朝の目覚めだった。

律花《りっか》は俺と目を合わせようとせず、擬音で表すなら「つーん」としている。唇はへの字に閉じられており、頬は気持ちぷくっと膨れているように見える。ここで迂闊《うかつ》に『昨日はごめんね。今日も律花《りっか》は可愛《かわい》いよ、愛してる』と抱き締めればさあどうなるか。

答えとしては律花《りっか》の《祝福《ブレス》》、《霏霏氷分《ミクマリ》》が四方から飛んでくるだろう。

過去、俺達が付き合い始めた頃の大喧嘩《おおげんか》ではよくそんなことがあった。

ストレートに俺へ愛を示してくれる律花《りっか》だが、しかし決して安い女ではないのだ。

「なあ、律花《りっか》――」

ドンッッ!! 俺の声を遮るように、律花《りっか》がテーブルの上に弁当箱を置いた。

あれ……こんな状況でも弁当は作ってくれたのか。いや、でも何かアレだな、弁当箱から妙などす黒いオーラが漂っている気がする。

「あ、ありがとう。いつも助かるよ」

目を見てお礼を言うと、律花《りっか》がぷいっとそっぽを向いた。どうやらまだ取り付く島はないようだ。《雲雀《ひばり》》は持っていないので、怒りのピークは過ぎたように見えるが。

胃がキリキリと痛む。ただでさえ会社で胃が痛むことが多いのに、安らげる自宅でこうなってしまっては、近い将来リアルに血を吐く日が来るかもしれないな……。

弁当箱の中身は一面のパックごはんだった。おかずはない。梅干しとかふりかけもない。身体《からだ》をゴツくしたい高校球児の飯かな？　俺は心でそうツッコミながらキレイに全部食べて、そしてすぐにある人物へと昼休みの間に電話を掛ける。

「――っていうことがあったんだが……」

『ふーん、なるほどねえ。リッカもまだまだ子供だなー』

特に大きなリアクションは返って来ない。それだけ律花《りっか》のことを知っている相手――彼女の親友である狐里芳乃《くりよしの》さんへと俺は相談をしていた。

狐里《くり》さんは昔から俺と律花《りっか》の間を取り持ってくれる、非常に要領のいい女性だ。律花《りっか》と同い年なのに、精神が非常に成熟している。いや、律花《りっか》が子供っぽいというわけではないが。

『ねえ犀川《さいがわ》さん。一応確認しときたいんだけど、一緒にお昼を食べた相手って？』

「同じ部署の後輩だよ」

『……。当てていい？　それって結構可愛《かわい》い顔した、若い女の子じゃない？』

「ああ。若い女の子だよ。顔も一般的に見たら可愛《かわい》いんじゃないかな」

一瞬でよくそこまで当てられるものだ。狐里《くり》さんの洞察力は後方支援向きだと改めて思う。

『その上でもっかい確認だけど、犀川《さいがわ》さんはリッカが怒った理由を、お弁当を忘れたのに外食したからだと考えて謝ったわけね？』

「そうだが……そうじゃないのか？」

『あっはい。ならもう答えを言うから耳をかっぽじって聞いてね。リッカは多分、その後輩の子と楽しげに食事するあなたを見て嫉妬したの。分かる？　もう電話切るよ？』

「いやちょっと早いって。は？　何で嫉妬？」

まさかとは思うが、浮気《うわき》を疑ったのか？　当たり前だが、俺は勤務中ずっとエンゲージリングをしている。生駒《いこま》さんだって俺が既婚者であることは承知だ。何より、俺は生駒《いこま》さんに一切気なんてないし、彼女も同様だろう。単に同じ職場の先輩後輩ってだけでしかない。

「俺は律花《りっか》一筋のまま死ぬ気なんだけど。あらぬ誤解すぎる」

『犀川《さいがわ》さんはさぁ……まあいいや。じゃあ逆で考えてみよっか。もし犀川《さいがわ》さんがリッカの忘れ物を届けに行ったとして、リッカが職場のイケメン先輩と仲良くご飯食べてたらどう思う？』

「え？　殺す　男の方を」

『ならもう分かったでしょ！　めんどくせー夫婦だよ全く！　後は自分で何とかしなよ!!』

半ば吐き捨てるようにそう言って、通話を切られてしまった。

狐里《くり》さんの言う通り、律花《りっか》の立場で考えてみると、事情はどうあれ確かに不快感を誘うシチュエーションだったのだ。単に、俺ならそのイマジネーションイケメン先輩をぶちのめす方向で動くが、律花《りっか》は生駒《いこま》さんではなく俺に怒りをぶつけたというわけか。

…………。うん。全部俺が悪いわ。

「──部長。午後から早退していいっすか？」

「理由を言え」

「嫁に謝罪したいので」

「馬鹿か貴様は。業務に戻れ」

クソッ、帰らせろやブラック企業が……!!　労基にチクるぞ……!!

しかしそんな俺の情念が通じたのか、今日は定時に帰ることが出来た。帰り掛けに俺は律花《りっか》が好きなシュークリームを買って、さっさと家路を急ぐ。

「ただいまー」

「あ、おかえ──……」

油断していたのか、たまたま玄関先にいた律花《りっか》が返事をしてくれる。が、すぐに『今自分は怒っている』とばかりに、顔を逸《そ》らして近くを歩いていたにゃん吉を拾い上げた。

そのまま律花《りっか》は己の顔をにゃん吉で隠しながら、そそくさと退散する。

『おかえりにゃさいませ、ご主人さま♡』

(こんな時だけ律儀《りちぎ》に返すな)

とはいえ——律花《りっか》はおバカな部分こそあるが、しかし愚かではない。俺が本気で浮気《うわき》をしているとは考えないだろうし、あくまで一過性の怒りだと自分でも分かっているのだ。ただ、一度怒ってしまった手前、どうやって和解するべきか分からなくなるというのは、人間なら誰しもあることだろう。ならば夫として、俺はちゃんと律花《りっか》へ歩み寄らねばならない。

「律花《りっか》」

着替えだけ済ませて、俺はソファに腰掛け、律花《りっか》を呼ぶ。

ぽんぽんと俺は自分の隣を手で軽く叩《たた》いた。おいで、という意味だ。

——にゃん吉が飛んできた。

「お前じゃない……!!」

『え……?』

普段呼んでもあんま来ないだろお前……! わざとか……!?

しかし律花《りっか》はこちらにやって来て、ひょいとにゃん吉を抱きかかえ、座った。

「一度、ちゃんと話をしようか。えーっと、昨日の俺の勘違いについては申し訳なかった。ただ、改めて説明するけど、一緒に居た女性は後輩の生駒《いこま》さんだ。ほら、前に話しただろ？　すごく優秀な後輩が居るって話。それがあの子で、もちろん変な気は俺に一切ない。いやもうホントマジで。俺は律花《りつか》一筋だから」

「芳乃《よしの》に聞いたでしょ」

「う……。察しが悪くてごめん。その通りだよ」

鋭いなぁ……。俺がそんな早く問題に気付くはずはないと考えたのだろう。

やや不服そうな顔をする律花《りつか》。俺はじっと見つめたが、目を逸《そ》らされてしまった。

「……後輩の子が若い女の子だなんて聞いてなかったもん」

「言ってなかったっけ」

「二年目の子ってだけ言ってた」

「あー……」

わざわざ生駒《いこま》さんのことを詳しく話す必要もないので、最低限の情報しか伝えていなかったから、律花《りつか》は生駒《いこま》さんを男だと勘違いしていたのか。

「とはいえ何回も言うけど、生駒《いこま》さんは単なる後輩で——」

言い掛けたら、律花《りつか》がにゃん吉を持ち上げて、顔の前に構えた。

「分かってるにゃ」

そしてそのまま、腹話術の人形のように、にゃん吉が語る体で続ける。

「え？」

『分かってるにゃ』

(同じことを言うな)

「ろうくんは悪くないし、社内の先輩後輩の付き合いがあるのも分かってるにゃ。悪いのは律花《りっか》なのに、意地悪ばっかりして嫌な女にゃ。謝るべきにゃ……って、にゃん吉が言ってる」

「律花《りっか》──」

『は？　言ってないです』

(同じことを言え)

気の利《き》かない猫だった。律花《りっか》はにゃん吉をずらし、覗《のぞ》き込むように俺を見る。

「……ごめんね、ろうくん。ろうくんは浮気《うわき》なんて絶対しないのに」

「いや、俺も悪いんだ。でもお互い悪いと思うのなら、もう謝るのはナシにしようか」

「うん……」

『つまりわがはいだけにゃ？　悪くないのは』

やれやれと溜《た》め息《いき》をつくにゃん吉を無視し、俺は律花《りっか》の肩に手を回して抱き寄せた。律花《りっか》も素直に、俺へ体重を預ける。自分の身体《からだ》に、律花《りっか》の重みと熱が伝わって、もう喧嘩《けんか》はこれで終わったと直感的に察した。律花《りっか》も俺も、別に長く喧嘩《けんか》を続けたいわけではないから。

「なんかさ。久々に律花《りっか》と喧嘩《けんか》した気がするよ」

「そう……かも」

「昔はもっと過激だったもんな、律花《りっか》は。俺の私物だけ全部凍らせたりとか、俺の足首から下だけ凍らせて動けなくしたりとか、テクニカルなキレ方がハンパなかった。全然懐《なつ》いてない猫を無理矢理洗ったらあんな感じで暴れると思う」

「そ、それは……っ！　まだ若かったの！　あ、今も若いけどね!?　もうそんな危ないことしないってば！　それにろうくんだって、あの頃はなんかこう……なんかだったじゃん！」

「どういう状態だったんだ俺は……」

謎だった。律花《りっか》はしばし虚空《こくう》を見つめ、やがてぽつりと呟《つぶや》くように言う。

「ろうくんがいなくなるのが怖い」

「俺も律花《りっか》が居なくなるのが怖いよ」

「ずっとそばにいるもん」

「同じく」

己のことを理解してくれる人が、生きている間に何人見付かるだろうか。俺にとって律花《りっか》は、律花《りっか》にとって俺は、そうあるべき人だ。もう、互いが居ない生活など考えられない。

しばらくの間、俺と律花《りっか》は無言で身体《からだ》を寄せ合った。途中、飽きたのかにゃん吉が律花《りっか》から離れてどこかに行った。

「ねえ、ろうくん」

「ん？」

「あの後輩の子って……彼氏いるの？」

「へ？ あー、いや、どうだろう」

「訊《き》いといて」

「何故に……？」

疑問を呈すると、律花《りっか》が俺の腹に自分の顔をくっつける。そのままやいとされた。

「熱ッ！ 分かった分かった！ 訊《き》いとくよ！」

「あと、もっとぎゅっとして。あの子にやったよりも強く」

「はいはい」

どうも、律花《りっか》は生駒《いこま》さんに妙な警戒心のようなものがあるみたいだ。杞憂《きゆう》なんだけどなぁ。

まあ、拒む理由はないから、俺は強く律花《りっか》を抱き締めた。

「それと――ひったくり犯を捕まえるのは、もっと静かにやらないとダメだよ」

「え？ かなり静かにやったつもりだったが……」

「結構目立ってたと思う」

「それは仕方ないっていうか、モノを盗《と》られてるわけだから」

「うーん……まあいっか」

律花《りっか》はどこからどこまで俺を監視していたのだろうか。殺気を感じたのはイタ飯屋に居る時だから、その辺りか。つっても、今更そこを知っても無意味かな……。

「ろうくん、愛してるって10000回言って」

「多くない……？　喉潰れる……」

「言って〜〜！」

腕の中で律花《りっか》が不機嫌な時のにゃん吉みたいにジタバタと暴れた。

言葉にしないと伝わらないことはたくさんある――律花《りっか》がたまに言うセリフだ。俺は、というか結構な数の男は、そういったストレートなセリフに気恥ずかしさや抵抗を感じてしまう。すぐ言葉にしてしまうと安っぽくなる、と考えてしまうのかもしれない。が、結局のところ、愛を囁《ささや》いて損することなどないのだ。少なくとも、愛し合っている者同士においては。

「愛してるよ、律花《りっか》」

「…………」

ジタバタが収まった。満足してくれた……と思いきや、律花《りっか》は俺を見上げている。

「もっとこう、ドラマのワンシーンみたいにカッコよく言ってほしい」

「律花《りっか》は何でも言葉にして伝えてくるタイプだよな……」

「イケボでおねがい♡」

「注文がエスカレートしてないか？」

1000回言うよりかはハードルが低いと考えるべきか。それに、これは例の『作戦』を進めるのに丁度いい機会でもある。俺は律花《りっか》の左耳の方へ手を伸ばした。

さらり、と銀糸のような髪の毛が揺れる。枝毛や傷みはまるで見当たらず、照明の光を受けてキラキラと輝くそれは、染髪では有り得ない発色だろう。《祝福《ブレス》》の影響で変色、というよりかは変質してしまったらしい律花《りっか》の地毛は、ある意味最大の個性だ。

手触りもよく、前に仕事の関係で加工前の絹を触ったことがあるが、それに近い。本人もかなりケアしているとのことで、俺のややゴワッとした黒髪とは雲泥《うんでい》の差《さ》だ。

「律花《りっか》――」

垂れ下がる銀髪をカーテンのように少しだけ掻《か》き上《あ》げて、顔を寄せる。鼻腔《びこう》をふわりと甘い香りが満たしていく。律花《りっか》だけが使っているトリートメントの芳香だろうか。きっと男には絶対に出せないものだ。すんすんと俺は鼻を鳴らした。肺を律花《りっか》で満たしたかったのだ。

「ちょ、ちょっと、ろうくん？」

「うん」

生返事をした。いつまでも嗅いでいたい。俺はこの匂いが好き……否《いな》、律花《りっか》の匂いが好きでたまらないのだ。自分でもよく分からないが、嗅ぐ度に脳が溶けていく感覚がある。

俺は律花《りっか》の肩に顎を乗せて、今度は首筋からうなじにかけて鼻を動かした。髪の毛とはまた異なる、甘いというよりかは爽やかな匂いに変わる。これは恐らくボディソープのものか。俺と同じものを使っているとは到底思えない。

「く、くすぐったいってば」

「うん……」

己の嗅覚の鋭さなど分からないが、律花《りっか》は場所によって匂いが全部違う。まだまだ嗅いだことのない場所の方が多いのが悲しいところだ。特に下半身とか——

「まてっ‼」

「うわ！」

——次はどこを嗅ごうかと考えていたら、律花《りっか》に思い切り突き飛ばされてしまった。距離が離れると思考が戻る。脳内が律花《りっか》の煙で満ちていたのが晴れた。

「くんくんはルール違反でしょうが！　今は愛してるよタイムなのに！」

「そうだっけ？　そうだった」

「そ、そんなに嗅ぐのはアレだよ。ヘンタイさんだよ！」

「いやー、律花《りっか》の匂いが好きすぎて、つい」

俺はそうすっとぼけたが、律花《りっか》は顔を赤くしていた。期待を裏切られたからか、ぷりぷりと怒っている。まあ、先程までのそれに比べると笑顔と変わりないようなものだけど。

「ほんっとにろうくんは……ワンちゃんみたいだよね」

「よく言われるかもしれない」

「くんくんばっかりしたら、そのうち耳とかしっぽとか生えてくるんだから！」

「この前の律花《りっか》みたいに？」

「……。そう！」

あくまで猫耳犬耳は生えてきた体《てい》で行くのか。なら俺もいつか生えるかもしれないな。

兎《と》にも角《かく》にも、俺と律花《りっか》は久々に喧嘩《けんか》をして、そして和解した。夫婦とは仲睦《むつ》まじくあるべきだが、時には衝突もする。ただ、衝突した後は、する前よりも更に仲を深めるべきだ。

このまま永遠に律花《りっか》とイチャついていたいが、しかし俺は仕事終わりでまだ飯を食っていなかった。気が緩むと腹が鳴って、律花《りっか》がくすくすと笑う。

「ごはんにしよっか！　今日は、ちゃんと作ってるから」

「そうだな。いつもありがとう、律花《りっか》。食後はシュークリーム食べよう」

「やった！」

『飯にゃ！　飯にゃ！』

どこかからにゃん吉が飛んでくる。人間のイチャイチャにはまるで興味などないが、飯という一点においては非常に耳聡《みみざと》い猫である。

「にゃん吉も、ごはんだね。カリカリ用意するね〜」

『は？　猫缶は？』

（今度こっそりって言っただろ……）

「……あっ！　お米炊くの忘れてた！　ごめーん、ろうくん、白ごはんこれでいい？」

「うげ……」

律花《りっか》がパックごはんを手に持って俺に見せてくる。思わず声が漏れた。

別に不味《まず》くはないし、むしろ美味《うま》いのだが……。

とりあえず――しばらくパックごはんを見るのは嫌だと、しみじみ思った。

「リッカはさー。新しい趣味とか始める気ある？」

「どうしたの、急に？」

原則、《落とし羽》の出現情報が出ない限り、回収部隊である律花《りっか》と芳乃《よしの》の出番はない。《組織《ロッド》》、或《ある》いは《志々馬《しじま》機関》も同様だろうが、戦闘行為自体を目的としていない。あくまでそれは、《落とし羽》を巡る中で対立関係上、仕方無く起こるものだ。

故に、任務が無い状態の律花《りっか》と芳乃《よしの》は、単なる14歳の少女であった。

「いや、最近生活に潤いがないってゆーか。やっぱあるじゃん？　新たな趣味が切り拓《ひら》く異なる日常みたいなのがさ～」

「あるかなぁ」

「あんの。つーわけで、始めてみました。料理！」

芳乃《よしの》が手にしているのは、真新しいレシピ本だった。既に読み始めているのか、幾つか付箋が飛び出している。律花《りっか》は「おお」と唸《うな》った。

「すごい。芳乃《よしの》、料理できるんだ」

「いや、全然。まだこれ読んでるだけ」

「えっ……無意味」

「甘いなぁ、律花《りっか》くん。料理とはまずレシピ研究から入るのだよ！」

「そうなの？」

「そ。これ読んで普通の作り方を覚えて、次にアタシ流のアレンジを考案！　そして最後は愛する彼氏にその手料理を振る舞って、胃袋ごと摑《つか》んでやるってわけよ！」

「彼氏いないでしょ？」

きょとんとしながら律花《りつか》が素で反応する。芳乃《よしの》の表情が険しくなった。

「こーれーかーらー作るんじゃあ！　料理も彼氏も！」

「がんばって」

「なーに他人事《ひとごと》のように言ってんだ！　リッカだって彼氏欲しいでしょ⁉」

「え……別に」

答える律花《りつか》は、本心であった。彼氏とか付き合うとか、まだそういうことに対して、律花《りつか》は強い興味を持てない。何となくそれは、テレビや漫画の中にしかない、創作物的なものではないのかとすら思う。聞いた芳乃《よしの》が、大きく溜《た》め息《いき》をつく。

「リッカもさ、絵ばっか描いてないで、他のことしてみたら？　彼氏云々《うんぬん》はもういいけど、料理自体はこれから生きていく中で役立つよ、きっと」

「絵は楽しいし、料理は作ってくれるし、うーん……」

律花《りつか》の趣味は絵を描くことだ。特に風景画が好きで、人並みよりは上手《うま》い自信がある。

これに没頭すると、あっという間に時間が過ぎていくので、現状律花《りつか》に他の趣味を始める気はさらさらない。芳乃《よしの》はどこか遠い目をして、ぽつりと訊《たず》ねる。

「——リッカは、この戦いがずっと続くと思う?」

「どうだろう。そのうち終わるんじゃないかな。《落とし羽》も無限にあるわけじゃないし」

「そうだよ。いつか終わるの。《組織《ロッド》》の人達は、たまにそのことが分かってないんじゃないかって思うけど……アタシ達は違う。こんなの、長く続かないんだよ」

「なにが言いたいの、芳乃《よしの》?」

「身の振り方ってやつよ。今は《組織《ロッド》》がアタシらを生かしてくれる。でも、永遠じゃない。もしその時が来たとして、アタシらには一体何が出来るのかって考えたら……」

「新しいことを、始めたくなった?」

律花《りっか》の答えに、芳乃《よしの》は静かに頷《うなず》いた。芳乃《よしの》は聡明《そうめい》であると、律花《りっか》は思う。ぼんやりとしがちな自分と違って、先のことを含め色々と考えて動いている。

ある日突然、自分を取り巻く全てが失《な》くなったら——

(わたしには……何もない)

「……。今ちょっと不安になったっしょ?」

「うん……」

「なら、この本読み終わったらリッカにあげる。別に今すぐ何か起こるわけじゃないし、少しずつ新しいことを身に付けていけばいいだけだからさ」

戦う為《ため》の力と、日々を生きる為《ため》の力。それらは全く別物であると、律花《りっか》はこの日から学んでいくことになる。そして学んで良かったと、後に感謝することになるが――

「頑張ろーぜ。将来の夢はお嫁さん同盟として！」

「なにその同盟」

「今作った！　どうせリッカ、将来の夢もあやふやでしょ？　なら若いうちはお嫁さんって言っておけば大体世間は許してくれんの！　まあアタシは最初からお嫁さんが夢だけどね！」

「よくわかんない……」

――今はまだ、その時ではないだろう。

《第五話》

わたしの趣味を唐突にご紹介！

「律花《りっか》、あのレシピ本ってどこにあったっけ？」

「キッチンの一番手前の引き出しに入れてるよ〜」

それは……夫であるろうくんを観察すること‼

今日は土曜日、お互い仕事がお休みということで、ろうくんが料理を作ってくれる。

まだお昼前だから、お昼ごはんを作るためにレシピ本を探しているのかな。

「お昼は簡単なものでいいのに」

「俺もそう思うから、焼き飯でも作ろうかと」

「あれ？　じゃあレシピ本いらなくない？」

「いや……必要だ」

ウチで使っているレシピ本は、昔に芳乃《よしの》から譲ってもらったものだ。

和洋中の大体の基本的なレシピが載っているもので、眺めているだけで勉強になる。わたしはもう大体中身を覚えたが、ろうくんは何を作るにしてもこの本を読みながら作る。

「必要な調味料……塩、しょうゆ、鶏《とり》がらスープの素……分量は――」

「えー、そんなの適当でいいじゃん」

「いや……ダメだ」

ろうくんズキッチンの特徴！　それは――絶対にレシピ通りに作ること！　料理を長くやると、調味料の分量は大体目分量になっちゃうんだよね。適当になるって言うと言葉は悪いけど、感覚で『これぐらいかな』っていうのが分かってくるというか。

わたしは当然感覚派。いちいち量っていたら時間が掛かるし。

「よし。食材のグラム数も計量しないとな。スケールはっと」

「えー、そんなの量らなくていいじゃん」

「いや……重要だ」

一方でろうくんは全部量る。もうとにかく量る。食材の量、調味料の量、茹《ゆ》でる時間炒《いた》める時間煮る時間、とにかく全部をレシピ通りに。なのでわたしは、ろうくんが料理に失敗したところを見たことがないんだよね。そういう意味では、ある種の料理上手なのかも……。

『ふみゃぁあ』

「うるさいぞ。あっち行ってろ」

わたしが台所を覗《のぞ》くように、にゃん吉もろうくんの方を見てにゃあにゃあ言っている。

ふふっ。「あたしのごはんは？」って言っているのかも。にゃん吉は女の子だからね！

にゃん吉はすっかりこの家に馴染《なじ》んで、犬派のろうくんとも仲良くやっていて安心！

犬派っていうけど、別に犬派だろうと猫が嫌いなわけじゃないもんね。

『フゥゥ……。にゃ～ぉ？』

「俺はこういうスタイルで料理するんだよ。邪魔するなって」

にしても……ろうくんとにゃん吉って、たまに喋《しゃべ》ってるみたいな感じでやり取りしてるんだよね。世の中は広いから、動物と話すことが出来る人はいるってテレビで観《み》たことがあるけれど、もしかしたらろうくんもそうなのかもしれない。

なーんて、そんなことあるわけないかぁ。そういう《祝福《ブレス》》があるわけでもないし。

「……白米は二人前、俺が200gで律花《りっか》が150gの合計350g……」

「そんなきっちりしなくても、余ったら晩に食べればいいだけだし」

「いや……肝要だ」

「その言い方好きだね～」

焼き飯なんて、パッとやってザッとやってポンッ！　って感じで出来るから楽なのに。ろうくんの手に掛かれば、納豆ごはんですら面倒メニューに変身しそうだよね。

ろうくんは食材の量を全部量り終えたので、今度はレシピ本通りに長ネギを細かくみじん切りして、ハムを薄めの角切りに、溶き卵をチャカチャカと作っていく。最後に熱したフライパンに油を引いて、料理用温度計でフライパンの温度を計っていた。

ああ……お手伝いしたい！　温度なんて溶き卵を箸先でちょっとだけ入れて、卵がジュッってなったら充分だし、ネギだって大雑把に切った方が食感が残るし、ハムは大きめにカットした方がゴロっとして美味《おい》しいのに！

「温度充分……炒《いた》めるとするか」

（油はもうちょっと多い方がパラッとするよ～……）

でもわたしは見守るだけ。わたしが横からあーだこーだ口出しして、昔ちょっと喧嘩《けんか》したことがあるから。あの時は『なら律花《りつか》が作ればいいだろ……』って、半泣きになってた。

男の人って、一度自分が全部やるって決めたら、横から何か言われるのを嫌がるんだよね。ろうくんは特にそのタイプで、意外とそーゆープライドが高いみたい。抱え込むっていうか、責任感っていうか……ともかく、男の料理に口出しは不要！ってこと！ 座して待ちます！

「いただきまーす！ ……おいしい！」

「そうか。嬉《うれ》しいよ」

「教科書通りって感じの味がするよ～」

「そりゃまあ、教科書通りに作ったからな」

完成した焼き飯を食べて、素直に感想を伝える。一周回って、レシピ通りの薄くも濃くもないこの味こそ、まさにろうくんの味だと思えるようになってきた。そういう意味では個性的なのかも。絶対にレシピ本通りにしか作らない（作れない？）料理って。

「でも、いい加減料理に慣れてるでしょ？ たまには感覚で作ってもいいんじゃない？」

「いや、料理はレシピ通りに作るものだよ」

「けど一流の料理人って、全部の分量を量ったりしてないよね？　あんな風になろうよ！」

「俺はまだその域に達していないから」

「おお……ぐ、ぐうど、きゅうど……」

「求道者《ぐどうしゃ》」

「そうそれ！　みたい！」

「別に、俺は一流の料理人になりたいわけじゃないけどな。そもそもレシピに反して作るのなら、じゃあレシピの存在ってよく分からなくならないか？」

ろうくんが疑問を口にする。確かに、言われてみればそうかも。

「分量については、確かに目分量でもいいのかもしれない。ただ……律花《りっか》がたまにやってるけどさ。レシピに書いてないモノを入れたりするのは理解出来ないよ」

「なんで？　そっちのがおいしくなるからだよ？」

「結果的には、だろ？　ならそれもレシピに書き加えておくべきだ。『○○を入れれば更に美《お》味《い》しくなります』ってさ。書いてないなら入れるべきじゃないって思うだろ、普通」

「うーむ……ろうくんは理屈っぽいですな」

「そうか？」

レシピに書いてあることは、本によるけど大体は基礎の部分だ。きっちりレシピ通りに作れば、それはそれでおいしいものが出来上がる。けど、もっとおいしくなると思うのなら、別に自分で自由に足したり引いたりしても構わない。そこからどういう風に発展……アレンジするかは、作り手次第。だから料理って作る人の数だけ味が違って、それがとても面白い。

ろうくんは逆で、『レシピに書いていないことはやるべきではない』と考えちゃうのかも。

塩と醤油《しょうゆ》だけを使っているのなら、ちょっとでも砂糖を入れるのはNG、みたいな。

「たとえば律花《りつか》なら、この焼き飯をどうアレンジする？」

「んー、まずは味付けに追加で味の素を入れるかなぁ。あとはサラダ油じゃなくてごま油を使って、強火じゃなく弱火でじっくり炒《いた》めてパラッとさせるよ」

「……何で？」

「え？　そっちの方が絶対おいしいから」

「感覚的だな……。俺には真似《まね》出来ないよ」

よくろうくんはわたしのことを『感覚的』と言う。

いやいや、わたしは結構計算ずくに、頭を使って生きているんですけど⁉

「感覚じゃなくて経験だもん」

「経験は感覚の蓄積じゃないか？」

「もーっ、難しい話はやめやめ！　洗い物はわたしがするから、ろうくんは食べ終わったらにやん吉と一緒にゴロゴロしてて！」

『みゃふ……』

「嫌そうな顔するな」

　今日は特にお出かけの予定はない。買い物は昨日のうちに済ませてあるし、つまりは家で一日まったりして、一週間の仕事の疲れを癒やすような日ってこと。

　ろうくんは立ち上がって、自分の部屋から何かの箱を持ってきた。

「また作るんだ。プラモデル」

　ろうくんの趣味の一つに、プラモデル製作がある。といっても、単に組み立てるだけのエンジョイ勢なんだけれど。ろうくんが言うには、『趣味と実益を兼ねてる』んだって。

「今度はなんのやつ？　ロボット？　車？」

「パンダ」

「え？　パンダ？」

　箱を見たら、確かに大きくパンダが描かれていた。ただ、デフォルメされたそのパンダは、なんていうか可愛《かわい》いと奇妙の間にあるっていうか、ナニコレっていうか……。

　ウケの悪さを感じ取ったろうくんは、中身を取り出しながら説明してくれた。

「ほら、俺んとこの社名って般田《ぱんだ》製造株式会社だろ。だから自社製品のマスコットキャラクター《パンダクン》なんだ」

微妙な名前……。でも口には出さないでおこうっと……。

「おもちゃを作る会社なら、やっぱりそういうマスコットっていうのはちゃんとあるんだね」

「正直パンダクンは死ぬほど売れてないし、マイナーもマイナーだけどな」

「ゆるキャラって思えば……いや、どうだろ……」

よく見るとパンダクンはやや疲れた顔をしている。会社勤めなのかな……。

しかし考えてみれば、わたしも自分のところの企業ロゴには鳥が入っていることを思い出した。おもちゃ会社じゃないから、グッズ化とかはしてないけれど。

「色々あるんだねえ。ろうくんの会社」

「はっきり言ってこのキャラクターでプラモを出すのは下策も下策だよ。実際出したらクソほど売れなくて、在庫の山が会社にあるから俺が一つ引き取ったぐらいだし」

「なるほど〜。確かに、出すならせめてぬいぐるみじゃない？」

「縫製品ってウチはあんまりラインが強くないんだよな。どっちかっていうと模型とかパズルとか、ああいう造形品の方が強いんだけど……律花《りっか》の言う通りだ。そもそも、パンダのプラモデルって何なんだよ。俺がまだ入社前からの企画らしいけど、誰がぶち上げたんだか……」

ぶつぶつとろうくんが文句を付けている。少し仕事の顔になっているので、わたしはつんつんとパンダクンのパーツを指で突っついた。にゃん吉も前足でペシペシしている。

「あ、コラ。やめろにゃん吉」

『みゃあ』

「お前のおもちゃじゃないって」

「にゃん吉が遊ぶにはちょっと硬いかな〜」

プラモ作りの邪魔になりそうなので、わたしはにゃん吉を抱っこしておいた。

譲渡会の時は暴れん坊だったにゃん吉だけど、ウチに来てからはすごく落ち着いている。気分屋さんだから、抱っこしてもいい時とダメな時があって、今は別にいい時みたい。

「さっさと組み上げるか。ニッパーはっと」

「はい、これ」

「お、サンキュ」

正直、わたしはプラモデル製作にぜーんぜん興味がない。どうせ作るなら、粘土とか彫刻とか、ああいう素材から自分で何かを作り上げる方がいい。昔そのことをろうくんに言ったら、

『律花《りつか》はフルスクラッチ派か……』と、よくわかんないことを呟《つぶや》いていた。

ろうくんは説明書（設計図？）とにらめっこし、パーツの種類を全部確認している。

「いっつも思うんだけど、パチパチっと最初に全部分解して、分からなくなったらその説明書を読むってした方が速く作れるんじゃない？」

「いや……検品は必要だ」

「けんぴん……」

「よし、問題なし。組み上げ手順も頭に入れて……」

「パンダクンはシンプルだから、多分読まなくても大体分かるよ～」

「いや……順序は重要だ」

料理の時とおんなじで、ろうくんは説明書に書かれている通りきっちりと組み立てる。

わたしはというと、ご覧のように読まなくても分かりそうなところは、さっさと組み立てるタイプ。まあ、プラモデルを作ったことなんてないけどね。

でも、興味がないなら、他のことをしとけばいいじゃん——とは、全く思わない。

「うーむ………」

真剣な顔で、ろうくんがニッパーを使って枠からパーツを切り離している。少しでも粗が残るのが嫌みたいで、一回一回丁寧に。もう検品は済んだって言ってたのに、それでもまだ説明書とパーツを照らし合わせたり。「雑な作りだ」って、文句を付けたり。

地道な作業の中にある、色んなろうくんの表情を、横からじーっと眺めるのが好き。

だからわたしは、プラモデルに興味はなくても、とても感謝してる。

「あれ、このパーツは——」

「右足のところ～」

「ここか。なるほど……律花《りつか》はプラモの才能あるな、マジで」

「あっても興味ないで～す」

にゃん吉のにおいを嗅ぎながら、たまにお手伝いする。にゃん吉から、段々とウチで使っている柔軟剤のにおいがしてきた。洗濯物を畳んでいる時に、よくいたずらでゴロゴロしてくるから、においが移ってきたのかも。家族になってきたなぁ、って思う。

「ろうくんは、どうしてプラモデルが好きなの？　付き合う前からやってたよね？」

「言わなかったっけ。作ってる時は気分が落ち着くんだ」

「へー……集中するからかなぁ」

落ち着くからって、プラモデルが好きな理由としては、ちょっと珍しいよね。

ろうくんは大体組み立て終わって、最後にパンダクンのおめめにシールを貼っていた。

「──よし、完成」

「お～、おめでとう！　でも、うーん……」

「正直に言っていいぞ。元々の出来が悪いって」

「パンダの可愛《かわい》さって、あの丸っこいフォルムにあると思うんだよね」

「そうだな」

「このパンダクンはプラモデルだから……ゴツゴツしてる」

「パッケージイラストの段階で微妙なのに、立体化すると更に可愛《かわい》さ半減どころか無効化だ」

完成品に対して、わたし達はよく品評会をする。基本的にわたしは褒めるんだけれど、このパンダクンプラモデルに対しては辛口になっちゃった。

「顔の部分がシールなのもちょっとねえ。代わりに色とか塗ってみない？　あと、ここかここととか、継ぎ目が結構目立つじゃん。こういう継ぎ目もヤスリで消してみない？」

「いや……仕上げは不要だ」

「えーっ」

まあ、知ってたけどさ。ろうくんはあくまで、組み立てることに面白さを見出《みいだ》すタイプだから、その後の飾り付けとか改造とかは『いらない』で終わらせちゃう。

「手順通りに組んで完成させたものが、一般的なプラモデルだ。塗装や改造みたいな、個人の技量による仕上げは普通じゃない。パンダクンはこれでパンダクンなんだよ」

「そういうものなのかなぁ」

ろうくんがそう言うのなら、それで全然構わないんだけれど。

もしかしなくても、ろうくんは結構な……変わり者なのかも。

「律花《りつか》。ちょっと手伝ってくれ」

「うん、いいよ～」

夜。お風呂《ふろ》に入る前、ろうくんは時折筋トレをする。これは趣味というよりも、習慣とか癖みたいなものなんだって。で、わたしの手伝いとは——

「よいしょっと」

「ぐ……ッ」

――おもりになること！　腕立て伏せ中のろうくんの背中に、わたしはドーナツクッション
を置いて、そこに正座で遠慮なく座った。普通の腕立てじゃ負荷が足りないから、とか。

「ねえ。乗った時に声出さないでくれる？　そんな重くないんだから！」

「いや、声は……仕方ないだろ……。軽いよ、律花《りっか》は……！」

「ふぅん」

その割には非常にしんどそ～な声を漏らしてるんだよね。

でも、わたしの体重は誰にも教えないとしても、それを背中に乗せて片手で腕立て伏せをす
るのは、中々にスゴイことだと思う。アスリートでもそんなことはしないよ、きっと。

「実は最近ちょっと太っちゃって。あんまり外に出ないからかな？」

「ああ、やっぱり……だって以前より確実に重」

「ふんッッ」

どすどすどすどす。ろうくんの背中の上で、正座したままぴょんぴょん跳ねてみた。

「今！　軽いって！　言ったでしょ！」

「い、いや、だからそれは、全体として律花《りっか》は、軽い方、だけど、律花《りっか》個人の比較として、前
より、今の方が重くなった、という、じっ、事実でしか、ない……！」

事実は事実であって、けれどわたしが欲しいのは優しい嘘《うそ》なんだから！

そこは『気のせいだよ』とか『体重計がバグってる』とか、そーゆーのを言う場面でしょうが！ ろうくんはたまに……デリカシーがない！

「にゃん吉‼ ろうくんをこらしめてやって‼」

『みゃあぁぁぁあ！』

「ちょ、顔を叩《たた》くなお前！ 普段呼んでも来ないくせに！」

にゃん吉の猫パンチがろうくんの顔に当たっている。わたしもどすどす攻撃を続ける。

それでも腕立て伏せは続いている辺り、ろうくんの筋トレへの姿勢はガチだよね。

「こうなったらもっともっと太って、ろうくんの筋トレに貢献しようかな」

「俺はどんな体型になった律花《りっか》でも愛してるよ」

「ここは『今のままがいい』って言うところなの！」

「え？ そうなの？ もう分からん……」

次はダンベルを持ち上げながら、ろうくんは気を利《き》かせたが、ちょっとズレていた。

こういうじゃれあいって、すごく大事だよね。犬も猫もじゃれつくのが好きだけど、人間だって同じだから。夫婦ならなおさらで、わたしはこんな形でろうくんに突っかかるのがやめられない。困った顔も、戸惑う顔も、全部かわいいって思う。

「ちなみにわたしは、ろうくんが太ったら嫌いになるからね」

「マジで……？ そこはどんな体型の俺でも愛してくれるわけじゃないのか」

「甘やかしませんので」

「……じゃあもし俺が、律花《りっか》が太ったら嫌いになるって言ったら？」

「実家に帰る」

「模範的……」

相手に求める理想像は、高くても低くても良くない。高いと疲れちゃうし、低いとめちゃくちゃになっちゃう。これは色んな考え方があるだろうけれど、夫婦である以前にわたしは、ろうくんが一番愛してくれるわたしでありたい。彼もきっと、そこは同じだ。

「わたしもランニングとかしようかな～」

「もしするなら付き合うよ。何十キロ走る？」

「ハードルがヤバすぎない？ランニングじゃなくてマラソンじゃん……」

ろうくんの天職は、もしかしたらアスリートだったのかも……。

「そろそろ寝よっか。明日はにゃん吉の健康診断だし！」

『ふみゃ……』

「獣医にしか分からないことがあるんだよ。我慢しろ」

また喋《しゃべ》ってる。わたしが知らないだけで、猫語の教科書とかがあるのかも。

でも、ろうくんが動物にたくさん話し掛けるタイプだとは知らなかったなぁ。環境が変わると、それだけパートナーの知らない一面がまた見えるものなんだね。

「じゃ、おやすみ――」

「律花《りつか》」

「ん？　どうしたの？」

「あー……いや」

いつもならこのままお互いに「おやすみ」で終わるのに、今夜は珍しくろうくんが呼び止めてきた。ちょっと視線が右に左にうろちょろとしている。

「おやすみのちゅーでもする？」

「するけど、えーっと、もうすぐ結婚記念日だよな」

「うん。お互い有給申請はしてるでしょ？」

「ああ。で、そのー……た、楽しみだな！　それだけ！」

引っかかってるものがあるみたい。確か、ろうくんがプロポーズする時も、こんな感じで事前に変な動きが多かったんだよね。今回もそれに近いアレかなぁ。

気にしてもしょうがないや。わたしはろうくんのほっぺにキスをしたら、彼も同じくほっぺに返してくれた。いずれにせよ、その日になれば分かることだしね。今はそっとしとこう。

にしても、今日はたくさんろうくんを観察したので、ぐっすり眠ることができそう！

健剛《けんご》が戦列に復帰して以降、狼士《ろうし》のバディとして共に行動することが多くなった。

本来、別個に任務を遂行させた方が効率的ではあるのだが——

「《白魔《ハクマ》》ッ!! じゃんじゃん撃って来い!!」

「……っ」

——新調した刀を持って以降、その戦闘力に飛躍的上昇を見せる《白魔《ハクマ》》に対し、《羽根狩り》と《天鎧《てんがい》》の両名で徹底的に対処すべきだという結論になった。

実際、健剛《けんご》の持つ《祝福《ブレス》》、《攻護仁王《ヴアジユラ》》は防御に優れ、《白魔《ハクマ》》が放つ氷弾を真正面から受け止め、弾《はじ》き、砕く。

「《天鎧《てんがい》》。《落とし羽》は回収した、退くぞ」

その間に《白魔《ハクマ》》の注意から逸《そ》れた狼士《ろうし》が援護、並びに《落とし羽》を迅速に回収する。

ここ数回は二人の連携で、《志々馬機関《しじま》》が勝利していた。

「まだ戦い始めたばかりだ、余力があるッ!! 今ここで《白魔《ハクマ》》を叩《たた》いて再起不能にしておけば、この先ずっと安泰だぞ!!」

「無用なリスクだ。奴《やつ》の一刀はお前でも完全に防げない」

「あんな軽傷、百回食らっても問題ないッ!!」

健剛《けんご》の悪い癖が出ている。己の闘争本能に忠実——戦いを心の底から楽しむ。それがあるからこその強さなのだろうが、こと任務に於《お》いては制御が利《き》かず面倒にも程がある。

舌打ちしながら、狼士《ろうし》は通信手《オペレーター》へ回線を繋《つな》いだ。

『まだ戦闘中だろう、《羽根狩り》。用件は？』

「健剛《けんご》を止めてくれ」

『またか……やれやれ』

通信先の上官は疲れ気味の溜《た》め息《いき》をつく。健剛《けんご》はというと、思うように攻撃が通らず苛立《いらだ》つ《白魔《ハクマ》》へ、果敢に肉弾戦を仕掛けている。相手は素早く、防御機構も備えている。そう簡単には攻撃が通らない。逆に健剛《けんご》の傷が増えるだけだ。

そして数秒後、健剛《けんご》は青い顔をしつつ、己のインカムをぶん投げて破壊していた。

「おい。壊すなよ……」

「何だかんだ言って叔父貴は怖い！　今は知らんぷりだッ！」

「後でもっと言われるだけだ」

「勝ってるからってぺちゃくちゃと……！　ムカつく……！」

《祝福《ブレス》》は決して同じものが発現しないとされる。即《すなわ》ち、《痣持ち《ブルーズ》》の数だけ異なる《祝福《ブレス》》があるということで、そしてそこには戦闘上の相性が発生する。

健剛《けんご》と《白魔《ハクマ》》は、明らかに健剛《けんご》側に分がある。いや、そもそも健剛《けんご》の《攻護仁王《ヴアジユラ》》自体が、大半の《祝福《ブレス》》に対して上から出られると言うべきか。その余裕は無駄な会話を生み、しかし決して隙には繋《つな》がらないことが、殊更《白魔《ハクマ》》の神経を逆撫《さかな》でした。

「――あんま怒ったらアカンで、律《りつ》」

「……！」

健剛《けんご》が飛《と》び退《の》く。狼士《ろうし》は銃口を向ける。何か巨大な物体が、空中から落下してきたのだ。

今回の《落とし羽》発生地点は、郊外の廃棄された工場跡地。既に工場は全て解体され、実質的に広い荒れ地となっている。周囲に人影は一切ないはずだったが。

「どうして来たの」

「そらもう愛する者の危機に駆け付けるんがヒーローっちゅうやっちゃで。なあ？」

「……知らない」

「《羽根狩り》。あの男を知っているか？」

「いや、記憶にない。新手の増援らしい」

土か何かで出来た、数メートルはある『像』の頂に、その男は腰掛けている。『像』の形は、いわゆる遮光器土偶のそれとほぼ一致。巨大な土偶、とそのまま表現すべきだろう。

男は金髪の糸目で線が細く、関西地方特有の方言で喋《しゃべ》っている。己の記憶にないということは、ここ周辺を担当する《組織《ロッド》》の回収部隊ではない。《落とし羽》は頻度の差はあれ、全国各地に出現する。つまり、《志々馬《しじま》機関》も《組織《ロッド》》も、全国各地に支部がある。男を方言通り、西の方からやって来た増援だと仮定するなら、狼士《ろうし》達が知らないのも無理はない。

「だが――《痣持ち《ブルーズ》》であることは間違いないな」

「だなッ！　こんなデカい土偶、教科書には載ってないぞ！」

「ジブンらが噂《うわさ》の《羽根狩り》と《天鎧《てんがい》》やな？　ほー、確かに強そうやん。なァ、本気でやり合ったらお互い無事では済まへんし、《落とし羽》返してくれへん？　ほんだら見逃したる」

「《組織《ロッド》》の人間は馬鹿げた要求を最初に突き付けるよう教育されているのか？」

狼士《ろうし》が嘲るように言う。以前の《白魔《ハクマ》》と同じことをする男に、侮蔑の目を向けて。

「ふんッッ」

一方で、健剛《けんご》に対話は必要ない。《攻護仁王《ヴァジュラ》》で硬化させた己の拳を、思い切り男の乗る遮光器土偶の土手っ腹にぶちかます。コンクリートなど焼き菓子のように砕くその一撃に、恐らくは硬度で遥《はる》かに劣る土であろう土偶は耐えられるわけがない。

「むうッ⁉」

——そう。硬度が劣る。そんなものは不要であるが故に。

一撃を受けた土偶は波打ち、撓《たわ》み、砕けるのではなく飛び散った。粘性のあるその感触に、殴った健剛《けんご》と観察する狼士《ろうし》は何の物質であるかすぐに思い至る。

「粘土か……⁉」

「思った以上に軟らかいぞッ‼」

「律《りつ》。こっから先はボクのサポートに回りや。場所的に丁度ええし、《羽根狩り》の方は死ぬほど腹立つからガチでいくわ」

「……了解」

土偶はその形を保てず、粘土の塊となって崩れる。男は軽く着地し、すうと息を吸う。

「──《心象地母《ヘナ》》」

「……!!」

聞き慣れない単語。張り詰める空気。狼士《ろうし》と健剛《けんご》が同時に息を呑《の》む。

《祝福《ブレス》》を持つ者に共通する事項の一つ。それは、己の能力名を口に出しながら発動すること
が、能力を全力解放するトリガーとなる──というもの。

故に、その名は『鍵』だ。彼らは己の能力名をおいそれと他人へ教えない。

鍵とはそもそも、他人に触らせるようなものではないから。

「馬鹿かこいつは……！　初手で……!?」

「初めてだな！　こんなタイプの《痣持ち《ブルーズ》》はッ!!」

当然のことながら、《祝福《ブレス》》の全力使用は、そのまま『代償』が大きく使用者に跳ね返るこ
とになる。実質的に《祝福《ブレス》》持ちは戦闘時間に制限があるようなもので、そこを狼士《ろうし》のような
無能力者は上手《うま》く突き、健剛《けんご》のような《痣持ち《ブルーズ》》は上手《うま》く立ち回る必要がある。

なのでこの男の、何も顧みない切り口はある意味衝撃的であった。

「パーッと咲くようにやれへん奴《やつ》が強《つよ》なるわけないやろ！　ビビっとんかァ⁉」

「無茶ばっかして……ばか」

ここは荒れ地で、周囲に土が多いからか。無数の巨大な遮光器土偶が形成され、狼士《ろうし》と健剛《けんご》を取り囲む。剛ではなく柔、そして質ではなく量。この男がやって来たのは、恐らく男の個人的感情ではない。健剛《けんご》という厄介な能力者に対し、相性を考慮した《組織《ロッド》》の者がわざわざ派遣したのだろう。狼士《ろうし》の推察は、恐らく当たっている。

（相手の能力が未知数な上に、全力解放している。真正面からの交戦は危険だ）

「面白い‼　ならこっちも全力解放で応えてやるッ‼」

「やめろ健剛《けんご》‼　ここは撤退に——」

「ほな——おどれら形変わるまでボコボコにしたらァ……‼」

#《第六話》

「どうも皆さん初めまして。『スタジオHENNA《へナ》』代表の《呉井虎地《くれいとらじ》》です〜。どうぞ皆さんご贔屓《ひいき》に、あんじょうよろしゅう頼んますわぁ〜」

俺は肩身の狭さを感じながら、会議室の端っこに座っていた。左隣の書紀で参加している生駒《いこま》さんも、無茶苦茶緊張している。そりゃそうだ、社長と役員が全員参加してるんだから。

さて、今朗らかに挨拶した金髪糸目の男性こと呉井《くれい》氏だが、俺は他人ではない、ない。

「ご挨拶ありがとうございます、呉井《くれい》代表。弊社としても、今を時めくスタジオHENNA《へナ》さんと仕事が出来ることに、多大な誇りと感謝を感じております」

司会進行は部長だ。この人は……特に緊張していない。慣れているのだろう。

「いやいや気にせんで下さい！　そら、手前味噌《てまえみそ》ですけどウチは今話題沸騰中ですし、もっと大きい会社からめっちゃ声掛けられてました。せやけど――」

コツコツと呉井《くれい》氏が会議室を我が物顔で闊歩《かっぽ》し、俺の方へと近付いてくる。

全く関係ない話をしよう。我が愛する嫁こと律花《りっか》は、現在の名を犀川律花《さいがわりっか》としている。

この犀川《さいがわ》とは俺の苗字《みょうじ》で、結婚して苗字《みょうじ》が替わったからこうなった。

そんな律花《りっか》の旧姓は《柳良律花《なぎらりっか》》と言う。

で、件《くだん》の呉井《くれい》氏だが。呉井《くれい》というのはいわゆるアーティストネーム、本名ではない。

呉井虎地《くれいとらじ》。本名、《柳良虎地《とらじ》》。29歳。クレイ・アニメーション制作者で。

「――ここにはおりますからねえ、我が愛する義弟《おとうと》が！」

……律花《りつか》の実兄にして、俺のお義兄《にい》さんである……。

*

事の発端は数日前だった。俺は、仕事中に部長から呼び出しを食らったのだ。

「どうしたんですか、部長」

「……警察から連絡があった。先日ひったくり犯を捕らえたそうだな」

「あー……はい。えっと」

「先程生駒《いこま》から詳細は聞いている。お前は一市民として正しい行動を取った」

と、部長は言うものの、その目付きは厳しい。なるべく大事にしたくないので、会社には何も言わず、生駒《いこま》さんも同じくだろうが、警察に渡した名刺からウチに連絡が来たのか。

部長は室内にあるホワイトボードへ、静かにマーカーで図を描いていく。

「――この社会とは大きな海で、その中に棲《す》む無数の魚が一市民だ」

（ヘッタクソな絵だ……って言ったらぶん殴られるから黙っておこう）

「だが、我々は決して魚ではない。風だ」

小学生の落書きにも劣りそうな部長のイラストだが、部長自身の声音は真剣なものだった。

俺を本気で咎《とが》めていることが分かるので、俺はごくりと唾を飲む。

「ひとたび吹き荒れれば、水面を巻き上げ大波を起こす。荒れ狂う海域は、そこに在る魚達を無作為に傷付け、或《ある》いは死に追いやる。……この意味は分かるだろう」

「……はい」

俺だけじゃなく部長も、《志々馬《しじま》機関》の一員として尋常ならざる能力を持っている。

故に、我々は魚ではなく風で――そして風である俺が暴れたら、社会そのものに大きな波乱を生んでしまうかもしれない。いや、生んでしまうのだ。

「だから、限りなく我々は凪《な》いでおくべきだ。平穏無事に生きていく為《ため》にも」

「承知しています」

「……まあ、派手なことはするなというだけで、何もするなというわけではない。逆の立場なら、きっと私も犯人を捕らえただろう。先も述べたが、お前の行動自体は間違っていない」

「今後は気を付けます……」

「やるならせめて、生駒《いこま》には見られない方が良かっただろうな。過ぎたことではあるが」

「そうですね。隠密秘匿《おんみつ》は基本ですし」

「……それは社会に於《お》いては例外だ。報連相こそ基本であると教えたはずだが」

要するに、何かやりたいなら先に部長へ言え……ということだ。

「さて、前置きはこのくらいにしておくか」

用件はこの口頭注意だけかなと思ったのだが、改めて部長は話を切り出した。この一連の会話はまさかの前置きだったらしい。まだ何か言われるのかと、ちょっと胃が痛む。

「狼士《ろうし》。呉井《くれい》……いや、《柳良《なぎら》虎地《とらじ》》を知っているか」

「知ってるに決まってるじゃないですか。義理の兄なんですけど……」

「だろうな。当時こそ敵ではあったが、今やお前は身内だ。で、その柳良《なぎら》だが、現在はクレイ・アニメーション制作者として成功している。あまり私は詳しくないが――」

「『ねんどんぐり』でしょ？　嫁から聞きました」

「それだ。若いだけあって耳聡《みみざと》いな」

「俺もちゃんと観《み》たことはないですけどね」

お義兄《にい》さんが制作した『ねんどんぐり』は、最初こそウェブで限定公開されているだけのクレイ・アニメーション動画だった。粘土で出来たどんぐり達が日々なんやかんやする……という内容らしい。これは律花《りっか》からの又聞きなので、俺も中身に詳しくはない。

っていうか律花《りっか》すら内容はよく知らないらしい。実妹なんだけどな……。

重要なのはこの『ねんどんぐり』が、キュートな見かけとダークな作風で、SNS上で大ウケし、一大トレンドにまで上り詰めたことだ。特に子供達に大人気で、そしてほぼ一人で『ねんどんぐり』を作ったお義兄《にい》さんは、まさに現在時の人となっている。

「で、それがどうかしたんですか？　お義兄《にい》さんと連絡を取りたいとか？」

「逆だ。向こうがウチに連絡を入れて来た」

「へ？」

「『ねんどんぐり』グッズ化の依頼だ。弊社だけが最初にオフィシャルで作っていいことになった。先に言うが、間違いなく社を挙げての一大プロジェクトになる」

「な、何でですか⁉　なぜこんなチンケでしみったれた三流メーカーに……⁉」

「せめて二流にしておけ。技術力だけはあるからな。で、理由だが――」

まだブレイクして間もないことから、『ねんどんぐり』関係のグッズはどの会社も出していない。が、間違いなく成功が約束されたIPだ。どこもグッズ化の話を持ち込んでいることは想像に難《かた》くない……ものの、そういうのはもっと大手メーカーの話だ。せいぜい弊社に来るのは、そのグッズを仕様書通りに作れ、みたいな大手からの下請け話だろうに。

部長が遠慮なく俺に指を突き付ける。急所を銃で撃たれた感覚がした。

「――お前が居るからだ、狼士《ろうし》」

「……俺？」

「柳良《なぎら》は気難しい人間だそうだな。ワンマン、とも言うが。個人制作が発端であることから、『ねんどんぐり』のあらゆる権利を柳良《なぎら》が持っている。その柳良《なぎら》が、『最初にグッズ化するのは義弟《おとうと》が居る会社に決めている』としたそうだ。大勢の出資者の反対意見を蹴ってな」

「うわあ……」

超個人的な理由だった。縁故にも程があるっていうか、今後の己の業界内での立ち位置とか考えないのか、あの人。いや考えるような人じゃないか……。

「プロジェクトの責任者はお前になる予定だ。後日正式に発表するが先に伝えておこう」

「へー…………はあ⁉⁉⁉⁉⁉⁉⁉⁉⁉⁉⁉⁉⁉⁉⁉⁉⁉」

無茶苦茶デカい声が出た。部長は俺の反応を予測済みで、事前に両耳を指で塞いでいる。

「いやいやちょっと待って下さいよ‼ そんな企画、普通もっと俺より上の人らがメインで進めるべきでしょ⁉ そりゃ手伝いはしますけど、責任者が俺ってどういうことすか⁉」

「仕方ないだろう。柳良《なぎら》がお前を名指しした上で、これを承諾しないならこの話は無かったことにすると言っている。弊社としてはたったそれだけの条件でビッグプロジェクトに関われる……となれば、お前に拒否権などない。但し失敗すればクビが飛ぶと思え」

「拒否権どころか人権もないっすわ……」

俺を別室へ呼んだ理由が分かった。こんな話、他の社員の前で大っぴらには言えまい。

こうして、善意か悪意か、或《あ》るいはその両方か——お義兄《にい》さんの差し金で、俺は入社以来最大の好機と危機に同時に見舞われることになったのだった。

＊

「いやー、緊張しましたねえ。こんな会議、若手が出るようなのじゃないですよ」

「全くだよ……」

「にしても、せんぱいの出世大チャンスですね！　向こうの強引な命令だけどね……」

「どう見てもコネっていうか、向こうの強引な命令だけどね……」

長ったらしい会議が終わり、俺は溜《た》め息《いき》と共に生駒《いこま》さんとコーヒーを飲んでいた。

「あくまで俺を責任者にするというのは先方の条件であって、ウチとしては建前上そうしつつ、実際は優秀なメンバーで企画を動かしていくんじゃないかな。俺はお飾りでしかないよ」

「せんぱいは優秀なメンバーとやらではないと？」

「見ての通りさ。まだ実績も経験も不足してる。役不足ってやつだよ――誤用の方でね」

「なら本来の意味で捉えましょうよ！　この企画すらせんぱいには余裕、みたいな！」

かなりポジティブな生駒《いこま》さんだった。俺を励ます時の律花《りつか》に似ている気がした。

まあ、実際問題俺がどう頑張ったところで、どうせ上の人達が自分達の考えで必死に動くだろう。俺は所詮、このビッグプロジェクトの引換券でしかないのだ。

「勿論《もちろん》、やれるだけやるつもりさ。責任取らされるのは俺だし」

「あたしも全力でお手伝いしますので、課を挙げて頑張りましょうね！」

「ああ、頑張ろう」

生駒《いこま》さんが自分のマグカップを盃《さかずき》のように掲げたので、俺も紙コップを応じるように掲げておいた。それは、何らかの誓いみたいに見えたかもしれない。


「おかえりどんぐり～」

「……ただいまどんぐり」

帰宅すると、律花《りつか》がふざけた感じで出迎えてくれた。一応俺もそのノリで返す。

原作モノのグッズ化というのは、その原作に一定以上の理解が必須だ。ファングッズの側面を持つ以上、ファンから認められないものを作ったところで売れるわけがない。

なので俺は部長から先に責任者の件を聞かされた時点で、すぐに『ねんどんぐり』を家で死ぬほど繰り返し観《み》ることにした。寝ても覚めても『ねんどんぐり』だ。何せこの作品は一話で3分、全12話だから合計36分しかない。従って一日に『ねんどんぐり』フルマラソンが容易に何度も可能なのである。何だよ『ねんどんぐり』フルマラソンって……。

「どんどんどん……ぐりぐり？」

「ああ、今日の会議にお義兄《にい》さんが来たよ。相変わらずだった」

「どど〜ん……」

「緊張したなぁ」

『イカれてんのか？』

俺と律花《りっか》の謎会話に、真顔でにゃん吉が反応している。普通に喋《しゃべ》るな……と思ったが、俺達がむしろ普通に喋《しゃべ》っていないからこそか。まあ俺も適当に返事しただけなんだが。

先んじて説明しておくと、『ねんどんぐり』はキャラクターにコミカルな動きはあっても、声付きのセリフは一切ない。（セリフは全部SEだ）

つまりキャラクター達は決しておかえりどんぐりなんて言わないし、どんぐり語で喋《しゃべ》りもしない。全て律花《りっか》のオリジナルである。冒瀆《ぼうとく》的であるが……実妹だからセーフだろう、多分。

「どんとこいこい♪　ぐりっと回転♪　どんぐりどんぐりどんな判断〜♪」

歌いながら律花《りっか》がキッチンの方に向かう。こっちは律花《りっか》オリジナルではなく、『ねんどんぐり』のオープニングテーマソングだ。なお作詞作曲歌唱全部お義兄《にい》さんである。死ぬほどクセのある歌であり、俺は正直好きじゃないのだが、子供達には大ウケだそうだ。更に一説によると、今年の紅白にお義兄《にい》さんが呼ばれる可能性があるらしい。どんな判断だ。

因《ちな》みに3分しかない本編は、内1分がオープニングに費やされる。どんな判断だ。

(家の中に仕事を持ち込むのは良くないって律花《りっか》は言うけど、これぱかりは仕方ないよな)

それに律花《りっか》自身が『ねんどんぐり』を気に入っているから、まあいいだろう。

俺は着替えを済ませて、ダイニングに向かうと――

「おう、遅かったやん。えらいブラックやなぁ、般田《ばんだ》さんは。経営大丈夫なん？」

――お義兄《にい》さんがコーヒーを飲んで寛《くつろ》いでいた。

「……。いつの間に来たんですか……？」

「そらもう会議終わったら直《チョク》よ、直《チョク》。愛する妹の顔をはよ見たかったんや。なあ律?」

「わたしも仕事中だったから、正直いきなり来て迷惑だったけどね」

「そんなん言わんといてや～。兄ちゃん傷付いてまうわぁ～」

「ま、まあ、歓迎しますよ。仕事の話もありますし……」

俺がそう言うと、お義兄《にい》さんの眉毛がハの字になった。

「アホ抜かせ。何で家ン中でもオドレと仕事の話すんねんこんダボが。しばくぞボケ」

「ええ……」

建前上、会議では我が愛する義弟《おとうと》とか言っていたお義兄《にい》さんだが、じゃあ実際の俺達の仲はというと――ぶっちゃけそんな良くない。いやむしろ悪い方かもしれない。

お義兄《にい》さんは見ての通り、重度のシスコンだ。律花《りつか》とは結構歳《とし》が離れていることもあって、幼少期から溺愛しているらしい。一方そんな最愛の妹を奪った不届き者が……俺である。

「おーおー、何やこれオイ」

テーブルの端っこの方を、お義兄《にい》さんは指で抉《えぐ》らんばかりに拭い、俺に見せつける。

「埃《ほこり》あるやん!! こんなんお前……ボクがハウスダストで死んでまうで!?」

「いやあハハハハ……。週末ちゃんと大掃除しますんで……」

「あ、そこさっきわたしが拭いたんだけど、汚れ残ってた？ はい、お兄ちゃん。ふきん」

「埃《ほこり》うっっっっっっっっっっっっっっっま!! 問題あらへんわあ!!」

お義兄《にい》さんは埃《ほこり》の付いた己の指を舐《な》めしゃぶった。ハウスダストで自殺したいようだ。

――柳良《なぎら》兄妹《きょうだい》には両親が居ない、らしい。詳しいことは俺も知らないが、二人がそう言うからには、何かが過去にあったのだろう。そういう事情もあって、お義兄《にい》さんは実質的に律花《りっか》の保護者という立場にある。だから溺愛し過保護になるのも、無理はない。

（ホント相変わらずだなこの人……）

いわゆる『娘さんを僕にください』イベントを、俺はお義兄《にい》さん相手にやっている。その時のことはもう思い返すのも嫌になるくらいだ。結果として許可は得たが……。

「っちゅーかオイ、義弟《ぎてい》! オドレは何メシの準備を律《りつ》にやらせとんねん。嫁はんは旦那の家事手伝いやないんやぞ!! オドレのメシぐらいオドレで用意せえや!!」

「す、すみません……」

……これ以上ないってくらいの姑《しゅうとめ》ムーブをカマしてくるんだよな……。

「もーっ。家事は二人でちゃんと分担してるし、今日ろうくんはお仕事で疲れてるんだし、お兄ちゃんは余計なこと言わないでよ！ そんなだから恋人に逃げられるの！」

「それはちゃうで、律《りつ》。逃げられたんやなくて解き放ったったんや」

「そっちの方がなお悪いのでは……」

予告なく現れたお義兄《にい》さんだったが、律花《りつか》はきちんと夕食を三人分用意していた。昨日の残り物が多めにあったっていうのもあるが、間に合わせでもとても豪勢だ。

「ホンマ料理上手《うま》なったなぁ、律《りつ》は。昔はボクが作ったのを食べるだけやったのに。特にこの煮物が出汁《だし》利いてええ味しとるわ！　律《りつ》はお兄ちゃんの好みをよう知っとる！」

「それこの前ろうくんが作ったやつだけど」

「化学調味料の味で誤魔化すなボケ」

「舌バグってますよ……」

お義兄《にい》さんは何を食べたかではなく、誰が作ったかで味が変化する舌を持つらしかった。

「ところでお兄ちゃん、いつまでこっちにいるの？」

「おー、せやな。こっちにも工房はあるから、別にいつまでっちゅう期限はないねんけど、まあ仕事もあるし、最低でも年内一杯はおる予定やね。どや？　嬉《うれ》しいやろ？」

「いや別に。次はちゃんと事前に連絡してからウチに来てよね」

お義兄《にい》さんは基本的に関西の方で活動している。有名になった現在は、仕事の都合で全国を飛び回ることもあって、一時的に拠点をこっちに移すようだ。

「気ィ付けるて。あ、ほんで今日やけど、泊まってくわ」

食後の紅茶を飲みながら、お義兄《にい》さんが何気なく言った。

「えーっ！　お布団《ふとん》ないんだけど！」

「それに使ってない部屋はあっても、ほぼ物置みたいなものですし……正直帰られた方が」

「ええよ。その辺で寝るから気にせんで」

俺らが気にするんだが……。強引な兄に対し、律花《りっか》はぷんぷんと怒っている。

「昔っからお兄ちゃんは勝手ばっかりして！　今日だって何しに来たの⁉」

「決まってるやろ、お兄ちゃんチェックや。これ見ぃ」

お義兄《にい》さんが懐《ふところ》から何やら用紙を取り出す。お兄ちゃんチェック——つまり俺からすれば、姑《しゅうとめ》のチェックみたいな意味を持つ。性別的には舅《しゅうと》と呼ぶべきだろうが、感情的に……。

《お兄ちゃんチェック（持ち点100・減点法）》
100点：特になし　99～51点：強制離婚　50～0点：義弟を殺害

「——以上や」

「何が……？」

「ジブンらが清く正しい結婚生活を送っとるか、ボクが直々に確認したろっちゅうわけや。最初に言うてたやろ？　厳しくチェックしていくで、って」

最初とは結婚の許可を得る時の話だ。チェックはお義兄《にい》さんが出した条件の一つである。

「言ってたけど……」

「全体的にデメリットしかないのはどうかと思いますよ……」

大雑把過ぎて一点でも失うと最悪の展開にしかならない。あと当たり前のように俺の生命が奪われることにどう反応すればいいんだよ。「世の中厳しいねん」とお義兄《にい》さんは言うが、厳しいのは世の中ではなく純粋にこの人の性根であろう。

「因《ちな》みにもう既に義弟は35点失っとるで。まあボーナスポイントも存在するから、まだ終わったわけではないんやが……状況はシーズン終盤の阪神並みやと思ってくれてええ」

「じゃあもう終わってるじゃないですか」

「阪神は終わっとらんわボケェ‼　一向に始まらへんだけじゃ‼」

お義兄《にい》さんは阪神で自虐するが、他人に阪神をイジられたらキレる面倒な人だった。

「チェックはどうでもいいとして、ろうくんをいじめたら許さないからね」

「いじめてへんて。本人も喜んでるやんか」

「どの辺がそう見えました？　言ってくれればすぐ嫌がれるよう改善しますんで」

「言うやんけ～！」

バシバシとお義兄《にい》さんが俺の肩を叩《たた》く。今更だが、律花《りつか》もお義兄《にい》さんも、生まれと育ちは関西ではない。じゃあ何で兄だけが関西弁で喋《しゃべ》るのかは……謎である。

『この細いオス人間、土臭いにゃ。田舎者にゃ。わがはいのセンスに合わんにゃ』

「……。もっと言っていいぞ（小声）」

「おっ、クロベエ！　こっち来ぃや、撫《な》でたんで～」

「ちょっと！　クロベエじゃなくてにゃん吉って言ってるでしょ！」

「アホ抜かせ、コイツの見た目でにゃん吉はありえんわ。どう考えてもクロベエや」

「にゃん吉は女の子なのにクロベエはおかしいよ！」

「メス猫でにゃん吉もどうかしとるやろ！」

『人類は愚かにゃ』

珍しくにゃん吉の発言が真理である気がした。どっちもどっちだ。

律花《りっか》は怒り気味だが、お義兄《にい》さんは楽しそうである。律花《りっか》が俺をからかって楽しむように、お義兄《にい》さんは律花《りっか》をからかってコミュニケーションを取って来たのだろう。

兄妹《きょうだい》仲が良《い》いことは、素晴らしいことだ。人類が愚かだろうと、それだけは間違いない。

「せや。手ぶらで来るのもアレやし、二人に土産を持って来たんやった」

「そうなの？　最初から出してよ」

「そこまで気を使って頂かなくても大丈夫ですよ」

「ええねんええねん、かまへんて」

お義兄《にい》さんが持参しているキャリーバッグから何かを取り出す。

「じゃーん！『ねんどんぐり』のＤＶＤ試作版や！　まだ市場には出てへんやつやぞ！」

「え、いらない。配信サイトで観《み》てるもん」

「り、律花《りっか》。せっかくだし貰《もら》っておかないと……」

「……。言うやんけ～！」

快活に笑うお義兄《にい》さんだが、その細い目からは涙が一筋流れていた。

『ねんどんぐり』はまだ映像ソフト化されていない。限定版とか初版特典とかでグッズを付けて売り出したいものの、この暴君がグッズを作らせていないから、らしい。

今は観《み》ようと思えば配信サイトですぐに目当てのものを観《み》られるから、ああいう映像ソフトは付加価値の方が重要になってくる。なお特典グッズも弊社が作ることになった。

「でもな、律《りつ》。ボクの『ねんどんぐり』おもろかったやろ？　実はな……これ、ガキん頃に律《りつ》に作ったたった粘土細工がモチーフやねん。お兄ちゃんから妹への愛のメッセージなんやで？」

「え　きも」

「義弟！　ここで死んでええか？」

「事故物件になるからやめて下さい」

「死ぬんはお前や」

「八つ当たりの極みじゃないですか……」

そっけない律花《りっか》だが、『ねんどんぐり』自体は気に入っているので、いわゆるツンとした態度というやつだろう。俺にはストレートに好意的な律花《りっか》も、兄にはちょっとひねくれる。そういう別の一面を見られるので、お義兄《にい》さんが来るのもそこまで悪くない……かもしれない。

「……お兄ちゃん。ろうくんをわざわざ責任者にしたの、嫌がらせじゃないよね？」

「それは義弟次第や。ボクは己の作品に命と魂を懸けとる。そこいらの凡骨《ぼんこつ》には分からへんやろうけど、己の手以外で己の作品を世に出すのなら、そういう魂に理解がありそうな奴《やつ》やないとアカンねや。やから、最初に試そうと思ったんが義弟っちゅうわけやな」

「……俺ならお義兄《にい》さんの魂を理解出来るかもしれない、と？」

「いや無理やね」

「無理なんすか!?」

「だが理解しようと努力はするやろ。それすらせん奴《やつ》はこの業界多いで」

「ちょっと売れたからって偉そうに～」

「アホ、売れた奴《やつ》だけが正義の世界なんや。つまり今のボクは正義の塊やぞ」

妹の律花《りっか》ですら尖《とが》った感性を持っているのだから、その感性を生業にするお義兄《にい》さんのそれは相当なものだろう。粘土だけで食っていくなんて、俺からすれば途方もないことだ。

己の才能を糧《かて》に日々を生きるのは……今の俺にはもう真似《まね》出来ない。

「ちゃんとジブンもプロジェクトに参加するんやで。建前上義弟を責任者に立てただけで、中身は他の連中が全部動かすとか、そんな狡《ずる》いことしたら許さへんぞ。これは変則型お兄ちゃんチェック……義弟の仕事っぷりを見て安心する、というものなんやから」

「そんな理由でろうくんを選んだの⁉ ばっかじゃないの⁉」

「冗談や。公私は切り分けるタイプやで、お兄ちゃんは」

「あんまりそうは見えないっすけどね……」

しかし、弊社は恐らくお義兄《にい》さんの言う通り、建前上俺を責任者にした状態で、企画の中身は他の人達で動かすだろう。俺が中心になって考えたと言えば問題ないように思えるが、そこら辺をこの人はすぐ見抜きそうだ。律花《りつか》もお義兄《にい》さんも、勘が鋭いからなぁ。


「ふーっ……」

熱いシャワーを頭から浴びて、俺は大きく息を吐いた。同棲《どうせい》してすぐに分かったことだが、二人で住むと案外自分一人になれる空間というものは少ない。風呂《ふろ》、トイレ、自室で寝る時ぐらいだ。なので風呂《ふろ》は、色々と考え事をしたり、逆に一切何も考えないような――

「邪魔するで～♡」

「うきゃあ⁉」

全裸のお義兄《にい》さんが風呂場《ふろば》に突撃してきた。何でだよ。怖《こ》えーよ。

「何やオイ、そんな生娘みたいな声出してからに。照れとんか？」

「照れるっていうか、誰でもこうなりますって！　わざわざ二人で入る意味あります⁉」

「アホ抜かせ。もうボクとジブンは義兄弟《きょうだい》やろ。お兄ちゃんチェック・裸の付き合い編や」

どこまでチェックしてくるんだよ。最終的にレントゲンとかまで撮ってきそうだな。

「お兄ちゃん！　バスタオルここに置いとくね～」

バスルームの扉越しに、律花《りっか》が声を掛けてくる。兄が旦那の入浴中に突撃をカマすことに、特に何の疑問も抱かなかったのだろうか……抱かなかったのだろう。良い子だね。

「おう、ありがとな律《りっ》！」

「ろうくんも、お兄ちゃんに変なことされないでね！」

「そんな言い方ある？」

ライオンの檻《おり》にウサギを投げ入れて『食われんなよ！』と忠告する意味はあるか？

まあ、律花《りっか》なりのジョークに違いない。流石《さすが》にお義兄《にい》さんもそこまで——

「なあ……。ジブンのチンチン——」

——お義兄《にい》さんは俺の股間をガン見していた。そこまでの人だった。

俺は反射的に両手で股を隠す。男子中学生みたいな反応だと自分で思ってしまった。

「やめて下さいよ。俺、そういうのあんまり好きじゃないんで」

「さよか。まあええわ。なあ……」

「今度は何ですか。俺湯船浸《つ》かるんで、身体《からだ》とか洗って下さい」

成人男性が風呂場《ふろば》に二人立っていると狭い。俺は湯船にどぼんと浸《つ》かった。

「ジブン、律《りつ》と一緒に風呂《ふろ》入ったことあるんか？」

「………………。あると思いますか？」

「いや〜、無いやろなぁ」

湯に沈む俺の股間をジロジロ見ながら、お義兄《にい》さんは断言する。当てられたのが悲しい。

「因《ちな》みにボクは何回もあるで？」

「……それは律花《りっか》がまだ小さい時の話でしょう」

「せやけど事実は事実や。そしてジブンは愛する嫁ではなく、先にその嫁の義兄と風呂《ふろ》に入ったっちゅうわけやね……。悲しいことやん……」

「お義兄《にい》さんが入って来なければ悲しむこともなかったんですよォ……!!」

俺だって律花《りっか》と一緒に風呂《ふろ》入れるのなら毎日でも入りてえわ。てか入らせてくれや。

「なあ……」

「まだ何かあるんすか!?」

「頭……」

「自分で洗って下さい！」

「いや、洗ったろか？」

「そっち!?」

腐っても義兄、その厚意はそう無下に出来ない。俺は仕方なくお願いすることにした。

しゃこしゃこしゃこ……。お義兄《にい》さんが無言で俺の頭髪を指の腹で掻《か》く。俺は目を閉じ、ただそれを受け入れる。何か喋《しゃべ》って欲しい。何故《なぜ》急に黙るのか。

「…………」

「………。ボク、上手《うま》いやろ？」

「そっすね。美容師も出来そうですよ」

「せやな。律《りつ》もちっちゃい頃は、こうやって洗ったると気持ち良さそうにしとったわ」

「そうなんですか。ただ、一つ言っていいっすか」

「おう、言うてみ」

「それボディーソープなんですよ」

香りがいつものシャンプーと違うから一発で分かったたっつーの。でも訂正する暇なく洗われたからどうしようもなかったたっつーの。謎の不快感が襲ってくるっつーの。

「ホンマか～。どーりで髪の毛が徐々にキシキシしとると思ったわ～」

「シャンプーがどれか言わなかった俺が悪かったです」

「スマンのぉ。お詫《わ》びにこのまま身体《からだ》も洗ったろか？」

「早く流して下さい……!!」

洗い直したかったが、もういいやと俺は再び湯船に浸《つ》かった。今度はお義兄《にい》さんが、ちゃんとシャンプーで金髪を洗っている。律花《りつか》の髪色は地毛が変化したものらしいが、お義兄《にい》さんのは自分で染め上げたものだろう。髪の付け根がちょっとだけ黒くなっている。

（羽根形の痣《あざ》──）

お義兄《にい》さんの左上腕部に、羽根形の痣《あざ》がハッキリと見える。

それがまさに、《痣持ち《ブルーズ》》であることの証明だ。普段は服で隠れる場所らしい。

（そういえば、律花《りっか》ってどこに痣《あざ》があるんだろう……）

恥ずかしながら、俺は律花《りっか》の裸を見たことがない。身体《からだ》のどこに痣《あざ》があるのかすら知らない。

恐らくは服で隠れる場所なのは間違いないが……。

「今、ボクの痣《あざ》見てたやろ？」

「え。分かるんですか？」

「まあな。人によっては視線にすら敏感な場所なんや。ヒミツやで？」

（要らねえヒミツだ……）

「どんとこいこい♪　ぐりっと回転♪　どんぐりどんぐりどんな判断～♪」

お義兄《にい》さんがご機嫌な生歌を披露してくれる。多分歌唱力の方に才能はないと思う。

疲れを取る目的の風呂《ふろ》だが、こうして俺はむしろ倍以上疲労したのだった……。

「それじゃおやすみ、ろうくん。ついでにお兄ちゃんも！」

「おやすみ、律花《りっか》」

「おう、ほなまた明日な、律《りつ》」

風呂《ふろ》に入り、三人で軽く雑談し、そうして就寝の段になる。律花《りつか》は自室に戻ったし、俺も自室でさっさと眠りたい。ああ、お義兄《にい》さんは適当にリビングのソファで眠――

「布団《ふとん》、あっためといたで……♡」

「……その辺で寝るって言ってたじゃないですか……」

「おう。だからここがボクにとって『その辺』や」

お義兄《にい》さんの中では、俺の布団《ふとん》などそう呼ぶぐらいの価値しかないのだろう。そう考えると別におかしくはない。単にこの義兄の思考回路がおかしいだけで。

「お兄ちゃんチェック・おやすみ編……っちゅうわけやね」

「一緒に風呂《ふろ》入るのはまだしも、同じ布団《ふとん》で寝るのはもう一線を越えたその先ですよ」

「しゃあないやろ。嫌なら次までに来客用の布団《ふとん》を用意せえ」

言うに事欠いて、我々の備え不足が悪いみたいな扱いになった。リビングまで蹴り飛ばしたい衝動に駆られた俺だが、グッと堪えて諦める。もういい。面倒臭い。受け入れよう。

というわけで、二人で布団《ふとん》に入る。クッソ狭い。タコ部屋かな？

「なあ……」

「早く寝て下さいよ……！　修学旅行の夜じゃないんだから……！」

さっきからその「なあ」で始まる会話はロクな話にならない。トラウマになりそうだ。

「ジブン、律《りつ》と寝たことあるんか？」

「……。どっちの意味ですか」

「両方や。ションベン垂れやあるまいし」

「どっちもないですよ。見たら分かるでしょ。夫婦別室なんだから」

「やろなぁ。ならまだ律《りつ》は清い身っちゅうわけか……。どう反応したものか……」

てっきりこの人なら喜びそうだと思ったが、案外そうでもないらしい。

俺と律花《りつか》は性交渉をしたことがない。だからもう少し関係性を進める為《ため》に、結婚記念日に大きなアクションを起こそうと俺は画策しているわけで。

ならばお義兄《にい》さんとの馬鹿げたこの時間は、ある意味好機かもしれない。俺は律花《りつか》の全てを知っているわけではない──一方でこの人しか知らないことが、間違いなくある。

「お義兄《にい》さん。その、律花《りつか》はそういうことを嫌がる……みたいな傾向がありますか」

「そうなんか。まあ元々ウブな子やしなぁ」

「理由、みたいなのってご存知ないですか？」

「サッパリ分からん。ボクは律《りつ》のことを愛しとるけど、別に律《りつ》の隠し事まで全部知ったろうとは思っとらんからな。本人にしか分からんことは、本人から知るしかあらへん。悲しいけど、もう律《りつ》のそういう部分に触れてええんは、夫であるジブンだけや──《羽根狩り》」

「……そのあだ名で呼ばないで下さいよ」

兄妹間《きょうだい》でもそこは線引きをしているらしい。お義兄《にい》さんは天井を眺めている。

「――正直な。ボクはジブンらが半年保たずに離婚すると思っとった」

「え」

「兄の勘や。嫉妬やないで。律《りつ》はまだまだ子供で、結婚っちゅう漠然としたモンに憧れとるだけで、いざ実際に経験したら早《は》ように音ぇ上げるんとちゃうかってな」

「律花《りっか》は、思っている以上に大人ですよ。少なくとも俺達よりは」

「かもしれへんな。因《ちな》みにもし離婚した場合、ジブンを形変わるぐらいボコボコにしたるつもりやったで。そして今もまだその準備は進んどる……!!」

いつまで俺を疑っているんだろうか、この人は。もしかしたら永遠にか。

お義兄《にい》さんは寝返りを打って、俺の方へと向き直った。

「なあ、義弟」

「何ですか」

「練習していくか？　ボクで……」

「寝首を掻《か》く練習ですか？　やりますよやらせて下さい」

「アホか。律《りつ》を褥《しとね》に誘う練習や。ほら、ボクのことを律《りつ》や思ってええねんで？　似とるやろ、耳の形とか顎のラインとか爪の白い部分の大きさとか」

「微妙な箇所しか似てないですよ……。冗談はいいからさっさと寝て下さい」

少なくともこの兄妹《きょうだい》の顔は似ていない。律花《りっか》は兄に似なくて良かった……って言ったらどちらからも怒られそうだな。俺はお義兄《にい》さんへと背を向ける。

「ほな大人しく寝たるかぁ。しゃーなしやで」

「はいはい……」

そこからは、もうお義兄《にい》さんは大人しかった。或《あ》いはすぐに俺が寝てしまったのか。

「これは独り言やが――」

だから、これが眠りに落ちる前に俺が見た夢かどうかは、自信がない。

「――ボクは、ジブンが律《りっ》の旦那で良かったと思っとるよ」

「………」

「寝てもくれへん嫁に、無理に迫ることなく辛抱強く付き合っとる。まだ若い男やのに、それだけ我慢出来る時点で普通ちゃうで。何より律《りっ》は特別美人やしな……ホンマもうお前インポちゃうんかって疑うレベルや。いや、インポやお前は。《インポ狩り》や。でもインポで良かった。何故《なぜ》なら律《りっ》を無理矢理襲ってあの子を傷付けたなら、ボクはジブンの形を変えた上で海に沈めるつもりやったからな……。そして今もまだその準備は進んどる……!!」

何らかの病気を疑うレベルで独り言が長くないですか？

これが夢か現かは自信がないが、仮に夢だった場合は悪夢だろうと思った。

＊

「……おはようございます」

「おう、おはようさん」

「うわ。ろうくん、すっごい隈《くま》だよ？　やっぱり寝不足？」

「ああ……うん。大丈夫だから……」

直喩として、俺は夜中に何度も叩《たた》き起《お》こされた。お義兄《にい》さんは寝相がバカ悪く、夜中に幾度も顔面パンチを食らったのだ。一方でお義兄《にい》さんは熟睡していたので始末に負えない。

「起き掛けで悪いんやが――お兄ちゃんチェックの結果、ジブンは０点やったし今から死刑になるんやけど、覚悟はええか？」

「顔洗ってからにして下さい……」

もっとヤバい理不尽が残っていた。いつの間に０点まで減点されてたんだよ。

俺は顔を洗ってダイニングに戻ると、お義兄《にい》さんが手に粘土の塊を持っていた。

「もーっ。お兄ちゃん、朝ごはんの前に粘土遊びしないで！」

「いや遊びやないて。お兄ちゃんチェックの最終結果発表やで」

お義兄《にい》さんの手に載った粘土は、まるで生命でも吹き込まれたかのように、ぐにぐにとアメーバじみた動きを見せる。そのまま西洋騎士のような粘土像が、お義兄《にい》さんの掌《てのひら》の上で瞬時に形成された。自在に粘土を操り、その造形物を使役する。更に質量すらある程度無視して巨大化させることまで可能。それがお義兄《にい》さんの《祝福《ブレス》》、《心象地母《ヘナ》》だ。

「……『ねんどんぐり』もそうやって作ったんですか？」

「アホ抜かせ。ボクは創作物に《祝福《ブレス》》は一切使わん主義や。全部自分の手で捏《こ》ねたわい」

「そうですか。じゃあ何で0点まで減点されたのか教えて下さい」

「ボクを褥《しとね》に誘う練習を拒否ったからじゃ……!!」

「あれそんな大減点食《く》らうような部分だったんすか……」

「さて……《羽根狩り》。これがオドレの——」

ばしゃっ。律花《りつか》がコップの水をお義兄《にい》さんの粘土像へぶち撒《ま》けた。

その瞬間、粘土像は力なく崩れ落ち、ただの濡《ぬ》れた粘土へと戻ってしまう。

「あーッ！　何すんねん律《りつ》！」

「朝からろうくんいじめないで。これ以上やるなら、今すぐ出て行ってもらうから」

律花《りつか》はご立腹だった。まあ、今の所俺は自分でもそう悪いことをした覚えはないし、義兄のイビリを耐え忍ぶ憐《あわ》れな旦那と思ったのだろう。

「じょ、冗談やんか。ボクはこうやって義兄弟《きょうだい》としての力関係を……」

「口答えしない！」

「すんまへん」

《心象地母《へナ》》の弱点としては、造形物の粘土像は水や火に弱いということだ。耐衝撃は相当なものだが、粘土は粘土というわけである。お義兄《にい》さんはばつが悪そうな顔をしながら、ビニール袋に濡《ぬ》れた粘土を回収する。ついでに、リップクリームを唇に滑らせていた。

（そういえば『代償』は身体《からだ》の乾燥だったな、この人……）

「ほら、ろうくんに謝って！」

「すまんかった、義弟。だが後悔はしとらん。晴れやかな気分や」

「やり切った感を出さないで下さいよ……」

とりあえず朝食の時間なので、俺の処刑は有耶無耶《うやむや》となった。もし律花《りつか》が止めなかったら、どうなっていたのかは分からない。お義兄《にい》さんは感性で生きているから……。

「ほぉ～ん？　朝も律《りつ》に準備させとんかオドレは～？」

「す、すみません。俺あんまり朝強くないんで……」

「もーっ。まだそんなこと言うの？　全部夫婦二人で決めたことなんだから、お兄ちゃんは関係ないでしょ！　文句あるなら朝ごはんは海苔《のり》だけにするからね⁉」

「せめて味海苔《のり》にしてや！　後生やから！」

「そんな重要ですかねそれ……」

朝もお義兄《にい》さんの姑《しゅうとめ》ムーブが全開である。お兄ちゃんチェックの持ち点はそろそろ負の数に突入したのではないか。もう今更って感じはするが。

その日の朝食は律花《りっか》の気分で和洋が決まる。今日は和食で、味噌汁《みそしる》や焼き魚、玉子焼きが並んでいた。律花《りっか》は箸で玉子焼きを切り分け、俺の口元に運ぶ。

「はい、ろうくん。あ～ん」

「あ――」

「あぐ」

俺が食べようとしたところ、お義兄《にい》さんが横から盗《と》っていった。案の定だな……。

「お兄ちゃん！　邪魔しないで！」

「いや、今のは完全にフリやんか。そもそも兄の前でイチャつくなや！　傷付くわ！」

「なら何でウチに来たんですか」

「……。ボクはドMなのかもしれんな……」

「朝から変なこと言わない！」

今年一番騒がしい朝食だったかもしれない。楽しくないわけではなかったけど。

俺は身支度と出社準備を全て済ませる。お義兄《にい》さんも一緒にここを発《た》つようだ。

玄関先まで二人で向かうと、律花《りっか》がにゃん吉を抱いて見送りに来た。

「いってらっしゃーい、ろうくんにお兄ちゃん！」

『月夜ばかりと思うにゃよ』

「ああ、行ってきます。にゃん吉も見送りありがとな」

「ほなな、律《りつ》。また来るわ。クロベエもさいなら。それと——」

「ん？　どうしたの？」

「——律《りつ》。今、幸せか？」

靴を履きながら、お義兄《にい》さんはさらりと尋ねる。

俺は玄関のドアを開きながら、どことなく緊張を感じつつそれを見守る。

「うん。すっごく幸せだよ」

「さよか。ほなボーナスポイントでプラス100億点やるわ。っちゅーわけでお兄ちゃんチェックは無事合格、今後も仲良うやりや。困ったことがあったら、ボクを頼ってええから」

「お義兄《にい》さん——」

「まだその遊びやってたの？　お兄ちゃんに言われなくても分かってるよ！」

その返答を聞いて、お義兄《にい》さんは歯を見せて笑う。俺はゆっくりとドアを閉じる。

そうして伸びをしながら、お義兄《にい》さんはふうと息を吐いた。

「結局、妹の幸せが一番や。それに勝る喜びはあらへん」

「……最初からああやってまとめるつもりだったのでは？」

「アホ抜かせ。律《りつ》が首を横に振ったら、直後にジブンの形変えるだけや」

「怖いなぁ……。形を変えられないように、努力します。これからも」

「そうしてや。さ、お互い働きに行こか。仕事では甘やかさんから覚悟せえよ」

「ははは……お手柔らかに」

クリエイターとしての呉井《くれい》虎地《とらじ》も、義兄としての柳良《なぎら》虎地《とらじ》も、正直かなりの曲者《くせもの》であること
は否《いな》めない。これまでもこれからも、俺はお義兄《にい》さんに振り回されるだろう。

とはいえ――俺は、お義兄《にい》さんのことが全く嫌いではない。

むしろ、根っこの部分で俺達は同じものを持っていると確信している。

律花《りっか》をずっと愛しているという意味で、これほどまでに気の合う人は、居ないからだ。

「これが《対羽斑者用《うもん》・多機能型選別式当世外殻機鉄甲（試験段階）》こと《災禍《サイカ》砕天《サイテン》》だ」

上官が突如長ったらしい暗号じみたことを呟《つぶや》いたので、狼士《ろうし》は硬直した。

「……は？」

「これが《対羽斑《うもん》者用――》」

「同じことを言わなくていい。分からないから」

「おお！　これが狼士《ろうし》用の新しい武器か！」

近くに居た健剛《けんご》が嬉《うれ》しそうな声を出す。確かに上官が持ってきていたアタッシュケースの中には、黒く艶《つや》めく何かが納められていた。

武器と健剛《けんご》が表したが、正確には武器ではない。これは、籠手だ。

自分がオーダーしていたものと違うものが来たので、狼士《ろうし》は眉根を寄せる。

「おれは銃器を依頼したはずだ。籠手は頼んでいない。耳まで遠くなったのか、おっさん」

激化する《組織《ロッド》》との《落とし羽》を巡る抗争。その中で、《白魔《ハクマ》》が新調した刀を手にしたと同時に、飛躍的に戦闘力を向上させた。並びに、巨大な土偶を使役する新たな《痣持ち《ブルーズ》》も現れ、狼士《ろうし》はここのところ常に劣勢を強いられている。

それを打開する為《ため》に、《志々馬《じじま》機関》の開発局に新たな銃器を依頼していたのだが――

「己の要望が機関内で全て通ると思うな、《羽根狩り》。泣かすぞ」

――上官が半ギレでそう言ってきたので、ちょっと狼士《ろうし》は押し黙った。

「……。そうだとしても、何故《なぜ》通らなかったのか、何故《なぜ》籠手なのかぐらいの説明はしろよ」

「文句を言うなよ狼士《ろうし》！　俺なんて武器がほぼ支給されないからなぁ！」

「それは単にお前が武器を使えないし使う必要もないからだろ」

《祝福《ブレス》》を攻防の両面で使える健剛《けんご》には、半端《はんぱ》な武器など足枷《あしかせ》にしかならない。

だが狼士《ろうし》にそれはなく、故に武器は生命線だ。特に銃は戦闘行動の基本になる。

「開発者曰《いわ》く、『《羽根狩り》に必要なものは銃ではない』とのことだ。この《対羽斑者用《うもん》……籠手》は、お前が持つ天性の戦闘センス、取り分け応用力を更に引き伸ばす為《ため》に作った」

「途中で言うの諦めるなよ……。おれの要望は聞き入れない割に、おれの戦闘センスとやらは評価するのか。別に、こんな籠手一つでそう変わるとは思えないが」

「確かにそれはそうだなぁ。そもそも籠手は両腕に装着するものだ！　なのにこの籠手は片腕分しかない！　叔父貴、もう片方を失《な》くしたのかッ⁉　俺も装備したいのに！」

「私がお前みたいなミスをするわけないだろう。現状は片腕で充分という判断だ。そも、この籠手は狼士《ろうし》専用の予定で、他の機関員に配給予定はない」

元々、狼士《ろうし》は『もっと貫通力のある銃弾及びそれに合わせた銃』を依頼していた。端的に言うならば、攻撃力だけを求めた。だが開発局の責任者はそれを良しとせず、狼士《ろうし》本人の応用力を活《い》かす為《ため》にこの籠手——《災禍砕天《サイカサイテン》》を造り上げたらしい。

文句を言っていても始まらない。狼士《ろうし》は《災禍砕天《サイカサイテン》》を右腕に装着する。

「！　見た目よりも軽い。それに、関節可動域を阻害しない」

《災禍《サイカ》砕天《サイテン》》は籠手と手甲からなり、肘から指先までを覆う。金属製でかなりゴツゴツしているが、しかし狼士《ろうし》は滑らかに肘関節や指関節を動かせることに驚いた。防具、というよりかはコルセットやギプスのような装身具と呼ぶ方が正しい気がする。

身体《からだ》に馴染《なじ》んでいることを上官は認め、紙束を狼士《ろうし》へ投げてよこした。

「これは？」

「マニュアルだ。習うより慣れろとは言うが、お前はそうでもない。習いつつ慣れろ」

「使えばそのうち分かってくるだろッ！　早く俺と模擬戦をやるぞ、狼士《ろうし》！」

「落ち着けよ。内容を把握してからじゃないと時間の無駄だ」

健剛《けんご》を宥《なだ》めつつ、狼士《ろうし》は左手で器用にマニュアルをめくっていく。書かれていることを覚え、それを頭で理解し、身体《からだ》で使いこなす。感覚というものはそこから掴《つか》んでいく。健剛《けんご》のように使っている間に何となく覚えやがて身に付けるというのは、狼士《ろうし》の肌には合わない。

「搭載している機能は……鋼線射出《ワイヤーショット》、拳刺突《スパイク》、衝撃《インパクト》、推進剤噴射《ナックルブースター》、捕獲投網《キャプチャーネット》、暗器銃《デリンジャー》、熱源《サーマル》探知《ビジョン》、熱線放射《ブラスター》（搭載予定）、形状変化《スタイルチエンジ》（搭載予定）、強制覚醒《マオウ》（搭載予定）など。何だこれ」

「おう！　……おう！」

「ロマンの塊だな」

多機能型とあったが、そこに偽りはないらしい。確かに多機能で、そして名称だけでは具体的に何なのかまで分からない。ただ、やはりまだ試験段階とあるだけあって、全ての機能が今の《災禍砕天《サイカサイテン》》に搭載されているわけではないようだ。

マニュアルには今狼士《ろうし》が読み上げた以外にも機能がある。どうでもいいものなら『電子マネー対応』『目覚まし機能』『振動機能（搭載予定）』などで、狼士《ろうし》はすぐに思い至った。

「趣味で作っただろ、これ」

「私に言うな。開発局に行って直接尋ねてこい」

「…………」

「強ければ問題ないぞ、狼士《ろうし》！」

そう結論付ける健剛《けんご》の言う通り、以降狼士《ろうし》はこの《災禍砕天《サイカサイテン》》を用いて最後まで戦い抜くことになる。開発局の見立ては事実で、狼士《ろうし》の応用力は爆発的に伸び、《白魔《ハクマ》》を筆頭に多くの《痣持ち《ブルーズ》》達と互角以上に渡り合った。

《災禍砕天《サイカサイテン》》。おれの、新しい武器——新しい、相棒）

……とはいえ、搭載された機能の半分も使うことはなかったのだが——

《第七話》

「うわ、何だっけこの籠手。懐《なつ》かしいな……」

現状は物置として利用しているその部屋を、俺はここのところチマチマと掃除していた。

その中で発見した、段ボールに封印されしもの。俺が愛用していた黒い籠手の——

（………。これ確か名前あったよな……）

——忘れたわ……。使っていたのは十年近く前だし、《志々馬機関《しじま》》が解体されてからは、戦いから遠ざかった日々を送っていたので使うこともなかった。これ、かなり重いし場所も取るし、刀と違ってインテリアとしても使えないし、正直捨てた方がマシな気はする。

（でも、なーんか捨てられないんだよなぁ。愛着が全然ないわけじゃないしな）

「わ。それなに？」

様子を見に来た律花《りっか》が、俺の持つ籠手を見て首を傾《かし》げている。

「昔、俺が使ってた武器……防具？　だよ」

「あーっ！　思い出した！　ろうくんってそれ使ってからめちゃくちゃ強くなったんだよね。《組織《ロッド》》でもあいつマジやべぇやべぇってずっと言われてたもん。まだ持ってたんだ〜」

「どうも捨てられなくてさ——……」

「でも邪魔じゃない？　廃品回収に出す？　ネットオークションで売っちゃう？」

「残酷過ぎないか」

「だって掃除なんでしょ？」

俺にだって思い出の一つや二つあるんだぞ。いやまあ、これもう粗大ゴミ状態だけどさ。

「っていうかこれ、割と色んな機能があったし、捨てても売っても問題になる気がする」

「あー、それはあるかもね〜。ろうくんよくその手袋からワイヤー出してたからね〜」

「手袋じゃなくて籠手だよ……」

「処分に困る大型家電みたい。どうしよっか？」

「うーん……。廃品回収、ネットで売る、持っておく、どれもなぁ」

どうするか答えがすぐに出せそうにない。従って俺は引き延ばす方向で話した。

「ちょっと明日、知り合いに訊《き》いてみるよ」

「元《志々馬機関》《しじま》の人？」

「ああ。何か妙案を持っているかもしれないしさ」

いざ処分するとなったら、その人の指示に従おう。

「ところでろうくん、急にこの物置を片付けたいって、一体どういうことなの？」

「気分だよ。ほら、いつまでも物置ってわけにもいかないから」

「わかった、あれでしょ？　だ、だじゃ……だんじゃん……」

「断捨離」

「そう、それ！」

確かに断捨離っぽいことをしている。実際は例の『作戦』の一環であり、詳細は今のところ律花《りっか》には言えないのだが、しかし律花《りっか》は断捨離という言葉に納得してくれた。

「ここのクローゼットにも色々押し込んじゃってるよね。こっちはわたしが持ち込んだ荷物とかだから、だんしゃりするなら捨てなくちゃだよ」

クローゼットを開き、律花《りっか》は四《よ》つん這《ば》いになって中を確かめている。俺は黒い籠手をとりあえず脇に置いて、そっちの方を確認した。

……ふりふりと揺れている。桃、ではなく律花《りっか》のおしりが。

(触りてえ)

ド直球の本能がそう呟《つぶや》いている。律花《りっか》は全体的に細身で、肉付きがそこまでいいというわけではないが、しかし尻の形が素晴らしいと俺は見抜いている。キレイな丸みを帯びていて、いわゆる半球型の尻である。男の尻はケツ呼ばわりが妥当なくらい丸みがないので、律花《りっか》みたいないい形をした尻こそ、愛と尊敬を込めておしり……と呼ぶべきだと俺は思う。触りてえ。

「あ、これ失《な》くしたと思ってたポーチだ。こんなところに」

(偶然を装《よそお》えば一撃を加えることは可能かもしれない)

先んじて述べておくが、俺は誰彼構わず尻を狙うような変態ではない。あくまで愛する嫁である律花《りっか》の臀部《でんぶ》にのみ心惹《ひ》かれているのだ。だから尻に触りたいのではない。律花《りっか》のおしりに触れてみたいのである。この差はデカい。

俺は気配を殺した。隠密《おんみつ》行動は慣れている——

「こっちは捨てたと思ってたぬいぐるみ——ひゃっ！」

俺は律花《りっか》のおしりに手の甲で触れた。ちょっと押し当てて、そこから滑らせるように。柔らかくも抵抗のあるこの弾力性は魔性と呼ぶ他ないだろう。俺の手の甲がもし喋《しゃべ》れるのならば、恐らく今は『やばいっす』としか言わないに違いない。

「ごめん、ちょっと段ボールの開封しててさ。腕当たっちゃったか？」

「う、ううん。大丈夫だよ」

セーフ……！　バレてない。

（あともう一回ぐらいならワンチャンありそうだな……）

一応、ハグやらキスやらはしている以上、俺は律花《りっか》のおしりを触ったことがないわけではない。が、それはあくまで触ったというよりかは触れてしまった、という状況が近かった。

こうやって自らの意志でハッキリと触れにいくというのはなかったのだ。でも、決して悪いことをしているわけじゃない。夫婦のスキンシップの一環だ。俺は尻が好きだ。尻派だ。

『おーおー、おまえら狭っ苦しい空間でなにしてるにゃ？　ホコリがすごいにゃ』

「お、にゃん吉じゃないかぁ～。ほらぁ～、おいでおいで～」

『キッツモ』

部屋の入り口に現れたにゃん吉に、俺は露骨なまでの猫撫《ねこな》で声《ごえ》を出す。ストレートな反応をこいつは返しやがったが、この際気にしない。俺はにゃん吉に意識を向けているフリをして、人差し指で律花《りっか》の尻をぷにんと一回突いた。

「うひゃあ！」

おお、これは……指先が歓喜の声を上げている気がする。おしりにそういう表現を用いるかは知らんが、新鮮——という単語が脳裏に浮かんだ。律花《りっか》のおしりは新鮮だった。

「どうした？　虫でもいたか？」

「………」

めちゃくちゃじっとりした目で律花《りっか》は俺を振り返っている。俺はあえてそちらを見ずに、にゃん吉を撫《な》でてはパンチで拒否されるという行為を繰り返していた。

（まだイケんじゃね⁇⁇⁇）

そしてそんな判断を下した。まだイケる。おかわり出来る。

次がギリギリのラインだ。律花《りっか》は俺を疑っている。それは分かる。だが確信には至っておらず、何も言い出せずにいる。ならば三度《みたび》、律花《りっか》の警戒網を突破出来るかもしれない。

——摑《つか》もう。夢とか栄光とかじゃなく、嫁の尻を。

手の甲と指先一本だけじゃなく、右手全部でイこう。

確実にバレる。申し開きするしかない。しかし俺には残るだろう——感触という宝が。

「にゃんきおぶぁ!!!」

ボゴォ! 俺の脇腹にさながら馬の如《ごと》く、律花《りっか》の強烈な後ろ蹴りが叩《たた》き込まれていた。

当然、右手は空を切っている。感触など残ろうはずもない。

「……バレバレなんだけど?」

ややドスの利《き》いた声で律花《りっか》が唸《うな》る。忘れていたわけではないが、律花《りっか》も相当な手練だ。俺が気配を殺す以上に、気配を察知する能力に長《た》けている。『イケる』と思わせたのは、恐らく俺の犯行現場を押さえるための撒《ま》き餌《え》……! やるじゃないか我が嫁……!!

「どうしてこっそりおしりばっかり触りたがるの? ねえ?」

「にゃ、にゃん吉が……やれって……」

『おい殺すぞ』

「にゃん吉のせいにしない! 正直に言いなさい!」

「触りたかったからぁ!! 律花《りっか》のおしりぃ!!」

「正直すぎない?」

叫ぶようにして伝えたら、律花《りっか》は一周回って引いていた。

よくよく考えれば、こっそりと触るのは律花《りっか》からすれば嫌な気持ちになるよな。嫁相手だとしても、相手のことを慮《おもんぱか》らずにセクハラに邁進《まいしん》するのは良くないことだよな、うん……。

「ごめんなさい……。もう二度とやらないです……」

「……さ、触りたいのなら、最初からそう言ってよ。それなら、考えるのに……」

目を逸《そ》らしながら、律花《りっか》は小さい声で呟《つぶや》く。俺は表情を引き締めてすぐに詰め寄る。

「律花《りっか》。おしり触っていい？」

「だめ」

「なんで……？」

「考えるだけだし。ちゃんと書類で申請したら確認した後にはがきで結果通知するし」

「役所かよ……」

柔らかいけどお固いのが律花《りっか》のおしり、というわけだろう――

『ちょっとうまいこと言ったみたいな顔してんじゃねえにゃ』

そんなこんなで俺は律花《りっか》の手伝いも受けつつ、部屋の掃除を進めるのであった。

＊

「《災禍砕天《サイカサイテン》》か。今更この名を口に出す日が来るとはな」

「そうだ、《災禍砕天《サイカサイテン》》だ。そんな名前でしたね」

「忘れていたのか……。お前専用の武器だったはずだが……」

翌日、俺は知り合い――元上官にして現上司の部長を別室に呼び出して相談していた。

記憶力は俺よりも良《い》いのか、《災禍砕天《サイカサイテン》》という単語をすぐに答えていた。

「何故《なぜ》急に処分しようと思った？　検討ならもっと早い段階から出来たはずだが」

「いや、昨日部屋の掃除してたら見付かりまして。ぶっちゃけもう要らないし邪魔なんですけど、でもそのまま捨てても良いのかこれ？　って思い、部長に相談した次第です」

「……。当たり前だが絶対に一般的な処分を行うな。ネットで売《う》り捌《さば》くなど論外だぞ」

「そ、そのくらいは分かってますよ。（あぶねー……）」

「お前が手放したいのなら、俺が手筈《てはず》を整えてやる。すぐには無理だが」

「マジすか。じゃあそれでお願いします。それまでは家に置いとくんで」

「……先に言っておくが、処分するのは俺ではなくお前の意思だぞ、狼士《ろうし》」

「そりゃそうでしょ。後から文句は言いませんって」

名残惜しい部分はあるが、不用品なのだ。部長がわざわざ処分のルートを作ってくれるのなら、俺としては《災禍砕天《サイカサイテン》》を手放すことに異論はない。もう必要ないのだから。

部長は何やら言いたげだったが、言葉を呑《の》み込み、「ならば構わん」と呟《つぶや》いた。

「じゃあ部長、俺はこれで――」

「待て、犀川。ついでだ、仕事の話をしていく」

「え」

「『ねんどんぐり』グッズ案の企画書だが、全く駄目だ。水鉄砲や剣の玩具にしてどうする」

「いやぁ……中身はダークな作風なので、イケるかなと」

例のプロジェクトについて、今はどんどん企画案を出し、良さそうなものがあれば先方——つまりお義兄《にい》さんへと打診している最中だ。が、俺は部長から駄目出しを食らっていた。ねんどんぐりガン……前に律花《りつか》がお義兄《にい》さんの粘土に水をぶっ掛けたのを見て思い付いたのだが。

「……相変わらず、自分で何かをゼロベースから考えるのは苦手なようだな」

「少しはマシになったと思うんすけど……」

「まだまだ青い。全く、指示したことだけは的確にこなす分、勿体《もったい》ないものだ」

事務処理や文書作成など、指定されたものを仕上げることについて、俺は今まで一度も注意されたことがない。自分で言うのもアレだが、向いていると思う。

一方で肝心の企画開発について、あやふやな『商品』を考えるということを、俺は苦手としていた。部長もそれを分かった上で、俺に考えて動くよう厳命する。『指示待ち人間にはなるな』とは、社会人が最初によく言われることだ。俺は未《いま》だに部長からよく言われてしまう。

「思うに——やはりお前には子供心が足りんな」

「子供心、ですか。部長がよく言うやつ」

「ああ。我々に最も必要なものだ。お前がかつてそれを持っていた……とも思えんが」

「ガキの頃から《志々馬《しじま》機関》で育ったらそうなりますよ」

幼少期なんてロクでもない思い出しかない。およそ俺は、普通の子供とは違った生活を送っていた。故に子供心というものが、具体的にどういうものか分からない。

この人とは子供の時からの付き合いだ。俺のことは、親よりもよく知っている。

「では、無いならばどうにかして得るしかあるまい」

「子供心をっすか……？」

「柳良《なぎら》……呉井《くれい》虎地《とらじ》は曲者《くせもの》だ。義弟であるお前の力は、悪いが必須となる。その時にお前がただ突っ立っていることは避けたい。いいか？　このプロジェクトは、お前の戦いだ——狼士《ろうし》」

「子供心、ですか？　うーん、まあ……持ってるって言いたいですけどねー」

それから俺は、生駒《いこま》さんへ子供心について訊《たず》ねてみた。

「濁すような言い方だね」

「大っぴらに『持ってます！』って言うのも、ちょっとおかしいじゃないですか。おもちゃって、大人が子供に向けて作るものですし。そもそもあたしは大人ですし」

「でも持ってないわけじゃないんだ」

「はい。作ったおもちゃを手にする子供のことは、なんとなくイメージしてますよ」

「俺もイメージはしてるんだけどな……」

差があるとすれば、やっぱり自分が子供だった時の体験の差なのだろうか。

ついでなので俺は眠そうにしている大鷹《おおたか》へも同じ質問をしてみた。

「大鷹《おおたか》。お前は子供心って持ってるか？」

「あー……持ってねっす」

「持ってないのかよ」

「そこは持っておこうよ大鷹《おおたか》くん」

「フッーに大人が作ったガッチガチの社則で縛られて仕事してんのに、子供心もクソもないっすわ。じゃあ今俺クソ眠いんすけど、子供心的に昼寝は大事なんで寝ていいっすか？」

「いいわけないだろ……」

「子供心ってそういうのじゃないから」

うつらうつらしている大鷹《おおたか》をよそに、生駒《いこま》さんは「そもそも」と声を出した。

「子供心ってなんなのでしょうね？　まるで子供のような心……ってわけでもなさそう」

「研修じゃそういうのは教えないもんなぁ。俺にも芽生えてくれ、子供心」

「せんぱいは子供心というか……」

「というか？」

「……動物心、みたいな」

「何だよそれ」

「ペットショップとか向いてるかもですね！」

動物心が何かは不明だが、生駒《いこま》さんにからかわれているということは分かった。けらけらと生駒《いこま》さんは笑う。なるほど確かに、今の生駒《いこま》さんは子供心で動いたような気がした。

*

「子供心？　ろうくんはまだ子供だからそのままで大丈夫じゃない？」

「いや子供じゃないだろどう考えても。何なら律花《りつか》より年上だよ俺は」

同じような質問を、家に帰ってから律花《りつか》にもしてみた。

返って来たのは、他の誰とも違うもの——と同時に、妙なズレを感じるものだった。

「そうかな〜？　かわいいところいっぱいあるけどね、ろうくん」

「可愛《かわい》くもないって……。それに、子供心って可愛《かわい》さ関係あるか？」

「さあ？　でも、子供ってかわいいし。その子供の心ならかわいいでしょ？」

『カワイイといえばわがはいにゃ』

「呼んでないぞお前は」

俺達の話を聞いていたのか、にゃん吉が俺の傍《そば》に寄ってきた。とりあえず喉を撫《な》でてやろうと手を伸ばすと、パシッと弾《はじ》かれて拒否される。行動が一切可愛《かわい》くねえわ。

「にゃん吉も子猫の頃はもっとかわいかったのかなぁ」

「どうだろうな……」

『過去にこだわるのは人間の悪いクセにゃ。わがはいは常に最新最カワにゃ』

「少なくとも、自分で自分のことを可愛《かわい》いって言うような猫は嫌だわ」

「えー、にゃん吉はそんなことないでしょ？　謙虚だもんね～？」

『おまえよりはにゃ』

律花《りっか》からすればにゃん吉の言葉は大体が『にゃあ』で終わるから、にゃん吉が何を考えて発言しようと自分の思う通りである。俺はそうはいかないのだが。

子供心の話に戻すと、律花《りっか》はまだそれを持っている気がする。むしろ十年前の方がクールでぶっきらぼうな印象があった。今はというと、結構俺にイタズラしてくるし、からかってくるし、それでいて甘えたい時は子供みたいにべったり甘えてくる。

……もしかしなくても、律花《りっか》が今の俺の悩みを解決してくれるのでは？

「なあ、律花《りっか》。実は子供心に通じてたりしないか？」

「……ふふふ。とうとう気付いちゃった？」

「ああ。律花《りっか》は──子供だ」

「行け！　にゃん吉！」

『やれって言われたから！　やれって言われたから！』

「痛い痛い痛い！」

大義名分を得たとばかりに、にゃん吉が俺の足を引っ掻《ひか》いてくる。

律花《りっか》はぷっくりと頬を膨らませていた。そういうのが子供なのではと思わなくもない。

「子供だってのは、幼稚だとかそんな意味じゃなくて、もっとこう……！」

「大人に向かって『子供』って言うのは、外面でも内面でもディスりになるんだよ？」

見た目が子供みたい、中身が子供みたい。確かに良さげな言い方ではないな。

まあ律花《りっか》はさっき俺に遠慮なく言ってきたけども……。

とはいえ、これは俺の言い方がまずかった。素直に律花《りっか》へ頭を下げる。

「ごめんな。子供の心をよく理解出来るお方、って意味だから」

「ん。仕方ない、許してあげる。だって子供の心を分かっておかなくちゃ、後々苦労しそうだからね。つまり、わたしが子供なんじゃなくて、子供のために子供になってるの！」

「……え？　それって――」

子供、という単語自体は文脈に応じて様々な意味を持つ。その中で唯一、俺は律花《りっか》との会話で避けていた用法がある。頭に『自分達の』と付ければ、自《おの》ずとその意味は分かるだろう。

まさか律花《りっか》側からそんなことを言うとは思わなかったので、思わず俺は息を呑《の》んだ。

「あ――いや、ちょっとまって！　今のなし！　えと、なしってわけでもなくて、その！」

顔を真っ赤にして、律花《りっか》は首をぶんぶんと横に振った。

「いいよ、無理しなくて」

「うん……」

恐らくは今の夫婦生活の先にあるもの。そのビジョンを、律花《りっか》は律花《りっか》なりに考えているのだろう。惜しむらくは、まだそこに全然手が届かないということか。

(でも、少しずつだけど……俺も律花《りっか》も、変わろうとしてる。それは、間違いない)

『もしかしてこれって……繁殖の話かにゃ？　夜中うるさくしないでくれにゃ』

(風情《ふぜい》ゼロの猫がよォ……!!)

「とにかく！　ろうくんが子供心パワーをアップさせるために、いい案があるの！」

「子供心パワー……」

聞いたこともない未知のパワーだった。でも律花《りっか》は自信満々である。これはいけるか？

「それは——ろうくん自身が子供になること……!!」

「ちょっと何言ってるか分からないです」

そうなんだよな。律花《りっか》は……こう、たまにおバカさんなんだよな。

でも俺は律花《りっか》のそういう一面が大好きだ。愛してる。素敵だね。可愛《かわい》いよ。

「じゃあ今からわたしのことをママって呼んでね」

「何らかのプレイ……？」

話の風向きが一気に変わった気がする。否《いな》、変わったのだ。いい大人が自分より歳下《としした》の女性を捕まえて『ママ』呼ばわりする。普通ではない——だからこそ一定数の男はそこに心惹《ひ》かれてしまう。え、律花《りっか》さん最後に俺から料金とか徴収しないよね？

だが律花《りっか》は相応にピュアなのか、「プレイ……？」と首を傾《かし》げていた。

「あ。わかった。ろうくんは『お母さん』派だったかな？　それでもいいけど、『おかん』はダメだから！　子供は『おかん』なんて言わないから！　『お母ちゃん』もグレーゾーン！」

「俺は律花《りっか》の行為そのものがグレーな気がしてるよ」

「前から思ってたんだよね～。ろうくんはわたしを甘えさせてくれるけど、べったり甘えてくることはあんまりないかなって。それって子供心がないからだと思う！」

「関係ないような……」

「あるかもしれないじゃん！　ほら早く早く、ママって呼んで～♡」

自分が呼ばれたいだけなのではないか。そう思ったが、子供心的にそういうツッコミはご法度《はっと》に違いない。考えようによっては、もし仮にゆくゆくは、俺達の間に子供が出来た場合、俺は律花《りっか》のことを子供の前でどう呼ぶべきだろうか。その時に律花《りっか》のことを『ママ』と呼ぶ方が、未来の俺達の息子か娘の教育に良《い》いのではないか。ならば今のうちに慣れておくべきでは？

などと俺は脳内で言い訳を展開させて、このプレイに乗っかる覚悟を決めた。

「ま……ママ」

「何か用ザマスか？　早く宿題するザマス！」

「教育の方かよ」

ママ違いだろ。いやそれも数多《あまた》あるママの形態の一つではあるけどさ。

してやったり……みたいな顔で律花《りつか》は満足そうだった。俺はむしろ不満だった。

多分これで終わっても料金は払わないと思う。

「恥ずかしそうに呼ぶのなら、ちゃんとママしないもーん。子供はママって呼ぶ時に恥ずかしがらないからね！」

「そういう……」

「今日はもう夜だからこれ以上特訓しないけど、今度のお休みの日は本格的にやるからね」

「マジっすか」

「マジです」

律花《りつか》の中で妙な火が付いたらしい。俺に子供心を学ばせるという火が。

或《ある》いはそうやって俺をからかって遊ぶことこそ、本当の子供心なのかもしれないが。

『せいぜい頑張るにゃ――おふくろ』

「うるせえぞ」

＊

　ということで次の休み。俺と律花《りっか》は目的なくぶらぶらと外出することになった。

　これ自体は時折やっていることなのだが、しかし今回は条件がある。

「じゃ、行くよろうくん。ちゃんと外でもママって呼んでね？」

「公衆の面前でやるのはちょっと抵抗が……」

『いいから早く行けにゃ！　金払ってんにゃぞこっちは‼』

（払ってねえだろ）

　俺の背中からにゃん吉の声がする。猫用のキャリーリュックだ。犬と違って散歩はさせられないが、外の空気は定期的に吸わせてあげたいという律花《りっか》の配慮である。

　今日は穏やかな秋晴れで気持ちがいい。ウチから少し歩くと、河川敷《かせんじき》がある。併設された遊歩道や多目的グラウンド、バーベキュー場などがあって、ただ歩くだけで割と楽しい。

「いい天気だね～」

「そうだな」

『人間に己を運ばせるという快感！　たまんねえにゃ』

（それでも動物かお前は）

デブ猫の思考かよ。いつかにゃん吉は丸々と太るんじゃないかと思った。

河川敷《かせんじき》は休みの日だけあって、そこそこの人が行き交っている。

「あ、見て見てろうくん」

「どうした、律花《りっか》？」

「は？」

「…………。どうしたの、ママ？」

怖い……。すごい顔で睨《にら》まれたぞ……。これじゃ鬼ママじゃないか……。

「あっちで何かやってるみたい！　行ってみよ！」

走り出す律花《りっか》。ちょっとした人だかりが向こうに見えた。俺もすぐに後を追う。

『おいッツッ　揺らすにゃッツッ』

「我慢しろよ……」

近付いてみると、どうやらパフォーマーが何かを披露しているらしい。人だかりには子供が多く、食い入るように見ている。子供達の後ろには保護者と思《おぼ》しき方々が居る。

「わ。手品だよ！」

「へー。路上の往来……ってわけでもないのにな」

人通りは町中に比べると決して多くはないが、河川敷《かせんじき》は広くて見晴らしも良く、何よりここを通る人は心に余裕がある。おひねりを入れる用の缶もしっかり置いてあった。

手品師らしきパフォーマーの青年は、右手を何度か握ったり離したりする。すると、いつの間にやらその手の中から無数の花びらが出て来て風に乗って散る。

「すごーい！　え、どうやったの今？」

「さあ……。でも割と洗練された動きだったから、あの人が慣れてるのは確か――」

「………」

「え？　あれ？」

ぼんやりと手品を眺めている俺を、律花《りっか》はじっとりと半目で睨《にら》んでいる。

「ど、どうしたんだ、律《りっ》――……ママ」

「子供は！　ああいうのを見て！　すっごい喜んだりはしゃいだりするの！」

観客である子供達を律花《りっか》が指差す。確かに手品師が一つ手品を披露するごとに、子供達は魔法を目の当《ま》たりにでもしたかのように、元気良く騒いでいた。

「だから『洗練された動きだゼ……』みたいな変なことは言わないの！」

「そんな言い方してない……」

「口答えしない！」

「ごめんなさい」

叱られる俺。何人かの保護者の方が俺達をチラ見したので恥ずかしい。

とはいえ……律花《りっか》の言う通りだろう。子供達や律花《りっか》は、素直に手品そのものを心から楽しんでいる。一方で俺は、手品師の動きだけを見て、何ならそのタネでも見破ってやろうみたいな、反抗期の中学生じみたスタンスだった。これは到底子供心のある行動とは言えまい。

「じゃあ次は、マジックをお手伝いしてくれる人いるかな～？」

マジシャンの人は子供達に笑顔で語り掛けている。なるほど、こうやって観客を巻き込むことによって、更に手品の信憑性《しんぴょうせい》を上げる効果を生むのか。

子供達が次々に手を挙げている。とても微笑《ほほえ》ましい光景――

「ほら……」

「え？」

律花《りっか》が肘で俺の脇腹を突っついてくる。これは……。

「行かなきゃ。子供でしょ？」

「脅迫……？」

俺は子供心を獲得したいのであって、子供でありたいわけではない。

こういうリアルちびっ子達に迷惑を掛けることは流石《さすが》に――

「ハイハイハイハイハイハイハイハイハイハイハイ!!」

――まあ行くんですけどね。それを律花《りっか》が望んでいるのなら仕方がない。

子供達の高い声を撃ち貫くように、俺の低い声が響き渡る。保護者の方々が『正気かこいつ』みたいな顔で俺の方を見る。手品師のお兄さんは突如客の中から現れた怪物に唖然《あぜん》とし、子供達は本能的に察したのか、『これはヤバイやつですわ』とばかりに全員一様に押し黙った。

「え……。あ、じゃあ……そこの異様に元気なお兄さん、こちらに……」

「ウス」

『おまえさぁ……。いやもうにゃにゃにも言わんけども……』

にゃん吉も呆《あき》れているようだ。ほっといてくれ。

子供達と保護者の方々の視線が突き刺さる。珍獣を見る目ってこんな感じなのかな……。

「それでは、お兄さん……あの、僕の右手をこういう風に両手で包んでくれますか？」

「ウス」

手品師のお兄さんが右手を開いて俺や観客に見せる。手には何も持っていない、というアピールだ。俺の役目はというと、お兄さんが作った握り拳を手で覆うことらしい。

つまり……何も細工出来ない、みたいな状況を俺が作るわけか。なるほどな。

「薄紙一枚通らないぐらい完全に密閉します」

「そこまでの圧迫は求めてないんで軽くでいいですよ……」

「でも万が一の可能性があるじゃないですか」

「その万が一を引き起こそうとしているんですあなたは……」

疑いを掛けられるような八百長《やおちょう》じみた弱い握りで大丈夫なのだろうか……？

（この感触――手に元々何か持っているのか）

手に何も持っていない、というアピール自体が嘘《うそ》だったらしい。掌《てのひら》を見せる時は手の甲側に、拳を見せる時は拳の中に、恐らくはマジックのタネを隠している。俺が手を覆ってからマジックをしているように見せているが、実際は俺が覆うのは既に仕込みが終わった後なのか。

「はい！　じゃあお兄さん、手を離してください！」

子供心的に考える。子供って素直な時と素直じゃない時があるよな。ってことは——

「もし離さなかったら……？」

「警察を呼びます」

「なるほど……」

素直に離しておくか。お兄さんは手を開くと、そこにはなんと数個の動物のミニチュアが。

「こちらのお兄さんの力で、動物達が出て来てくれました〜！」

どうやらそういうことになったらしい。子供心的には、ここは感心すべき場面か。

「これが俺の——……力？」

「子供心の年齢が中学生ぐらいじゃん……」

何故《なぜ》か律花《りつか》が呆《あき》れていた。え？　でも俺の力でマジックが成功したという体なら、そこに乗っかっていくのが子供心なんじゃないのか……？

それからも幾つかの手品を見て、やや笑顔が引きつった手品師のお兄さんからお礼を言われ、俺達はその場を後にする。

「ろうくんはさ。ツッコミがうまいけど、本質的にはボケだよね」

「ママがそう言うのならそうかもしれないな」

『自覚のないアホが一番ヤバイにゃ』

子供心を理解する為《ため》に頑張っただけなのに、何故《なぜ》か嫁と猫からディスられてる……。

「あ、見て見てろうくん。あそこで草野球してる。ちょっと見ていかない？」

「そうするか」

多目的グラウンドは既に草野球で使われているようで、俺達は近くのベンチへと移動する。

「スポーツっていいよね〜。爽やかな感じが！」

「俺も律《りつ》……ママも、スポーツやって来なかったもんな」

正確にはやる余裕がなかった、と言うべきか。俺も律花《りっか》も色々とあったからなぁ。

律花《りっか》は草野球の方を見つめながら、ぼそりと呟《つぶや》いた。

「見たいな……。草野球でろうくんがホームラン打つとこ……」

「え。いやいやそれは流石《さすが》に無理だろ。バッティングセンターじゃないんだぞ」

「子供心……」

「それ言うと俺が言うこと聞くと思ってないか？」

既に試合は始まっている。『一打席いいっすか？』みたいなノリで参加は不可能だろう。

それは律花《りっか》も分かっているようで——と、ファールボールがこっちに飛んで来た。

「わ」

「おっと」

最小限の動きで律花《りっか》が躱《かわ》そうとするが、それより素早く俺が素手で球を捕った。

「大丈夫か、律花《りっか》？」

「うん。ろうくんも、手とか痛くない？」

「平気だよ。にしてもここまで結構距離あるのに、大したファールボールだな」

「やるじゃないか、小僧」

「うわっ⁉」

捕った球と律花《りっか》に気を向けていたから、背後の気配に気付かなかった。背中のにゃん吉は眠っていて無反応だったし。思わず俺達は振り返ると、ジャージ姿の老婆が俺達を見据えていた。

「あの、おばあさん。あっちで草野球やってる方ですか？　ボールはお返し——」

「その肉付き、素人《しろうと》じゃないね。反応速度もいい。気に入ったッ」

「はい？」

「我が老害ーズの助っ人《すけと》打者に相応《ふさわ》しい！　小僧！　今お時間よろしいですか……？」

「唐突な物腰の柔らかさが不気味だ……」

「おばあちゃん、見る目あるね！　ろうくんは天才打者だから！」

「あ、おい律花《りっか》」

「ほう――……来なッ」

謎の老婆は強引に俺を引っ張っていく。老人に乱暴なことは出来ないので、俺はにゃん吉を律花《りっか》へと預けて、とりあえず老婆に従う。やたらとパワフルな老婆だ……。

で、いきなりだが――俺はバットを持って打席に立たされていた。

(ルール上いいのかこれ？　まあ草野球だし厳格なルールなんてないのか……)

「お兄さん、野球未経験者っスか？」

「え？　あ、はい」

相手チームの捕手が声を掛けてくる。恐らくバットの構えですぐに見破られたのだろう。

捕手は「へえ」と呟《つぶや》き、何やら投手へサインを送っていた。

(手加減してくれるのかな……)

「がんばれー！　ろうくん！」

ネット裏で律花《りっか》が声を出している。俺は手を振ろうとし――突然顔面に球が飛んで来た。

「ちょッ!?」

手にしたバットを刀剣のように振るい、球を弾《はじ》く。ファールゾーンへと球は転がっていった。

「やっぱ只者《ただもの》じゃないか～。パチー婆《ばあ》が突然呼んだだけあるな」

「殺す気ですか!?　危険球はルール違反でしょ!?」

「ウチのシマでは危険球は自衛の範疇《はんちゅう》ッス。じゃないとこっちがやられる」

「どんな野球⁉」

そもそもあの危険球もめちゃくちゃ球が速かったぞ。草野球レベルじゃないっていうか、全体的にここの草野球は何かがおかしい。変な所に来てしまった。

とはいえ律花《りつか》の手前、良《い》い所は見せたい。幸いにしてどんな速球も銃弾には速度で劣る。目は完全に球筋を追えた。後はバットでぶっ叩《たた》くだけなら、どうとでもなりそうだ。

(腐っても場数は踏んで来た。こんな球っころ程度、打ち返すのはわけないさ……!)

「ストライク！　バッターアウト！」

あっという間に三球三振だった。ああ、そうか。銃弾と違って白球は一球ごとに速度が変わる。全部が全部速い球じゃなくて、こっちの体勢を崩す変化球がある。やられた。

「いやー、中々やりますねお兄さん。未経験者なのに球ちゃんと見れてましたし」

「ははは……。三振なので意味なかったですけどね……」

捕手の人に褒められたが、俺はすごすごベンチへと戻った。申し訳ないと老婆に頭を下げる。

「死になッ」

「容赦ねえ……」

「……そこに飲み物があるから、嫁の分まで一緒に持って行くといい。今日の結果は死罪に値するが、小僧は見込みがある。また暇な日にでも顔を出すといい。打たせてやるさね」

「ありがとうございます。都合があえば、また」

あらゆる意味でラフな草野球らしい。俺が少し目を離した隙に、マウンドでは乱闘騒ぎになっていた。血の気の多い連中だらけみたいだ……いや、草野球で乱闘って起こるものなのか？

「ろうくん、お疲れ様！　カッコ……良くはなかったかな！」

『乙（笑）』

律花《りつか》とにゃん吉が待っているので、俺はグラウンドを退出した。

「意外と面白かったよ、野球。少年時代にやってたらハマってたかも」

「お、いいねえ。子供心が身についたんじゃない？」

「それはどうだろうな」

結局、子供心については分からないままだ。律花《りつか》のからかいの材料にされているだけと思わなくもないが、それはそれで楽しいからいいや。

ベンチに座ってのんびり川面《かわも》を眺める。その中で俺は、隣の律花《りつか》にぽつりと伝えた。

「……子供心かどうかは分からないけどさ」

「ん？」

「世の中って、色んな楽しいことに溢《あふ》れてると俺は思う。子供はそれに敏感で、大人じゃつまらないと思うことも、子供なら面白く感じられる。子供心は、大人になったら失ってしまうそれを、まだまだ鋭敏に捉えられる感覚のことなんじゃないか、って」

分からないなりに、俺の中で結論のようなものが出た。俺がぼんやりと受け止めるようなことも、子供達は目を輝かせて受け入れるし、律花《りっか》みたいな子供心を持っている大人も同じような反応になる。子供心とは、感受性とも言えるかもしれない。律花《りっか》はふふ、と笑う。

「子供はそんな難しいこと考えないから、失格～」

「マジかよ」

「……でも、ろうくんの言う通りなのかも。大人は、すぐに冷めちゃうから。自分が持っているあったかいものがいつか冷たくなるのって、実は怖いことだとわたしは思うな」

「子供の頃に熱中したものに、大人になったらまるで興味がなくなる……みたいな？」

「そういうこと、かな～」

やや適当な律花《りっか》の同意。自分でもあまりよく分かっていないのかもしれない。

誰だって子供だった。いつか大人になるだけで。子供心を持っていない、なんてことはない。だから俺だって持っていたはずだ。ただ、思い出せないだけ。

「奥深いな……子供心。でも律花《りっか》のおかげで、ほんの少し分かった気がするよ」

「そう？　じゃあそろそろ夕方前だし、帰ろっか？　晩ごはんの準備しなくちゃ！」

『家で寝たいし賛成にゃ』

「そうだな。行くか——ママ」

「すごいナチュラルに呼べるようになってきてる……」

そう仕向けたのは律花《りっか》本人だろうに、いざ慣れたら慣れたでちょっと引いていた。

こほん、と律花《りっか》は咳払《せきばら》いをわざとらしくする。

「……今はまだ、律花《りっか》って呼んでね？」

まだ、ということは、いつかは変わって欲しいと思っているのだろう。

でもそのタイミングは、少なくとも今日明日ってわけじゃない。

なので俺は、意地の悪い顔をあえて律花《りっか》に見せた。

「え？　俺結構ママ呼び気に入ってるんだけど？　つれないこと言うなよ、ママ」

「もーっ！　ろうくんそんなこと言う人だったたっけ⁉」

「言うぞ。子供はママって言うもんだからな」

二人で手を繋《つな》いで歩き出す。俺だっていつもいつも律花《りっか》にやられているばかりじゃない。今は無性に、律花《りっか》をからかいたくなった——それこそが俺の子供心なのかもしれないな。

『とほほ、もう子供はこりごりにゃ～』

（いきなり何言い出すんだこいつは……）

　俺と律花《りっか》の関係が変わる日が、もう間もなくやってくる。

——結婚記念日まで、あと数日だ。

瓦礫《がれき》の塔の頂《いただき》で、《白魔《ハクマ》》——柳良律花《なぎらりつか》は遠くを見つめる。

今自分が立っているここは、どのくらいの高さなのだろうか。薄い闇の先では、地平と水平が交わっている。手を空に伸ばせば、雲も摑《つか》めるのかもしれない。

「返す」

ぶっきらぼうな声がして、律花《りつか》はそちらを振り向いた。この頂点に居るのは、律花《りつか》を除けば彼しか居ない。《羽根狩り》——犀川狼士《さいがわろうし》が、ボロボロの姿で立っている。

その手に握られている刀は——《白魔《ハクマ》》の為《ため》に打たれた一振り、《雲雀《ひばり》》だ。

「……終わったんだ、全部」

「違う。終わらせたんだ」

「聖女様を——」

「斬った。おれが、殺した」

《濡羽《ぬれは》の聖女》の完全顕現。それが、この何処《どこ》とも知れない孤島にある、瓦礫《がれき》の塔にて行われた。《組織《ロッド》》と《志々馬《しじま》機関》はこの地で最後の戦いを行い——その果てに、狼士《ろうし》と律花《りつか》は、《濡羽《ぬれは》の聖女》を滅ぼすことに決めた。

「あれは、この世界にあっていいものじゃなかった。お前もそれは分かっているはずだ」

「……うん。でも、これが正しいことかどうかは、分からない」

「知ったことか」

そうすべきだと思ったから、そうした。命令に忠実であった《羽根狩り》が犯した、最初で最後の命令違反。後のことなど、何も考えずに。

救援が来るまで時間がある。律花《りつか》はその場で座り込む。その隣に、狼士《ろうし》も腰を下ろす。

「……おれの『願い』は——妹を蘇《よみがえ》らせてもらうことだった」

「そう、なの」

幼少期に死に別れた妹。その妹を、蘇《よみがえ》らせることが出来る。その可能性の為《ため》に、今日までひたすら狼士《ろうし》は血を流して来た。それだけが生きる目的で、理由で、全てだった。

「奴《やつ》は見事に、妹を蘇《よみがえ》らせた。12歳の姿で」

「妹さんが亡《な》くなったのは……」

「まだあいつが、5歳の時だ。それからずっと、あいつは時を刻むはずがなかった。だが聖女には関係がない。おれが16歳で、妹は12歳だ。その通りなんだ。そんなはずはないのに」

事も無げに、聖女は死者を呼び戻す。経るはずのなかった時を加算した上で、完璧に。

妹は当たり前のように、狼士《ろうし》のことを「お兄ちゃん」と呼んだ。舌っ足らずではない、生きて歳《とし》を重ねればそう言うであろう、狼士《ろうし》の夢想とまるで同じように。

「聖女にとって、人間なんて存在はあまりにもちっぽけだ」

その能力は、神と同一のものであると言える。だからこそ人は《濡羽の聖女》《ぬれは》を敬い崇《あが》め、或《あるい》いは求めた。だが、あまりにも過ぎた力は、狼士《ろうし》にとって恐怖の対象でしかなかった。

「だから、殺した。あれを受け入れることなんて、おれには出来なかった」

結果として、妹を再び喪《うしな》うことになったとしても——狼士《ろうし》は、聖女を否定する道を選んだ。

「おれのことが憎いのなら、その刀でおれを殺せ。もう抵抗する余力はない」

「しないよ……」

「そうか」

この頂《いただき》に音はない。風の凪《な》いだ夜明け前だった。

「——お前は何故《なぜ》戦っていた、《白魔》《ハクマ》」

故にお互いの声は嫌という程に通る。どうあっても、耳に残った。

「……たぶん、誰かのため、かな。みんながそれを望むのなら、わたしは戦えたから」

「おれは、自分の為《ため》だ。本当に、最後の最後まで、自分の都合だけで戦った」

そもそもの狼士《ろうし》の『願い』も、それを最後に否定したのも、自分に基づいたものだ。

一方で律花《りつか》は、自分の為《ため》に戦った覚えはない。ただ己が他よりも優れているから、戦うことで皆の役に立てるから、戦った。最後までそれは変わらなかった。

「……正反対だね、わたし達」

「そうだな。そもそも、おれは《祝福》《ブレス》も持たない無能力者だ。何もかもが逆だろう」

右腕の《災禍砕天《サイカサイテン》》を狼士《ろうし》は左手で触る。この相棒も、明日から使うことは無くなるのだろう。根本的な戦う理由を、たった今終わらせたのだから。

《濡羽《ぬれは》の聖女》が消滅したのならば、《組織《ロッド》》も《志々馬《しじま》機関》も存在理由を喪失する。となれば、そう間を待たずに解体されるだろう。同時に、機関員であった狼士《ろうし》も、組織員であった律花《りつか》も、ただの人間へと——本来あるべき状態へと戻る。

「この先……おれ達はどうなると思う」

「さあ……。そんなの、わかんないよ。でも、もうあなたと戦わなくて済むね」

「名残惜しいか？」

「ぜーんぜん。言っておくけど、わたしあなたのこと嫌いだから」

「そこは逆じゃないな。おれもお前が嫌いだ」

でも、戦いのない日々においては、それは無意味な嫌悪《けんお》だろう——狼士《ろうし》はそう言おうとしたが、何となくやめた。そんな配慮をするべき相手でもないと思った。

「《羽根狩り》。あなたの名前、教えてくれる？」

「……犀川《さいがわ》、狼士《ろうし》」

「そう。わたしは、柳良《なぎら》律花《りつか》」

長い間戦っていたのに、全てが終わってようやく相手の名前を知った。

誰であれ、産まれて生きていくからには姓名を持つ。同じ国で生きている以上は。

水平線の先から、滲《し》み出すような陽光が漏れる。この世界に色が芽吹く——朝が来る。

藍色の空を駆け抜けて、二機のヘリコプターがこちらを目指していた。

「リッカ!」

「狼士《ろうし》!」

各々《おのおの》の所属する機関と組織のヘリだ。着陸してすぐに出て来たのは、狼士《ろうし》にとっての上官と、律花《りっか》にとっての親友。狼士《ろうし》と律花《りっか》は、ゆっくりと立ち上がった。

「無事でよかった……。本当に……。ねえ、怪我《けが》はない?」

「うん。平気だよ、芳乃《よしの》」

安否を確認して、そうして芳乃《よしの》は律花《りっか》を抱き締めた。

「……やったのか、聖女を」

「ああ。おれを恨むか、おっさん?」

《志々馬《しじま》機関》に所属する以上、上官にも何かしらの『願い』があったはずだ。機関員全ての希望を、狼士《ろうし》は自ら断ったことになる。今ここで射殺されても文句は言えなかった。

しかし上官は、ゆっくりと首を横に振る。その目は、狼士《ろうし》の無事だけを喜んでいる。

「いや——それはないな。お前がそう判断したのならば、聖女とは最初から否定されるべき存在だったのだろう。そうは思わない連中も、居るかもしれんがな」

「……分かった。なあ、健剛《けんご》はどうした? 同じヘリじゃないのか?」

「捜索中だ。戦闘のどさくさで連絡が取れん。そのうち回収出来るだろうが」

「了解。あいつも疲れてるだろうから、早く見付けてやってくれ」

帰投の時間だ。つまり、長かった《白魔《ハクマ》》との縁も、ここで切れることになる。

狼士《ろうし》と律花《りつか》は、示し合わせたようにお互い向き合った。

「――もう会うことはない。だから言っておく。お前は強かった、柳良律花《なぎらりつか》」

「あなたもだよ、犀川狼士《さいがわろうし》」

「……じゃあな」

「さようなら」

それが、《羽根狩り》と《白魔《ハクマ》》が交わした最後の言葉だった。

戦いの終結。無能力者の少年と、異能力者の少女の、闘争の終焉《しゅうえん》。物語の閉幕。

無理に言葉を当て込むのならば、めでたしめでたしと言うべきなのかもしれないが――

「狼士《ろうし》。人生は……長いぞ。覚えておけ」

「とっくに知ってるよ。そのくらいのことは」

――生きている限り、人生はまだまだこれからも、続いていく。

その先に、偶然また出会うという未来があることを、狼士《ろうし》も律花《りつか》も考えてはいなかった。

《最終話》

11月11日。俺と律花《りつか》の、結婚記念日前日。

本来ならば単なる記念日の前日でしかなく、特にこれといった日ではなかったのだが――

「うー。緊張しますねぇ、せんぱい」

「会議は午後からなんだから、午前中から緊張してたら身が持たないよ」

かねてから進めている、『ねんどんぐり』グッズ化のプロジェクト。その報告会となる会議が、今日の午後から行われる。会議にはお義兄《にい》さんも参加し、正式に作るグッズを本決定する重要なものだ。俺や生駒《いこま》さんの提出したグッズ案も候補に入っている。

「どれか一つでも気に入ってくれるといいんですけどね、呉井《くれい》さん」

「うーん……。商売人じゃなくて芸術家気質な人だしなぁ」

これまでにもちょこちょことお義兄《にい》さんは視察しに来ており、その度に俺達が挙げたグッズ案を見ては却下している。最早《もはや》社内でお義兄《にい》さんの名を知らぬ者は居ない。

(結婚記念日前日なのに、試練の一日って感じだ)

俺は内心で溜《た》め息《いき》をつく。明日は有給を取っているものの、今日の会議でもし何もプロジェクトが進行しなかったら、悠長に休んでいる暇などないだろう。仮にも責任者なわけだし。

「資料チェック終わりましたー。問題ないかと思いますが、ダブルチェックお願いします」

「うん。誤字一つでもあったらうるさいからね、あの人」

クリエイターだからか、姑《しゅうとめ》ムーブの達人だからか、お義兄《にい》さんはかなり目敏《めざと》いのだ。

「犀川《さいがわ》」

「はい？　どうしました、部長？」

「確認中にすまんな。例の件で話がある。あれを持ってちょっとあちらに来てくれ」

部長から呼び出され、俺は出張用に使う大きめの通勤カバンを持って別室に向かった。

「――《災禍砕天《サイカサイテン》》処分の件だが、物《ブツ》は持って来たな？」

「はい。これっす」

俺はカバンから隠し持ってきた《災禍砕天《サイカサイテン》》を取り出す。以前から打診していたこれの処分だが、段取りが整ったとのことで、今日部長に預けることになっていたのだ。

「……何も手入れしていないな。まだまともに動くのか、これは」

「さあ……。使うこともほぼなかったですし、どうなんでしょうね」

「ともかく、完全に処分はしておく。ご苦労だった」

「いえ、こちらこそ。わざわざありがとうございました」

俺は一礼をした。これで、俺の手から《災禍砕天《サイカサイテン》》は完全に離れたことになる。

部長はコキリと首を鳴らして、話を切り替えた。

「ところで――今日の会議だが、抜かるなよ。呉井《くれい》のヘソだけは曲げたくないからな」

「基本的に律花《りっか》以外は甘やかさない人ですからね。今から怖いです、マジで」

「いざとなったら――呼び出すか。お前の嫁を」

「絶対嫌ですよ……。確実に上手《うま》くいきますもん……」

奥の手過ぎるだろう。部長は「冗談だ」と少し笑った。基本的にはこの人もユニークだ。

「律花《りっか》の力を借りなくても上手《うま》く進めますって。これは俺の戦い、でしょ？」

「……変わったな、お前は」

「え？　何すか急に」

「感慨に耽《ふけ》っただけだ。歳《とし》を取るとちょっとしたことで感情が揺らいで困る」

「ジジイっすねもう」

「殴るぞ」

部長が老《ふ》けた、というのは事実だ。まあそれでも見た目は若々しいし元気だし、願わくばいつまでも健康で居て欲しい。口にすると恥ずかしいから黙っておくけど。

「色々時間を取らせて悪かったな。資料チェックに戻ってくれ」

「うっす。頑張りますよ！」

「その意気だ」

最後に部長から背中を軽く叩《たた》かれて、俺は自席へと戻った。

午前中は資料チェックに費やし、昼休憩を取る。律花《りっか》の弁当を食べつつ、午後の予定を頭の中で再確認。会議は15時からだから、昼飯後すぐに会議室で会議の準備を始めないと。

「せんぱい、さては会議の準備について考えてますね？」

「よく分かったね……って、午後一する作業はそれだから当たり前か」

「優秀な後輩は、せんぱいの考えなど余裕でお見通しですから！」

「微妙に軽んじられてる気がするな……」

もうちょっと俺が人使いに長《た》けているのなら、生駒《いこま》さんや大鷹《おおたか》に会議の準備を一任するべきなのだろう。だが責任者は俺である以上、その辺りも自分の手を入れておきたい。

生駒《いこま》さんは緊張を克服したのか、午前中よりもちょっと元気だった。

「先輩。先に会議室の空調入れといた方がいいっすよ。あの部屋空調利《き》くのクソ遅いですし、最近肌寒いですし。つーわけでもう入れときました」

「相談なのか報告なのか分からない言い方だな……。ありがとう、助かるよ」

大鷹《おおたか》はいつも通りのマイペースだ。とはいえ空調については、会議前に入れておけばいいと思ってたから、俺にはない視点だった。地味に優秀と言われるだけある。

「ねえ、大鷹《おおたか》くん。何で会議室の空調の利《き》きとか知ってるの？」

「あの部屋でよくサボってるから」

「お前なあ……」

部長に聞かれたらぶん殴られるぞ。俺と生駒《いこま》さんは呆《あき》れて物も言えなかった。

そうして時間は過ぎ、会議までもう三十分という段になった。いよいよ胃が痛み始める。

（胃薬を先に飲んでおくか……）

昔はどんな状況でも緊張やストレスで胃が痛むなんてことはなかったのに、いざ社会に出ると自分の胃腸がこうも弱いとは思わなかった。社会人は皆そうなのかもしれないが。

というわけで胃薬を水で流し込んでいると、廊下の方がざわついていることに気付く。

（何だ？　まさか早めに来たお義兄《にい》さんが暴れてるとかじゃないだろうな）

流石《さすが》にそれはないか……。と思ったが、あの人なら万が一ということもありうる。

俺は廊下に向かうと、社員が何人か集まって騒いでいた。中には生駒《いこま》さんも居る。

「生駒《いこま》さん。どうしたの？　何かトラブルでもあった？」

「あ、せんぱい。その、見て頂いたらすぐ分かると思うんですけど——」

チリンチリン。鈴の音が響く。家でよく聞くようになった、首輪に付けられたそれ。

真っ黒い猫が、息を荒くしながら、まん丸い瞳で俺を捉える。

野良猫《のらねこ》と見間違うはずがない。もう俺達の家族なんだから、そんなことはない。

「にゃん吉……？　お前、何で——」

「猫が社内に——えっ？」

意味が分からなかった。室内飼いしているにゃん吉が、遠く離れた俺の会社内に居ることが。

まさか今朝から俺の後を追って？　そんなわけあるか。ならもっと早く見付かっている。

思考が黒く渦巻く。故に感謝すべきだろう。俺とこいつの間にある、特有の絆《きずな》に。

言葉という形で、にゃん吉ははっきりと俺に向けて告げた。

『……あいつが、「りつか」が、襲われたにゃ……』


——試練の一日は、たった今から始まる。

＊

明日はわたしとろうくんの結婚記念日!!　めでたい!!

なのでもう、今日はぜーんぜんお仕事に身が入らなかった。そんなに急ぐものもないし、誰かに監視されているわけでもないし、別に気を抜いても構わないのだけれど。

あっという間にお昼になる。わたしは背筋を伸ばして、キッチンに向かった。

「にゃん吉～。ごはんにしよっか！」

『ふみゃあ』

ちょっと前までは、一人で寂しくお昼ごはんだった。でも今は、にゃん吉と一緒に食べることにしている。まあ、実際はカリカリを食べるにゃん吉を眺めながら、わたしは昨日の残り物とかを軽く突っつくだけなんだけどね。

明日は有給を取ったから、一日中ろうくんと一緒に居られる。ちゃんと予定は二人で立ててあるから、今か今かと待ち遠しくなる。

(でも今日は遅くなるんだよね、ろうくん)

お兄ちゃんとの大事な会議があるから、恐らく帰るのは終電前ぐらいになると、昨日の夜にろうくんが(ややしんどそうに)言っていた。本当は前祝いとして一緒に晩ごはんを食べたかったけれど、今ろうくんが仕事で大変なのは分かっている。おっきなプロジェクトだし、責任者だし、失敗は許されない。その分、ちゃんと成功させれば、ろうくんは出世出来るかもしれない。あんまり本人は出世のこととか考えてないっぽいけどね。

……ともかく、今日は犬的には『まて』の日、ってこと。

「猫的にはどうなんだろうね、にゃん吉?」

『にゃあ』

「そっかぁ。帰ってきたらいきなりキスしてあげる……アリだね」

『ハァ?』

「にゃん吉も女の子なだけあって大胆ですなあ」

カリカリを平らげたにゃん吉は、ぷいっとそっぽを向いてしまった。猫が人間の言葉をどれだけ理解しているかは分からないけれど、もしかしたら照れたのかも。

「さてと。ちょっと休憩したら、お仕事さっさと終わらせよーっと」

――ぴんぽーん。インターホンの音が響いた。通販は……今は何も頼んでないはず。

ってことは勧誘とかセールスかなぁ。あれって断るの面倒なんだよね。

「……。居留守使っちゃお」

申し訳ないけど、専業主婦ではないので忙しいのです。そちらがお仕事でインターホンを鳴らすように、こちらもお仕事でインターホンが聞こえないフリをするのです。

『……!? フシャーッ!』

「え？ どうしたの、にゃん吉――」

近くのにゃん吉が、急に毛並みを逆立てて、玄関先に向けて威嚇をした。

驚くわたし。それと同時に、玄関のドアが音を立てて倒れた。

鍵は掛けている。普通に開けられたわけじゃない。蹴り破られたのだ。

「なに――……」

「気配も殺さずに居留守とは、随分と平和ボケしたものだ」

背の高い男。体格もいい。何より、放つ殺気が一般人のそれじゃない。

顔は……あれ、見覚えがある。でもすぐに思い出せない。すぐに情報を引き出さないと。

ずかずかと土足でわたしとろうくんの家に上がり込んでくる。常識はないみたい。

「……警察呼びますよ。誰ですか、あなた」

「呼んでみろ。その暇があるならな――《白魔《ハクマ》》」

「…………」

その名を知っている。つまり、《組織《ロッド》》か《志々馬機関《しじまきかん》》の関係者。《組織《ロッド》》の人達はわたしのことをそう呼ばないから、恐らくは《志々馬《しじま》機関》側。

『フーッ、フーッ』

「にゃん吉！　下がりなさい！」

「……？　何だその小煩《こうるさ》い猫は。奇妙なものを飼っているな」

「家族のことを悪く言わないで」

こんな不審者、にゃん吉が怒って威嚇するのも当然だ。でも、相手が只者《ただもの》じゃないのも確実。にゃん吉がもし飛び掛かったら、十中八九返り討ちに遭う。それだけは避けないと。

「目的は何？　お金なら……言うほどないけど⁉」

「お前と、狼士《ろうし》だ」

右腕が鋭く突き出される。話せば分かるような人じゃない。家に強引に入って来ている時点でそれは明らかだったけれど、いきなり拳を打ち出して来るなんて。

わたしは身を捩《よじ》って、どうにかその一撃を躱《かわ》す。そのまま後ろに跳んで、距離を取った。

「どうした？　使え。《祝福《ブレス》》があるだろう、お前には」

「……使わない」

家の中に逃げ場はない。窓を開けて飛び降りるぐらいしかない。

とはいえ、背後へ跳んだことには理由がある。わたしは飾ってある《雲雀《ひばり》》を引《ひ》っ摑《つか》んで、納刀したまま構えた。さすがに真剣をいきなり振るうことは出来ない。

「いいぞ。まずはそれで来るのか」

「警察を呼ぶんじゃなくて、こっちから突き出してやるから」

踏み込んで、突く。相手の反応を超えて、鞘《さや》の先が男の額を叩《たた》いた。

鞘《さや》に覆われているとはいえ、わたしの（平均的な）体重を乗せた一撃だ。それを額に直撃させたのだから、気絶はなくとも最悪ダウンくらいは狙えるはず。

だけど――この男の額は、そもそも異常なくらい硬かった。

決して刃の通らない相手。そういう《祝福《ブレス》》の持ち主。わたしの中の記憶が弾《はじ》ける。

「この感触……！　思い……出した。あなた、《天鎧《てんがい》》――」

「ご明察だ」

《天鎧《てんがい》》が正解とばかりに手を伸ばしてくる。すぐに退いて、わたしは《雲雀《ひばり》》を鞘《さや》から抜き放った。同時に、鞘《さや》を背後に放り投げてベランダのガラスに叩《たた》き付《つ》ける。

ガシャンという音が響いたのを確認し、わたしは叫んだ。

「にゃん吉‼　逃げて‼」

『……！』

「猫に構う余裕があるとはな」

《天鎧《てんがい》》の狙いがわたしだとしても、にゃん吉に被害が及ばないとは限らない。ベランダから隣の亀岡《かめおか》さんちのベランダに移るか、最悪猫は高所から落下しても上手《うま》く着地出来る。にゃん吉はお利口さんだから、わたしの言ったことは絶対に分かってくれる。

岩みたいな《天鎧《てんがい》》の拳が、わたしの頬を掠《かす》めた。どうにか避けられた。

……後はもう、こいつをぶっ倒して諸々《もろもろ》の弁償をさせて、警察に任せるっきゃないよね。

「お昼休憩が終わるまでには片付ける……！」

抜き身の《雲雀《ひばり》》を構え、わたしはろうくんが帰る場所を守る為《ため》に戦う――

＊

『……「りつか」がそのあとどうなったかは、分からないにゃ……』

「――そうか。お前が無事で良かった」

俺はにゃん吉を抱いて、誰も居ない会議室に飛び込み、事のあらましを聞いた。

指示通りにゃん吉は家から逃げ出し、俺のニオイを辿《たど》ってここまでどうにかやって来たという。猫なのに犬のようなことをするが、しかし本当に優秀な飼い猫だ。

そのにゃん吉の口から出た、《天鎧《てんがい》》という単語。それが誰かなんて、言うまでもない。

「健剛《けんご》──」

《天鎧《てんがい》》……獅子鞍健剛《ししくらけんご》は、最後の戦いとなったあの日、行方不明となった。どれだけ捜索しても見当たらず、しかし遺体も発見されないことから、生きてはいると思われていたが。

……心臓が痛い程に鼓動を強める。何より、律花《りつか》の安否が気掛かりだった。

（そう簡単にやられる、ということはないはずだ。けど、もう俺も律花《りつか》も実戦から長い間遠ざかってる。律花《りつか》に《祝福《ブレス》》があるとしても──）

『わがはいがめちゃ強だったら、あんなおまえみたいなヤツ、ぶっ飛ばしてるにゃ……』

「バカ言え。猫《おまえ》がそこまで気にすることない」

妙に引っ掛かることをにゃん吉が言うが、そこに深く言及する余裕はない。

幾度となく律花《りつか》へ電話を掛けるが、出る気配はない。着信に気付かないのか、或《あ》いは──

「──繋《つな》がった⁉　律花《りつか》‼」

『……こちらから連絡する手間が省けたな』

電話先の声は律花《りつか》の綺麗《きれい》な声音とはまるで逆の、野太くも懐《なつ》かしいものだった。

……冷静になれ。今は激昂《げきこう》する時じゃない。情報を引き出すことが最優先だ。

「何が目的だ、健剛《けんご》」

『夫婦揃《そろ》って目的目的と煩《うるさ》いな。旧友との十年振りの再会に、目的が要るのか、狼士《ろうし》？』

「くだらない問答はいい。お前が律花《りっか》に何をしたのかは知ってる」

『あの奇妙な猫か』

「言えよ。意味無く襲って来たわけじゃないだろ」

『どうだろうな――俺はただお前に会いたいだけだ。今から場所を言う。すぐに来い』

「行かなかったら――」

『この状況が発生している時点で、察しているだろう。《白魔《ハクマ》》を殺すだけだ』

「……そうか」

律花《りっか》への着信を、健剛《けんご》が受けている。つまり、律花《りっか》はもう自由の身ではない可能性が高い。

ただ、律花《りっか》を交渉に使っているということは、死んではいない。それさえ分かれば充分だ。

健剛《けんご》が場所を告げる。長話をする気はないのか、そのまま通話を切られた。

『ど、どうするにゃ？』

「決まってるだろ」

『でも、あのオス人間は――』

強い、とにゃん吉は言おうとしたのだろう。だがその前に、会議室の扉が開いた。

「……部長」

「健剛だな」

「……何故《なぜ》分かるのか、訊《き》いて良いですか」

会話を盗み聞きされていたとは思えない。恐らく部長は、俺のただならぬ様子を他の社員から聞いて、今どういう状況下にあるのかを察したのだ。

俺が持っていない情報を、この人は持っているはずだから。故に、語り始める。

「ここ一帯――弊社近辺や、お前の住む街もだが。近頃お前は感じていないか？」

「何をですか」

「治安の悪化だ」

「それは……」

薄《う》っすらと感じてはいた。この一ヶ月で、あくまでも普通に暮らしているだけの俺が、ヤクザが店に来るだの、ひったくり犯に遭遇するだの、騒がしすぎた。勿論《もちろん》、俺や律花《りっか》が自ら何かをしたわけではなく、単に偶然出くわしたというだけの話ではあるが。

「心当たりの有無はともかく、事実として治安が悪化している。健剛《けんご》の所為《せい》でな」

「あいつの？　待って下さいよ。一人の人間が動くだけで、治安にそんな影響が――」

「――出るに決まっている。俺も、お前も、奴《やつ》も、風だ」

そんな話を、この前部長にされたことを思い出す。

この社会とは海で、そこに棲《す》む魚が一市民だとするならば、俺達は風であると。

「あくまで俺は情報を収集していたに過ぎんが——どういうわけか最近、健剛《けんご》があちこちで暴れているそうだ。いわゆる反社会的存在を、手当たり次第に襲撃しては潰している。反社でも組織は組織だ。そこに綻びが出たのならば、余波が市井《しせい》に及ぶ。蜂の巣を無闇に叩《たた》けばどうなるか、とも言えるかもしれん。そうして最後に健剛《けんご》の向かう先が、我々だったという話だ」

ただの人間ならば、ああいう反社の連中を単独で襲うなど不可能だ。しかし、健剛《けんご》には並外れた戦闘力と《祝福《ブレス》》がある。束になっても、連中では敵《かな》わない。可能なのだ。

「部長は、そのことを知っていて……何故《なぜ》俺に黙っていたんですか」

「言う必要がどこにある。俺もお前も、弊社に勤めるただのサラリーマンだ」

俺達は、そういう生き方を選んだから。故に知った上でも、何もしない。教えすらしない。

それこそが、ただの社会人、ただの一市民の在り方。

……けど、それは無関係だからの話だ。もう俺と律花《りっか》は、無関係じゃない。

「律花《りっか》が健剛《けんご》に襲われました。人質に取られています。健剛《けんご》の居場所も分かっています」

「警察に言え。すぐに動く」

「健剛《けんご》は俺が来ることを望んでいます。あいつが望まない行動は、律花《りっか》の命に関わる」

「それでも言え。座して待て。それが一般市民だ」

「なら俺は、もう一般市民なんかじゃなくていい」

あらゆる物事を天秤《てんびん》に掛けて、俺達は生きている。

一般市民だろうと特別市民だろうと異常者だろうと、そこに違いはないだろう。

俺が手に入れた社会的な身分と、律花《りつか》。天秤《てんびん》がどちらに傾くかなど、言うまでもない。

「上司としても、元上官としても、命令する。行くな」

死ぬぞ——と、部長は言って立ちはだかる。俺は詰め寄って、唸《うな》るように告げた。

「どけよ、おっさん。嫁に手を出されて、黙って見ているような夫がいるか」

「今から社内で何があるのか、お前は分かっているのか。お前の戦いは——」

会議はもう間もなく始まる。責任者は俺で、司会進行も兼ねている。いきなり俺が理由なくサボりをカマしたら、大目玉を食《く》らう……どころの話ではない。

これは会社にとって重要なプロジェクトで、会議には社外の関係者が大勢居るのだ。

どう考えても処分対象になる。懲罰解雇まであるだろう。だが——

「知ったことか」

俺は社畜で、社会の歯車で、会社の奴隷——だとしても。

それは仕方なくやっているだけだ。本当に大切なものが何か見失うほど、愚かじゃない。

「…………はあ。変わりはしたが結局、お前は誰の手にも負えんな。昔からずっと」

諦めたような、大きな溜《た》め息《いき》。部長はやれやれと疲れた声を出して、後ろ手に隠していたらしい何かを、机の上にごとりと置いた。重く、堅苦しく、懐《なつ》かしい音だった。

「《災禍砕天《サイカサイテン》》だ、持って行け。無手無策で健剛《けんご》とやり合えると思うのか、《羽根狩り》」

……何だよ。結局最初から、俺がどう動くかなんてお見通しだったんじゃないか。

「おっさん――」

「今は部長だ、馬鹿者。それと、これも使え」

今度は社用車のキーを渡される。確かに移動手段のことは何も考えていなかった。

「……健剛《けんご》のことを、多少なりお前にも伝えておくべきだった。そうすれば、何もかも後手に回ることもなかっただろう。これは俺の落ち度で、そして詫《わ》びだ」

「何かあったら、全部俺のせいにして下さい。それが、責任者の役目ですから」

「無責任なことをする癖に、よく言うものだ。いいか、狼士《ろうし》。行くからには、全部に片を付けて来い。お前が戻って来られる席ぐらいは確保しておく」

「ありがとうございます――部長」

頭を下げる。部長は、無言で俺の背中をぱしんと軽く叩《たた》いてくれた。

右手に《災禍砕天《サイカサイテン》》を、左手ににゃん吉を抱えて、俺は自席に戻る。

そのどちらもカバンにぶち込んで、俺はすぐ会社を出ようとした。

「せんぱい！」

「……！　生駒《いこま》さん」

呼び止められた。当たり前だ、俺の事情など部長以外知る由《よし》もない。彼女からすれば、俺は重要な会議前にいきなりどこかへ飛び出す最悪の先輩にしか映らないだろう。

でも、悠長に理由をこじつける暇もない。俺は無言で生駒《いこま》さんに背を向けた。

「あの！　司会進行とか説明とか、全部、あたしがやっておきますから！　別に、せんぱいがいなくったって、会議は問題なく終わらせますから！」

「え――」

「なので、大丈夫です。早く行ってください。理由は、分からないですけど」

「……ごめん。このお礼は、必ずする」

「いいんですよ。優秀な後輩は、せんぱいの考えなど余裕でお見通しですもん」

振り返ると、生駒《いこま》さんは自信たっぷりに、にかっと笑っていた。

本当に、改めて思う。この子はとんでもなく優秀な後輩だと。

＊

健剛《けんご》が指定した場所は、郊外の山あいにあるスクラップ処理場だった。今はもう使われておらず、敷地《しきち》には立入禁止の看板が並び、有刺鉄線で囲っている。

『……わがはいの言葉が分かる人間は、たまにいるって話を覚えてるにゃ？』

「ああ。そういえば、会った頃にそんな話をしていたな」

車を適当な場所に停《と》めて、カバンを持って敷地内《しきち》に立ち入る。その最中、にゃん吉がぽつぽつと語り掛けてきた。俺は周囲を警戒しながら、応答する。

『おまえと――あのクソ強人間も、わがはいの声が聞こえていたにゃ』

「健剛《けんご》か。……やっぱりそうか」

『わがはい気付いたにゃ。声が聞こえる人間と、そうでにゃい人間。その違いにゃ』

「へえ。聞かせてくれよ」

『獣臭いやつにゃ』

何だそれ。体臭の話なのか。もし俺に獣臭さがあるとすれば、それはお前のせいだが。

しかしにゃん吉はカバンから出した顔をふるふると横に振った。

『ニオイの話だけど、そうじゃないにゃ。うまく説明できにゃいけど……』

「理屈はどうだっていいよ。こうやってお前と会話が出来て良かった」

『……どうでもよくないにゃ。おまえ、気付いてるかにゃ？』

「何がだ？」

『――おまえ、今、とっても怖い顔してるにゃ。ケモノが、獲物を狩る前の顔にゃ』

「……にゃん吉」

『人間は、ふつーそんな顔しないにゃ。「りつか」は――』

「にゃん吉。ここで待ってろ。何かあったらすぐ逃げていい」

カバンを地面に置く。俺は《災禍砕天《サイカサイテン》》だけを取り出し、装備した。

にゃん吉を連れたまま健剛《けんご》と会うわけにはいかない。猫は猫なりに、人間という動物に対して敏感な部分がある。俺達人間は猫を見て癒やされると言うが、一方でその猫は人間をちゃんと見て観察しているのだ。だから、こいつが言っていることは、概《おおむ》ね事実なのだろう。

それでも――今それを聞き入れるわけにはいかなかった。

『……逃げないにゃ。さっさと二人で戻ってくるにゃ』

「そうだな。じゃあ、行ってくるよ」


処理場の内部へと入る。今はもうほとんどの機械が撤去されており、がらんどうだった。

時刻はもう夕刻前だ。電気も通っておらず、中は薄暗い。砕けた窓ガラスと、ひび割れた天井から差し込む光だけが、内部を薄ぼんやりと照らしている。

「……遅かったな。日が落ちる前に来なかったらどうしようかと思っていたぞ」

「悪いが暇じゃない。お前と違ってな――健剛《けんご》」

横倒しになったドラム缶に腰掛けて、健剛《けんご》は俺を待っていた。

こいつのことだから、俺が敷地《しきち》内に入った時点で、気配を察知していただろうが。

適当な軽口を叩《たた》きながら、俺は周囲を窺《うかが》う。律花《りつか》は――

「《白魔《ハクマ》》ならそこだ。気絶しているだけで怪我《けが》も大してしていない」

――鉄柱にワイヤーで乱雑に縛り付けられた律花《りつか》を、俺は確かに認めた。傍《そば》には抜き身の《雲雀《ひばり》》が転がっている。もしかしたら、ここでも一戦交えたのかもしれない。

「意外だな。もっと痛め付けてると思ってたよ」

「その価値もない。なあ、狼士《ろうし》。この女は何だ？」

「……俺の嫁だ。どうせその辺りも調べは付いてるだろ」

「そんな話じゃあない。どうしてこの女は《祝福《ブレス》》を使わない？」

「……？　どういうことだ」

《祝福《ブレス》》は、時間経過と共に自動で消失するようなものじゃない。恐らくは死ぬまで、所有者本人と共にあるものだ。だから律花《りつか》は、今でも《祝福《ブレス》》……《霏霏氷分《ミクマリ》》を使えるはずだ。

「普段は必要ないが、しかし急場で身を守る為《ため》なら、その使用を躊躇《ためら》う必要などないはず。ただの一度も、この女は俺との交戦で《祝福《ブレス》》を使わなかった。興醒《きようざ》めにも程がある」

「…………」

「だが――お前もその理由は知らないようだな。なら、それでいい」

言われてみれば、そうだ。俺は、少なくとも律花《りつか》と結婚してから今日まで、律花《りつか》が《祝福《ブレス》》を使う場面を見たことがない。付き合い始めの頃は、何かの折に触れては使っていたのに。

それがいつの間にか、まるで消失でもしたかのように使うことがなくなっている。前の草野球を見ている時もそうだ。ボールが飛んできたら、律花《りっか》は避けるよりも速く、自動で飛礫があれを迎撃する。そういう、厄介な能力だったはず。

「お前が来たのなら、もうそれでいいんだ」

……その辺りを考えるのは後だろう。ゆっくりと健剛《けんご》が立ち上がった。

「待てよ。どうしてこんなことをする。理由ぐらい話せ」

「——俺達は戦うことが全てだ。そこにだけ意義と意味と価値があった」

一歩ずつ健剛《けんご》が距離を縮める。迎え撃つしかない。

「お前はどうだ、狼士《ろうし》。機関が解体されて十年——息苦しさを感じなかったか？」

「それは——」

「遅い」

健剛《けんご》の巨体が沈み込んだかと思うと、たった一歩で俺との距離をゼロにした。

チリチリと全身が焦《じ》れる。強い殺気に貫かれている。反射的に俺は右腕の《災禍砕天《サイカサイテン》》で顔面を庇《かば》うと、そこに合わさるようにして健剛《けんご》の拳が叩《たた》き込まれた。

ゴギン、という到底人体が金属を殴ったとは思えない音が響く。あまりの膂力《りょりょく》に、俺は身体《からだ》が浮き上がるどころか、そのまま壁にまで吹っ飛ばされた。

「先日、お前を街中で偶然見掛けた時、愕然《がくぜん》とした。強烈な違和感と言ってもいい。あの《羽根狩り》が、俗人に合わせて縮こまっている姿に。狼《おおかみ》が兎《うさぎ》に頭を垂れるような姿に！　思わず怒りで震えたぞ——お前をあの場で殺してやろうと考える程にな！」

「……あの時の……」

生駒《いこま》さんと外で昼食を食べている時に感じた、強烈な殺気。あれは律花《りっか》のものだと思っていたが、違う。あの殺気は、健剛《けんご》が放ったものだったのか。

「違うだろう、狼士《ろうし》！　俺達には戦いしかないんだ！　お前なら——お前だけはそれが分かるはずだ！　俺と肩を並べて戦ったお前なら！」

「要は……ケンカ相手が欲しくて俺と律花《りっか》を襲ったのか」

「そうだ。俺達は強い。故に俺達を満たせる人間は、そう多くない」

クソみたいな理由だ。少なくとも、十年前の健剛《けんご》からは考えられないような思考。

でも……十年だ。決して短くない時間だ。人が変わるには、充分過ぎる。

俺は、別段《志々馬《しじま》機関》に忠誠を誓っていたわけじゃない。身を置く場所が最初からここしかなかっただけだ。淡々と命令をこなすだけの日々。だから機関が解体されても、別に何も思わなかった。単に、次に己がどう生きるべきかを考える時間が来ただけだった。

健剛《けんご》は違った。こいつは、俺と同じで機関にしか居場所がない。けど、俺と違って機関のことが……そこに居る人達のことが好きだった。俺は捻《ひね》くれて腐ったガキだったから、機関員の連中を仲間と呼んだことなんてない。健剛《けんご》は——呼んでいた。愛着があった。

要は、《志々馬機関《しじま》》とは健剛《けんご》にとって、唯一の居場所だった。己の能力を最大限活《い》かせ、そして守るべき者の居る家だったんだ。俺はそれを、間接的にだが奪うことをした。

なら今、健剛《けんご》がこうして当《あ》て所《ど》なく暴走している責任は……俺にあるんじゃないか。

「俺を殺す気で来い、狼士《ろうし》。さもなくば、死ぬぞ」

「言われなくても――お前をブッ飛ばさないと俺の気が済まないからな」

健剛《けんご》の事情がどうあれ、こいつには律花《りつか》へ手を出した落とし前がある。だがそいつをきっちり付けさせるには、今の俺じゃまだ足りない。十年間、恐らくはどこかでずっと戦い続けていたであろう健剛《けんご》とのブランクを埋めるには、今のままじゃ及ばない。

意識を変えろ。頭ン中を戦意の煙で満たせ。俺は誰だった？

「俺は《羽根狩り》――《痣持ち《ブルーズ》》を狩る者だ」

《災禍砕天《サイカサイテン》》の生きている機能は、鋼線射出《ワイヤーショット》、拳刺突《スパイク》、衝撃《インパクト》の三つ。他は経年劣化と整備不良で全てダウンしている。俺は手首部分にある鋼線射出《ワイヤーショット》を放ち、空のドラム缶を巻き取った。

「懐《なつ》かしいなあ、《災禍砕天《サイカサイテン》》か！」

歓喜の声を上げる健剛《けんご》。俺はドラム缶を直接健剛《けんご》へと叩《たた》き付《つ》けた。

こいつの《祝福《ブレス》》、《攻護仁王《ヴァジュラ》》は己の身体《からだ》を硬化させる。あんな中身のないドラム缶など、スポンジをぶつけられたようにしか感じないだろう。事実、健剛《けんご》は回避も防御行動も取らない。

だが別に俺はそれで良かった。今のは鋼線射出《ワイヤーショット》の試運転と、陽動だ。

一気に俺は健剛《けんご》へと駆け寄る。銃がない以上、接近戦が俺にある主な攻撃手段だ。

「俺と殴り合うか!? いいぞ、受けて立ってやるッ!!」

「ふッ――」

体格も膂力《りょりょく》も、健剛《けんご》の方が遥《はる》かに上だ。技術は――当時は俺が上回っていたが、今となっては敵《かな》わないだろう。故に健剛《けんご》と真正面から打ち合うような真似《まね》は自殺行為に等しい。

それでも俺は健剛《けんご》の側頭部に蹴りを叩《たた》き込んだ。

(……ッ、銅像を蹴っ飛ばす方がマシだな)

「頸椎《けいつい》を叩《たた》き折る勢いで蹴らないかッ!!」

怒鳴りながら健剛《けんご》が拳を思い切り振り下ろす。右腕で俺は受け止めた。

重い。硬い。生身で受ければ、受けた俺の部位が破壊される。《災禍砕天《サイカサイテン》》以外で受けなければ、防御は防御の意味を成さない。銃も剣も通さない健剛《けんご》の《攻護仁王《ヴァジュラ》》は、シンプルに強い《祝福《ブレス》》だ。本気でやり合うとここまで脅威だとは、十年前は思いもしなかった。

「ああ、叩《たた》き折ってやるよ」

健剛《けんご》の利《き》き腕《うで》は右、今俺に打ち下ろした拳も右。

俺は、左手に隠し持っていたペンで、健剛《けんご》の右肘部分を思い切り突き刺した。

ドラム缶は陽動だ。ペンを手に仕込む為《ため》の。

「ぐ……ッ⁉」

《攻護仁王《ヴアジユラ》》は全身を硬化させるが、しかし人体全てを硬化させると動けなくなるのは自明だろう。故に、関節部分はある程度の柔軟性を保ったままだ。更に、健剛《けんご》は過去の戦いの影響で、右肘関節と左膝関節を人工置換《インプラント》している。要は、明確な弱点である。

「覚えて……いたのか。俺の——」

「はあああッ‼」

姿勢を限りなく屈《かが》めて、右手を思い切り握る。すると拳骨《げんこつ》にあたる部分から、拳刺突《スパイク》が伸びた。俺が次に打つ部位は決まっている。健剛《けんご》の左膝だ。

拳刺突《スパイク》は確かに健剛《けんご》の左膝を捉えた。だが流石《さすが》に読まれていたのか、健剛《けんご》は大きく背後に跳んでおり、衝撃を逃される。膝をへし折ってやろうと思ったが、これでは叶《かな》わない。

「予想通りだ」

しかし小さく俺は呟《つぶや》く。今の健剛《けんご》の行動は、全て俺が思考した通りだ。弱点を突かれるのが嫌だから、背後に跳ぶしかない——ならば、俺はそこを更に追撃する。

《災禍砕天《サイカサイテン》》の腕部がガシャンと一段階駆動する。肘先からパーツが突き出た形になったそれは、衝撃《インパクト》を放つ為《ため》の状態だ。これで対象を思い切り殴ると、拳が当たった瞬間に杭打機《くいうちき》のような要領で肘部のパーツが戻り、相手の体内外全てを『衝撃』で破壊する。

「終わりだ、健剛《けんご》」

相手の跳躍に合わせて、俺も前方へ地を蹴って跳ぶ。狙いは健剛《けんご》の額だ。《攻護仁王《ヴアジュラ》》は脳も硬化出来ない。だから強烈な『衝撃』を頭に叩《たた》き込めば、戦闘不能に持ち込める。

――ガゴン！　強烈な音が轟《とどろ》き、俺は反動で後ずさる。

健剛《けんご》の額には焦げ付いた痕が残り、そのまま健剛《けんご》は背後に大の字で倒れた。

「は……ははは……！」

嗤《わら》っている。健剛《けんご》にはまだ意識がある。十年前の、全盛期であった俺ならば、今ので間違いなく勝利を確信していた。だが長年のブランクは、健剛《けんご》の意識を奪うまで持って行けなかった。

すぐさま俺はもう一度跳躍していた。何の躊躇《ためら》いもなく、健剛《けんご》の顔面を踏み抜いた。

「強いなぁ、お前は。まるで錆《さ》びていない。ああ――良《い》い顔だぞ、狼士《ろうし》」

「ちっ……」

ただの人間ならば、致命傷だっただろう。だが健剛《けんご》はただの人間ではない。己の《祝福《ブレス》》と首の筋肉だけで、俺の踏み付けを顔面で受け止めていた。

「楽しいよなぁ、全力で戦うのは。なあ、狼士《ろうし》……辛《つら》かったんじゃないか？　今まで」

これ以上の追撃は逆に危険だ。そう判断した俺は飛び退《との》き、倒れている健剛《けんご》から離れた。

ゆらりと健剛《けんご》が立ち上がる。その戦意に一切の翳《かげ》りはない。だから俺は――

「もうやめよう、己を偽るのは。鏡があれば見せてやりたい」

「……………」

「今のお前は、輝いていると」

──自分でもはっきりと自覚するくらいに、口角を吊《つ》り上《あ》げて笑った。

＊

「ん……」

ざらざらとした温かいものが、わたしの顔にずっと触れている。

それがちょっとだけ心地よくて、やがてわたしは目を覚ました。

「……！　にゃん吉……？」

『みゃあ』

「どうしてここに──痛っ」

あの不審者に無理矢理ここまで連れられて、もう一回抵抗したけど負けて、それで──どういうわけか、にゃん吉がわたしの顔を舐《な》めている。身体《からだ》は打ち据えられたけど、別にどうってことはない。むしろこのワイヤーが身体《からだ》に引っかかって痛んだみたい。

『ふみゃ』

にゃん吉のしっぽが動く。その先を見ると──

「……ろうくん……」

——わたしの愛する人が、戦っていた。

どうして来たの、とか。助けに来てくれたんだ、とか。

「だめ」

そういうのより先に、わたしはそう呟《つぶや》いていた。

ろうくんは——戦うことが好きだ。きっと自分でも、気付いていない。

もしくは、何も気付いていないフリをして、ずっと誤魔化して生きている。

だってそうだよね。そういう力を持っているのだから、それを活《い》かせる場所の方が、ずっと心地よくなるのは当たり前だよ。野球選手はグラウンドで、サッカー選手はフィールドで輝くように、ろうくんは戦場で輝くような人なんだ。

「でも……だめだよ」

二人で生きていくって決めた時に、わたし達は戦う道を捨てた。目立たないようにしようって決めたのは、ろうくんを何よりも戦いから遠ざけたかったから。

……ううん、これはちょっと違う。一切戦わずに生きられるような人生なんてない。

もちろん、戦いなんて避けて通るべきだけど、でも戦うべき時だってきっとあるから。

だから捨てたのではなく、拾いあった。お互いの、欠けているものを。

わたしは、自分のために。

ろうくんは、誰かのために。

そういう『戦い』なら許そうねって、決めたのに。

「そんな顔しちゃ……だめ」

《天鎧《てんがい》》の考えが、今ようやく分かった。この人はきっと、寂しがりだ。ろうくんに戻って来て欲しいんだ。同時に、戻って来てくれるという確信があるんだ。

そしてろうくんはそれに応えている。《天鎧《てんがい》》にとって、目的は手段で、手段が目的。

「にゃん吉、ごめん。その刀、どうにかしてこっちに持ってこれる……？」

だったらわたしのすることは一つしかない。

でも、このワイヤーが邪魔で動けない。どうにかこれを切り離すには、《雲雀《ひばり》》が必要だけれど、少し先で転がっている。だからにゃん吉にお願いしたのはいいけれど……《雲雀《ひばり》》はわたし以外には重くて使えない。にゃん吉が運ぶなんて、絶対に――

『ふが』

――と思ったら、にゃん吉はおもちゃを咥《くわ》えるみたいな感じで、《雲雀《ひばり》》を手元まで運んで来てくれた。そういえば、《雲雀《ひばり》》は不思議な刀だったっけ。うん、そうだった。

「ろうくん、待ってて。すぐに――」

《雲雀《ひばり》》を握って、無理矢理にワイヤーへあてがう。

「――叱りに行くから」

＊

昔から苦手だったんだ。自分でゼロから何かを考えることが。

だから従順だった。命令に、指示に、下されたものに対して。

一方で、大人になったらいつまでもそういうわけにはいかないから。

自分で考えて、考えて、考えて、動いて、動いて、考えて、考えて……。

何度もひたすら繰り返して、自分なりに昔とは変われたとは思う。

それでも……何かに従うことは楽なことだ。結局俺はまだ、そこに甘えてしまう。

指示通りの仕事を淡々とこなせても、自分で何かを考案、提案する業務は苦手で。

レシピ通りに料理を作ることが当然で、自分なりにアレンジすることは不可能で。

設計図通りにプラモを組み立てるのは楽しくて、組み立て終わると何の興味もない。

「はああッ!!」

「ッ！」

そんな俺でも、唯一胸を張って得意と言えるものがある。

――戦いだ。こと戦場に於《お》いて、対《痣持ち》《ブルーズ》戦に於《お》いて、俺はあらゆる知識と記憶と技術を総動員し、打開策を見付けることが得意だった。そこには誰の何の縛りもない。

『戦え』という指示だけがあれば、後は『どう戦うか』は全て俺次第だから。

「もっと打って来い、狼士《ろうし》ッ!!」

「……は」

そしてそれは、実は俺にとって何よりも楽しいことだったんじゃないかって——

「はははははははははははははッ!!」

——声を上げて笑って、十年越しにようやく気付いた。

「ふ……ふははは、ハーッハッハッハッハッハ!!」

呼応するように健剛《けんご》も高笑いする。十年前、こうして二人笑いあったことなんてない。

ああ、そうだよ。楽しいんだ、戦いは。何も考えず、本能の赴くままに大暴れすることが、楽しくないわけがない。加えて俺はそこに才能がある。自分の才能が光る場所に居て、居心地の悪さなんて感じるわけがないだろ。

この社会はクソだ。毎日毎日、陽が沈むまで働いて、上司から叱られて、後輩からは突き上げられて、取引相手には下げたくもない頭を下げて。それで得るものが多少の贅沢《ぜいたく》をどうにか許せるだけの給料って、何なんだよ。俺は、俺の価値は、その程度なのか。

「ぬうッッ」

「がッ——」

健剛《けんご》の拳が俺の腹に打ち込まれる。同時に俺の右拳が健剛《けんご》の顎を捉える。

正面から殴り合っても勝てるはずがない。が、健剛《けんご》は明確な弱点を抱えている。そこを庇《かば》いながら、俺がどう動いてくるか考え続けなければならない。故に駆け引きが生まれる。健剛《けんご》、お前はそういう駆け引きが――苦手だったろ。

「ここだ……‼」

あえて俺は拳を空振らせた。幸いにして、この場所は廃材がやたらと落ちている。錆《さ》びた鉄パイプを鋼線射出《ワイヤーショット》で手繰り寄せ、健剛《けんご》の左膝に叩《たた》き付《つ》ける。痛むのか、怯《ひる》んだ健剛《けんご》の土手っ腹に、もう一度衝撃《インパクト》を……ブチ込む‼

「がはッ」

今度は健剛《けんご》の身体《からだ》が浮き上がり、吹き飛んだ。バキ、と《災禍《サイカ》砕天《サイテン》》のフレームにヒビが入り、関節可動域が露骨に軋《きし》む。恐らくもう一度衝撃《インパクト》を使えば、こいつはぶっ壊れるだろう。充分だ。あと一発あれば、健剛《けんご》を仕留める算段は付けられるからな。

「おれにもようやく分かった。お前が暴れたくなる気持ちが」

「だろう……？　雑魚《ざこ》を幾ら潰しても、笑いなど出来んからなあ……‼」

肩で息をしながら、しかし健剛《けんご》は歯を見せて笑う。おれは口端《くちは》から流れる血を、左手の甲で拭う。こうやって血を流すことも、今の生活じゃありえない。せいぜい胃にポリープが出来たら吐血するか、ストレスで腸をぶっ壊して血便するかぐらいだ。

「健剛《けんご》……‼」

「狼士《ろうし》ィ……!!」

わざわざ会いに来てくれたんだ。だったら盛大に応えてやるのが筋だよな。

だからおれを殺す気で来い、健剛《けんご》。さもなくば――


「こらぁぁぁ――――――――――っっっ!!!」


――もふっ……。おれの顔面に、何かが覆《おお》い被《かぶ》さる。

生温かくて柔らかくてもふっとして、若干の獣臭さと……いつもの柔軟剤の匂いがした。

「……ひゃんひひ《にゃん吉》……」

『……おしっこ漏れそうにゃ……』

「は?」

『もうムリにゃ……マジ漏れるにゃ。おまえの顔がいつもの砂のように感じるにゃ。あっあっ、すぐそこまで来てますにゃあ来てますにゃあ……!!』

俺は顔面に張り付いたにゃん吉を引《ひ》っ剝《ぺ》がそうとしたが、にゃん吉は全力で俺の両肩に爪を立ててしがみついていた。何で抵抗するんだよ。

「にゃん吉、もういいよ」

『マ? なら今回はこのくらいでカンベンしといたるにゃ』

顔から飛び降りたにゃん吉は、そう言い残して物陰の方へ走り去って行った。尿意を催しているのは事実だったらしい。全くもってなんつー猫だ……。

一度呼吸を整え——ようとしたら、目の前にしかめっ面《つら》の律花《りっか》が居た。

「律花《りっか》——」

「ろうくんさぁ、ここに何しに来たわけ？」

「え。それは勿論《もちろん》、律花《りっか》を助けようと——」

「嘘《うそ》つき。そんなの途中で忘れてたでしょ。顔を見れば分かるんだから。大体、ろうくんの手を借りなくったって、こうやって脱出出来てますしぃ〜」

これは……ちょっとへそを曲げている時の律花《りっか》だ。確かにさっきまではワイヤーで縛られていたから、そこをどうにか脱出したのも含めて、律花《りっか》の言っていることは全部正しい。

「お……俺は——」

「《白魔《ハクマ》》ァ!! 邪魔をするなッ!!」

「うるさーいっ!! 今夫婦で話してる途中なんだから黙ってて!! あなたの相手はろうくんがちゃんとしてあげるってば!! この…………おっきい人!!」

「ッ!?」

怒鳴る健剛《けんご》に、怒鳴り返す律花《りっか》。健剛《けんご》の悪口を言おうとしたようだが、全く浮かばなかったのか、単に事実を述べただけになっていた。だが健剛《けんご》には効果があったようで、黙った。

「律花《りっか》……俺、本当にお前を」

「うん。助けに来てくれたんだよね。でもおっきい人と戦ってる間に、頭に血が上っちゃって、『あー、戦いって楽しいな〜』って思ったんでしょ。はいはい、分かってますよー」

言葉が出ない。自分の目的をあっさり見失い、その上で馬鹿みたいに戦いを楽しんでいた。

何より——そういう俺のクソ情けない部分を、律花《りっか》は何から何まで見抜いていた。

「……そうだよな。お前のことを忘れて戦いを楽しむなんて……馬鹿げてる。ごめん、律花《りっか》。もう二度と、こんなことはしないよ……」

俺は、一体何になろうとしていた？　一時の快楽に身を委ねて、そのまま——

「え？　別にいいじゃん、楽しいのなら。ろうくんの趣味みたいなものなんでしょ、こうやって《祝福者《アクター》》の人と本気で戦うことって。ならそれはそれでよし！」

「…………。は？」

「お互いの趣味は尊重しなくちゃ。もしろうくんが戦いを楽しめないのなら、すぐやめちゃえばいいだけだし。わたしは戦うこと自体を否定してるわけじゃないんだけど？」

「じゃあ——」

どうして怒っているのか。それを訊《き》く前に、律花《りっか》は俺の頬を両手でつねった。

「——誰かの為《ため》に戦わないのは、だめ」

自分の都合で、自分の為《ため》だけに戦闘行為を楽しむ。それはただ、暴れているだけだ。

……今の俺や、健剛《けんご》のように。大好きな玩具を取り上げられた、子供みたく。

「ろうくんは、ここに何しに来たのか、もっかい訊《き》いていい？」

律花《りっか》はつねるのをやめて、両頬に手を優しく添える。

その瞳から目を逸《そ》らすのは許されないことだ。俺は改めて、はっきりと告げた。

「律花《りっか》を——愛する嫁を助けに来た」

それが、それだけが俺の全てであるはずだ。愚か者は、そんなことも分からないけど。

「んー……50点!!」

が、律花《りっか》にとっては満点の回答ではなかったらしく、俺は面食らった。

「これ50点なのか……？」

「そうだよ。ねえ、ろうくん。あのおっきい人は、ろうくんにとってどういう人？」

「え？　健剛《けんご》は《志々馬《しじま》機関》の——」

「ちっがーう!!　ろうくんのお友達なんでしょ!?」

友達。その単語を、俺は初めて聞いたような気がした。別に、そう呼べる人間がこれまで居なかったわけじゃない。ただ、機関の人間……健剛《けんご》をそう見たことがなかっただけで。

だが、すとんと胸に落ちた。俺は、健剛《けんご》の友達であると。

「お友達が間違ったことをしているのなら、それをちゃんと正してあげるのが真の友情じゃないの!?　わたしも、お友達も、どっちも助けてこそなんだから！」

「健剛《けんご》を……助ける」

「あなたはそれが出来る人だよ、ろうくん。寂しがり屋さんのあの人を、助けてあげて」

優しい声音で、律花《りっか》はそう言って、俺の唇に優しくキスをしてくれた。

そのまま律花《りっか》は、俺の手を取って何かを握らせる。

「《雲雀《ひばり》》――」

「使って。きっと《雲雀《ひばり》》って、使うべき人が持つ時だけ、軽くなると思うの」

俺でも持て余す程に重かった《雲雀《ひばり》》は、今は雲の如《ごと》く軽い。かつて、俺が聖女を斬った時もそうだった。故に律花《りっか》の推察は、持ち主として正鵠《せいこく》を射ているのだろう。

一度だけ、俺は右腕で律花《りっか》を軽く抱き締める。ゴツゴツして痛いかもしれないけど。

「……俺、律花《りっか》と結婚して良かったよ」

「うん。わたしも。だから忘れないでね――わたし達の帰る場所は、戦場《ここ》じゃないから」

およそ、理解なんてされないであろう俺みたいな人間を、正しく理解してくれる人。

或《あ》るいは、理解してくれようと真正面から向き合ってくれる人。

だから俺は律花《りっか》を愛している。一生涯、共に在りたいと思った、ただ一人の人。

「悪いな、待たせて。続き……やろうか」

「反吐《へど》が出るような茶番だ……‼　気付いていないのか、狼士《ろうし》……‼」

「何をだ？」

「そんなものは傷の舐《な》め合いに過ぎないんだッ！　お前も、《白魔《ハクマ》》も、他に受け入れられる場所が無かったから、利害の一致で共に居るだけだ‼　そんな軟弱で、甘ったれた関係が、お前から牙を抜くんだぞ⁉　目を覚ませ、狼士《ろうし》‼　先程の顔に戻れ‼」

なるほどな。こいつ——これまで彼女居たことないだろ。一瞬で分かったわ。

だから俺は、健剛《けんご》よりも少しだけ先に進んでいる人間として、断言しておいた。

「分かってないな、健剛《けんご》。他人の傷を舐《な》めるだなんて、そもそも気持ち悪くて出来るわけないだろ。でも、それをしたいと思える時点で……もう愛なんだよ」

「——《攻護仁王《ヴアジユラ》》」

反論を能力名で返すとは、随分と——文字通り、本気らしい。

その名を口にすることが、《痣持ち《ブルーズ》》にとって能力を全力解放するキーだ。健剛《けんご》の顔に、赤黒いラインが迸《ほとばし》る。異常硬化した血管が浮き上がってそう見せている。

俺は両手で、ゆっくりと《雲雀《ひばり》》を握り直す。こうなった状態の健剛《けんご》は、長く戦えない。身体《からだ》に大きな負担が掛かる。それを避ける為《ため》に、さっさとぶっ倒してやらなきゃならない。

「俺はッ‼　この十年間、何も満たされなかった‼　ただ理解《わか》ったのは、生きる目的も、理由も、俺には最早《もはや》存在しないということだけだ‼　戦うことだけしか、俺達にはないッ‼」

「勝手にまとめないでくれ。俺はお前とは違う。なあ、健剛《けんご》」

果たして健剛《けんご》の十年間に何があったのか、俺は知る由《よし》もない。

当然だ。のんびりコーヒーでも飲んで語らうようなこともしてないんだから。

だが、一つ言えることがある。健剛《けんご》の悩みも苦しみも――

「甘えるな」

――俺はそう断じてやる、と。

「甘え……甘えだと？　お前が俺にそれを吐くのか、狼士《ろうし》⁉」

「吐くに決まってんだろ！　おい健剛《けんご》、お前払ってんのか！」

「何をだッ‼」

「電気代、水道代、ガス代、家賃、奨学金、住民税、社会保険料、国民年金、厚生年金、あとその他諸々《たもろもろ》‼　ちゃんと払ってんのか⁉」

「何を訳の分からないことを――」

「ワケ分かんねえ時点で甘えてるっつーの‼」

健剛《けんご》の拳を、《雲雀《ひばり》》の刀身で受け流す。声を荒らげて、同時に斬り返し、健剛《けんご》の身体《からだ》に浅い太刀傷を刻む。健剛《けんご》の能力を超えて、《雲雀《ひばり》》はその刃が薄くとも通る。

「結局金の話か⁉　俗物じみた物言いだな‼」

「生きてく限り絶対金は必要だろうが！　それに俺は結婚したから尚更《なおさら》必要なんだよ‼　大体、

この国に生きてる人間はほぼ俗物だ‼　俺も、お前も、変わんねぇ‼」

「違うッ‼　俺達はあまりにも優れている‼　ただの枠組みでは収まらないほどに‼」

「いつまでイキった中学生みたいなこと言ってんだ！　俺らは優れてるどころか人より劣ってるっつーの‼　身体《からだ》も硬けりゃ脳味噌《のうみそ》までカチコチだなお前は‼」

「黙れ‼　殺すぞ‼」

「やってみろバーカ‼」

「子供のケンカみたい……」

呆《あき》れ返《かえ》る律花《りっか》の声がした。もっとも、健剛《けんご》の攻撃は苛烈だ。到底ケンカの範疇《はんちゅう》ではない。

「己を偽るな‼　俺は《天鎧《てんがい》》で、お前は《羽根狩り》でしかないッ‼」

「偽って……ねぇよ‼」

俺は健剛《けんご》の一撃を紙一重で躱《かわ》す。すぐに数歩下がり、天井付近へ鋼線射出《ワイヤーショット》を放った。天井にある梁《はり》の一つにワイヤーを巻き付け、すぐに巻き取る形で自分の身体《からだ》を宙に吊《つ》る。

「俺は犀川狼士《さいがわろうし》‼　般田《ばんだ》製造株式会社企画開発部企画開発課所属‼　役職なし‼」

「上……⁉」

初めて見せる縦軸の動きに、健剛《けんご》は一瞬だけ惑う。俺はワイヤーを《雲雀《ひばり》》で切断し、刃を返して峰を向け、落下したまま思い切り上段に構える。

「そして犀川律花《さいがわりっか》の夫で‼　てめぇの――」

振り下ろして《雲雀《ひばり》》を全力で叩《たた》き付《つ》ける。両腕で健剛《けんご》は防ぐ。健剛《けんご》の身体《からだ》と、そして《雲雀《ひばり》》の刀身に、亀裂が走る。先に砕けたのは《雲雀《ひばり》》だ。根本から思い切りへし折れ、刃は処理場のどこかへ舞うように消えていく。

俺は着地し、《雲雀《ひばり》》の残った柄を投げ捨てた。健剛《けんご》は今の一撃で肘がイカれたのか、すぐに行動へ移れない。土手っ腹がガラ空きだ。俺は、踏み込んで、右手を弓のように引く。

「——友達でしかねぇッ‼」

衝撃《インパクト》を打ち込む。今度は《災禍砕天《サイカサイテン》》がひん曲がり、部品が次々とこぼれ落ちた。

だが——同時に、健剛《けんご》も両膝をついて、その場で崩折れる。

潮が引くように、健剛《けんご》の全身の硬化が解かれた。

「……………そんな言葉、どこで覚えたんだ」

「さっき教わった。嫁に」

正直にそう言うと、健剛《けんご》は諦めたように力なく笑った。いきなり十年越しで友達呼ばわりした上でぶちのめされるとか、確かに笑うしかないとは思う。

「変わったな……狼士《ろうし》。本当に……お前は、変わった」

「変わったよ。でも、変わってない部分もあるって、お前のお陰で気付いた」

「俺は……変われない。戦うことでしか、自分を見付けられない……。お前は、きっと……戦わなくても生きていけるようになったんだな……。俺はそれを、認めたくないだけで……」

「それは違うぞ、健剛《けんご》。俺は今も戦ってる」

ボロボロになった《災禍砕天《サイカサイテン》》を脱ぎ捨てて、俺はしゃがんで健剛《けんご》と目線を合わせた。

「っていうか、大体の人間は毎日戦ってるんだ。学校とか、バイトとか、会社とか……とにかく『普通』に生きる為《ため》に。だから逆なんだよ、健剛《けんご》。思うがまま、好きなように『戦う』なんて、実は甘えてるだけで――本当に『戦っている』人達は、ずっと自分を押し殺してる」

「お前も、そうなのか……狼士《ろうし》」

「当たり前だろ。毎日吐きたいくらい辛《つら》い。だからお前と殴り合った時に、思わず笑ったんだ。ぶっちゃけかなり楽しかったよ。でも、それだけじゃ駄目だってことも、よく分かった」

部長が言っていた言葉が、今にして理解出来る。普通の枠組みから外れた俺達を、部長はあえて『凪』と表現した。『魚』になれとは言わなかった。無理にその形を変えずに、上手《うま》く調和していくからこその『凪』なんだ。つまりは己を律しろと、そういう意味なのだろう。

故にこれからの健剛《けんご》に必要なものは――また別の『戦い』だ。

「なあ、健剛《けんご》。お前がこの十年、どう過ごしてきたかは知らないけど……明日から『普通』に生きてみろよ。多分、それはお前が思っているより、ずっと苦しくて辛《つら》い『戦い』だ」

「……嫌だ、と言ったら？」

「甘えんなって、もっかい言う。その上で、お前の為《ため》に何か出来ないか、俺も考えるよ。ま、そもそも——『戦い』から逃げ出すような腰抜け、俺の知ってる健剛《けんご》じゃないけどな」

めでたしめでたし、だなんて言葉で俺達は終わることが出来ない。いつか死ぬまで、ずっと俺達は生きる為《ため》に毎日戦い続ける。『戦闘』と『戦うこと』はまるで別物だ。健剛《けんご》は、後者を知って……その上で、自分の道を模索して欲しい。友として俺が出来るのは、その手伝いだ。

「それでもお前が暴れたいって思ったのなら、今度こそ俺がぶちのめして檻《おり》に入れてやる」

「狼士《ろうし》……。俺——」

「ろうくん、危ないっ！」

「へ？」

いきなり律花《りっか》が飛び出してきて、俺を抱きかかえて飛んだ。

直後、天井が崩落し、巨大な何かが——否《いな》、クソデカ『ねんどんぐり』が落下してきた。

「ぐふっ」

あっ……健剛《けんご》が潰された……。

「律《りつ》ー‼　無事かーッ⁉　お兄ちゃんが助けに来たったぞーッッ‼」

『ねんどんぐり』からお義兄《にい》さんが飛び降りてきて、華麗に着地を決める。

「お、お兄ちゃん……。なんで……？」

「そらお前、可愛《かわい》い妹の危機とあれば地球上のどこからでも駆け付けるっちゅうねん。ほんで律《りつ》に手ェ出したボケカスはどこや⁉　おう義弟、お前も無事なら捜すの手伝わんかい！」

「捜すも何も……今お義兄《にい》さんが潰しましたよ」

「マジで？　大金星やん！」

呆《あき》れるぐらいにお義兄《にい》さんは元気だ。にしても、よくこの場所が分かったな。

「狼士《ろうし》」

「え……部長？」

今度は処理場の入り口から部長が現れる。いよいよもって、どういうことだろう。

俺と律花《りつか》が目を白黒させていることが分かったのか、すぐに部長は説明してくれた。

「会議にお前が不在だったことを、呉井《くれい》が不審がった。一応誤魔化したが、真相を話さないと契約を打ち切ると脅された……結果、『会議なんぞやっとる場合かボケェ‼』となり、こうして二人でお前達を援護に来たというわけだ。全くもって……社会人として有り得んな」

「この場所がどうして分かったんですか？　俺は何も伝えてなかったですけど」

「社用車にはGPSが搭載されている。外に出た社員がサボっていないか監視する為《ため》にな。だからお前がどこに向かおうと、最初から調べは付くようにしていた」

「あ、なるほど……って、じゃあ元々部長は――」

初めから俺の援護に来るつもりだったのか、と言おうとしたが、部長は潰されている健剛《けんご》の方へと歩いて行ってしまった。ついでにお義兄《にい》さんも健剛《けんご》へ迫っている。

「えらい懐《なつ》かしい顔やのぉ、《天鎧《てんがい》》。ゆーとくけど、ボクの《心象地母《へナ》》はジブンと相性抜群やからな？　無駄な抵抗すなよ？　ほな形変わるまでボコボコにしたらァ……‼」

「呉井《くれい》さん、ここは私に任せて下さい。本当に。邪魔です。失《う》せろ」

「お義兄《にい》さん、もう健剛《けんご》は戦う気ないんで……」

「お兄ちゃん！　ハウス！」

「なんなん全員で寄ってたかって……。ひどいやん……」

しょぼくれたお義兄《にい》さんが、クソデカ『ねんどんぐり』を縮小させる。そのまま「ボクの気持ちが分かるんはクロベエだけや」とにゃん吉に近付くが、威嚇されていた。

完全にぶっ倒れている健剛《けんご》だが、意識はあるようで、倒れたまま部長の方を見上げる。

「……叔父貴……」

「久し振りだな、健剛《けんご》。少し痩せたか？　ダイエットはお前に似合わんぞ」

「……俺は……」

「いい。積もる話が大量にある。俺にも、お前にも。十年分の話題は、一晩では崩せまい」

「俺は、俺は……ッ！」

「いいんだ、健剛《けんご》。ほら、来い」

部長はそう呟《つぶや》き、健剛《けんご》を助け起こして、肩を貸す。そのまま入り口の方まで歩いて行く。

「狼士《ろうし》。会社には身内の不幸ということにしておいた。今日はそのまま嫁と社用車で帰れ。明日も有給消化で構わん。明後日《あさって》から、またちゃんと出社しろ。その時に車も持って来い」

「あの、健剛《けんご》は」

「しばらく俺に預けてくれ。俺も……こいつと話したいことがある。お前以上にな」

部長の中にも、後悔があるのかもしれない。考えてみれば、どうして部長は未《いま》だに健剛《けんご》の情報を集めていたんだ？　それは、もう一度健剛《けんご》に会いたかったからじゃないのか？

真相は分からないが――俺は黙って頷《うなず》いた。今はそれが一番だと思ったから。

「あー、ボクもおっさんと《天鎧《てんがい》》と一緒に帰るわ。空気読めるやろ？」

「自分で言っちゃうの？」

「ははは……。ありがとうございます」

あっさりと三人が引き上げていく。到着のタイミングが遅かったとはいえ、これじゃいずれにせよ健剛《けんご》の負けは揺るがなかっただろう。健剛《けんご》は無能力者の俺や律花《りつか》の《祝福《ブレス》》に強いが、一方でお義兄《にい》さんの《祝福《ブレス》》とは相性が悪いしな。

「……そうだ。《祝福《ブレス》》だ。律花《りつか》、お前どうして《祝福《ブレス》》を使わなかったんだ？」

「んー……後で話すよ。それよりも、帰ろ？」

『疲れたにゃ。腹減ったにゃ。出すモン出したので……』

にゃん吉を抱いた律花《りっか》がはぐらかす。とはいえ、帰りたいのは事実だ。俺もかなり疲れているし、何より地味に負傷した。軽い打撲……では済みそうにない。

俺は折れた《雲雀》《ひばり》と壊れた《災禍砕天》《サイカサイテン》を拾い上げる。

そのまま二人と一匹で、車に戻った。やっぱりこういう時、車って便利だ。


「ろうくんはさ、わたしの《霏霏氷分》《ミクマリ》についてどこまで知ってる?」

「氷を自在に操る、クソ面倒でクソ強い《祝福》《ブレス》ってことぐらいかな」

帰り道。助手席で律花《りっか》が問い掛けてきた。後部座席ではにゃん吉が腹を見せて眠っている。

もうすっかり陽は落ちており、車の通りが少ない道を、法定速度で俺は走らせる。

律花《りっか》の《祝福》《ブレス》について、俺は思い返す。何度も苦汁を舐《な》めさせられた経験しかない。そもそも律花《りっか》は体術も剣術も高水準なのに、そこにこの《祝福》《ブレス》があるからこその強さだった。

「じゃあ、『代償』は?」

「あー……確か、自分の体温だっけ」

氷を操るだけあって、律花《りっか》はその『代償』に体温を失う。戦いが長引けば低体温症になるから、やはり律花《りっか》も長時間戦闘を継続出来ない。そこが打開の鍵でもあるのだが。

「んじゃ、次。わたしの『強制徴収』は?」

「それは——」

言《い》い淀《よど》む。答えが浮かばないからだ。全力で戦う律花《りつか》を見たことはあるものの、その時に律《りつ》花《か》が果たして何を『強制徴収』されたのか、俺は知らなかった。

「……やっぱり知らないかぁ。まあ、言ってなかったもんね」

「ごめん」

「いやいや、謝らなくていいよ。あんまり言いたくなかったし」

「なら無理に——」

「ううん、言うよ。正解は、『強い感情』でした〜」

「それは……どういう？」

「これ以上身体《からだ》が冷やせないなら、代わりに心を冷やすってこと。昔は、別にどうってことないって思ってたんだけどね。別に冷えた感情が、一生戻って来ないわけじゃないし」

でも、と律花《りつか》は続ける。俺はバックミラーを見た。他に車の気配はない。

「わたしの中にある、一番強い感情が、もう変わっちゃったから」

前を見て運転する。その俺の横顔を、律花《りつか》がじっと見つめている。

「——ろうくんを愛する気持ち。これをさぁ、自分の能力の使い過ぎで持って行かれるって、そんなの馬鹿げてるよね〜。だからもう、結婚してからは二度と使わないようにしたの」

もし『強制徴収』で感情を冷やされた場合——律花《りつか》は俺への愛を最初に喪失する。付き合っている時はまだ《祝福《ブレス》》を使っていても、結婚してからは一切見ることがなかったのは、律花《りっか》がそれを恐れたからだ。他ならぬ俺の為《ため》に、律花《りっか》は自分を律していた。

「でも、少し使うだけなら、体温が下がるだけじゃないか」

「それでも使わない。中途半端《ちゅうとはんぱ》じゃん。わたしは、ずっとろうくんのことが好きでいたいの。もし嫌いになるとしても、それを能力のせいにしたくない。愛って、ほんとはきっと自分だけのものだよ。なのにそれを自分以外の人に与えるから、尊いの」

律花《りっか》なりの持論というものだろう。俺を嫌いになる……という可能性は悲しくなるが、そういうのも含めて、律花《りっか》の愛は律花《りっか》だけのもので、己の能力にすらそこに立ち入らせたくない。

分かってはいたが、律花《りっか》は俺よりよっぽど大人だ。しっかりとした己を持っている。

だが――俺には俺の考えがあった。尊重とは、相手の言い分をただ全肯定することじゃない。

「今回は、相手が健剛《けんご》で……目的が俺だったから、律花《りっか》にはそう被害が出なかった。でも、今後も何かが律花《りっか》の身に起こるかもしれない。もしそうなった時、俺は律花《りっか》に無事で居て欲しいから……だから、身を守る術を自分から捨てるのは、どうかと思う。いや、違うか……もっと正直に言うと、俺は律花《りっか》が傷付くのが怖い。傷付くくらいなら、《祝福《ブレス》》を使ってくれ」

俺がずっと傍《そば》で守ってやる。口でそう言うのは簡単だが、実際問題難しい。俺は平日出社しているわけだし、四六時中律花《りっか》の近くに居るわけじゃないから。

「……意見が食い違いますなあ」

「そうでもないさ」

俺はブレーキを踏んだ。信号は赤だ。他に車はなくとも、しばらく停止する必要がある。

左手を律花《りっか》の肩へ回す。運転席から少し身を乗り出して、俺は律花《りっか》を抱き寄せる。

そのまま、律花《りっか》の唇に自分の唇を重ねた。

信号が変わるまで、あとどのくらいだろうか。知ったことではない。

「…………」

唇を離す。律花《りっか》は薄暗い車内でもすぐ分かるぐらいに、顔が真っ赤だった。

「きゅっ、急に大胆になるよね、ろうくんはさ……」

「──律花《りっか》の身体《からだ》が冷えたのなら、俺が抱き締めて温める。感情を……愛を奪われたのなら、奪われた分の百倍俺が与え続ける。俺の愛は、俺と律花《りっか》のものだ。だから約束してくれ。本当に、《祝福《ブレス》》を使うべき時が来たら……躊躇《ためら》わないで欲しい」

使いたくないのなら、それでいい。でも使うべき時が来たのなら、使って欲しい。

その為《ため》に俺が出来ることは、ただ律花《りっか》を愛し続けることだ。

もし律花《りっか》が多少の愛を失ったところで、何の問題もないと思ってもらうことだ。

律花《りっか》はふいっと俺から顔を逸《そ》らす。なるほどこれは──照れているな。

「約束は、一応するけど。でも、こ、こうなっちゃうから、言いたくなかったの……」

「こうなる？」

「止まらなくなるでしょ、色々と……お互いさ……」

〜

「そうか？　まあ……人間は車と違うもんな」

とっくに信号は青だ。後ろに車があればクラクションを鳴らされていただろう。

俺はゆっくりとアクセルを踏んだ。前を見て、しかし届くよう囁《ささや》く。

言葉にしなくてもきっと伝わるが、それでも言葉にしておきたかったから。

「律花《りっか》。愛してる」

「……わたしも、愛してる」

『お熱いですにゃあ。やれや――』

「にゃん吉のことも！　愛してるぞ!!」

『ふにゃっ!?』

「きゅ、急にどうしたの!?」

「いや、なんとなく」

一つだけ訂正しておくか。俺の愛は、俺と律花《りっか》と、家族……にゃん吉まで含めておく。

俺は、そうして広がってゆくものだと思うんだよな。普通、愛って、風みたいに。

《エピローグ》

11月12日。俺と律花《りっか》の結婚記念日。

なんと俺は……昼過ぎに起きた。予定は色々詰まっていたが、全部キャンセル。理由は俺がもうボロボロだったからだ。身体《からだ》は青痣《あおあざ》だらけで痛むし、疲労でフラフラだったし、そもそも昨日家に帰って最初にやったことがぶっ壊れた扉の修理（管理人に死ぬほど怒られるだろう）と、割れた窓ガラスの修繕（段ボールを貼り付けた）だったのだ。

今更になって俺は律花《りっか》と、今度健剛《けんご》に会ったら数発ぶっ叩《たた》こうと誓い合った。

「ごめんな……。やりたいこと結構あったのに……」

「いやいや、いいよ……。わたしも全身筋肉痛でひぃひぃだから……」

爺《じい》さん婆《ばあ》さんの会話みたいだった。俺達はソファに並んでぐったりとしている。にゃん吉もあれはあれで疲れたのか、日向《ひなた》ぼっこしながらウトウトしていた。

「お昼ごはん、どうしよっか～」

「このまま家で腐るのもアレだし、ちょっとコンビニまで出掛けよう」

「賛成～」

というわけで、二人で近所のコンビニへ行くことにした。

「いらっしゃいませ……」

コンビニに入ると、声は小さく身体《からだ》だけデカい店員が出迎えてくれた。

……っていうか健剛《けんご》だった。

「お、お前！　何で⁉」

「おっきい人！　弁償！　弁償！」

「…………」

ばつが悪いのだろう。健剛《けんご》は露骨に目を逸《そ》らしている。

今はレジに立っているが、隣では同じ先輩店員であろう金髪の人が監視していた。

「いや……叔父貴にここでバイトしろって言われて……。今日いきなり研修……」

「ダメっスよ獅子鞍《ししくら》さん。仕事中にお客様と私語は」

「すみません、店長……」

(店長なのか……)

明らかに俺や健剛《けんご》よりも年下に見えるが……。俺はまだそういう経験がないが、自分より歳《とし》の若い人が上司に居るって、結構居たたまれない気がする。

にしても部長はやたらと動きが早いな。昨日の今日だぞ。

俺が縮こまっている健剛《けんご》に目新しさを覚えていると、律花《りつか》がカゴに商品をガサガサと入れて、健剛《けんご》の前にドサッと置いた。

「肉まんとピザまんとあんまんください。それとからあげさんのレッドペッパー味」

「えーっと……」

「あ、やっぱりピザまんをねぎ塩肉まんに変更して、あんまんは二個で、からあげさんはレッドペッパー味にもう一つブラックペッパー味も追加で、あ、ポイントカードもあるので、端数《はすう》はまずポイントで処理してから残りを電子マネーでお支払いします」

「えええええーっと……」

「早くしてくれません？」

「めちゃくちゃ嫌がらせしとる……」

研修初日、それも恐らく数時間ぐらいしか経《た》っていない店員にする仕打ちではない。が、これは律花《りつか》なりの『数発ぶっ叩《たた》く』なのだろう。ならしゃあない。

青ざめてあっぷあっぷしている状態の健剛《けんご》は、横から店長さんに教えられているものの、あまり内容が頭に入っていないように見えた。

「最初ってマジでどうすればいいか分からないよな、業務ってさ。気持ちは分かるぞ」

「でもお客様にそんなのは関係ないしぃ」

「あまり無茶を要求するな、《白魔《ハクマ》》……！」

「ダメっスよ獅子鞍《ししくら》さん、客のことを睨《にら》むのは。スマイルスマイル」

「すみません、店長……」

ほとんど店長さんが処理したようなものだが、律花《りっか》はレジ袋を持ってレジ前から立《た》ち退《の》いた。必要なものは律花《りっか》が買ったから、俺は缶コーヒー一本だけを持ってレジに並ぶ。

「もう辛《つら》いだろ」

「……もう辛《つら》い……」

「獅子鞍《ししくら》さん「すみません、店長」ダメっスよ。謝ったらOKじゃなくて、改善していかないと無意味なんスわ。厳しくしてくれって言われてるんで、厳しくいきますからね」

「はい……」

健剛《けんご》のことを考えると、あまり長居するのも良くなさそうだ。俺はお釣りが出ないように代金を支払って、ひらりと健剛《けんご》に手を振った。

「今度、また飯でも行こう。いい店知ってるんだ。……頑張れよ」

学習したのか、健剛《けんご》は敬礼のポーズだけして返した。まあ「変なポーズするな」とまた怒られていたのだが……あれはわざと厳しくしごかれているな。部長の差し金だろうか。

「全然元気そうだったね。あれだけろうくんにボッコボコにされたのに」

「元々タフだしな、健剛《けんご》は」

精神的にはあまりタフではないかもしれないけど。まあ、それはこっちだって同じだ。

結構家からも近いコンビニだし、たまに冷やかしに行ってやろうと思った。

「すみませーん。お荷物なんですけど、かなり大きいので――」

「あー、いっすよ。今丁度ドア外れるんで」

「え？　え？」

夕方前に、宅配便が届いた。それもかなり大型の荷物で、律花《りつか》は困惑している。幸か不幸か、現在玄関のドアはガタガタのセキュリティ壊滅状態なので、俺はもう一度ドアを外して荷物を空き部屋まで運んでもらった。

「ま、待って、ろうくん。これなに……？」

「え？　ダブルベッド」

「ダブルベッド⁉　なにそれ聞いてないよ⁉」

「言ってないからな」

この前――律花《りつか》と一緒に金物屋へ行った日だ。カーテンを見繕っていた律花《りつか》の隙を縫って、俺はこのダブルベッドを購入していた。当たり前だが律花《りつか》には相談していない。

かねてから進めていた俺のプラン……『(そのうち童貞を捨てる為《ため》に) 律花《りつか》と一歩ずつ距離をもっと縮めていこう作戦』のフィナーレは、このダブルベッドの到着である。

「律花《りつか》。今晩から二人で一緒に寝よう」

「……へ？」

勢いで直球を投げた。結果としては死球寸前かもしれないが、まあいい。

この為《ため》だけに、俺は物置となっている空き部屋をわざわざ掃除していたからな。

物置ではなく、二人の寝室として使う為《ため》だけに。

「ちょ、ちょっと待ってよ。今使ってるおふとんとかは……？」

「それはそれで使えるだろ。ほら、お義兄《にい》さんが来た時とかに来客用として使うとか」

「そもそも、まだなにも『いいよ！』とか返してないんだけど……？」

「でも買っちゃったしなぁ」

「……この日のために前から準備してたの？」

「うん」

特に何の臆面もなく答える。律花《りっか》は呆《あき》れているというか、『マジかこいつ』みたいな顔をしている……ものの、俺はある意味純粋な瞳で律花《りっか》を見つめた。子供心の発揮とも言える。

「はあ……。結婚記念日だもんね～……」

「ってことは――」

「明日からなら……いいよ。今日はちょっと、心の準備があるので……」

「全然いい！　マジでマジで！　よし!!」

めちゃくちゃガッツポーズしてしまった。律花《りっか》は今度こそ俺に引いている。

「そんなに一緒に寝たかったんだ……。なんか、色々ごめんね……」

「いや、気にしなくていい。あー、何か打撲とか全部治ったわ」

「そんなばかな」

というわけで今日は結婚記念日ながら、特に何もなかった。

しかし俺からすれば、偉大なる一歩が約束された一日でもある。

ウキウキしながら、俺はダブルベッドの設置に取り掛かった——

*

「企画は全部クソボツや。練り直さんかい」

「——だ、そうだ」

「ええ……」

翌日、俺は出社して早々に別室へ呼び出されると、おかんむりなお義兄《にい》さんにそんなことを告げられた。隣に居る部長も諦めたような表情である。

「そもそも普通なら、会議ほっぽり出して嫁ンとこ行くって懲罰モンやろ？　ボクが寛大な処置を求めたからこそ、こうしてジブンは普通に出社出来とるんやぞ、義弟！」

「同じように会議をほっぽり出して妹の所へ行った中核人物が居ましたがね。なのでウチの犀《さい》川《がわ》だけを責めるのは筋違いというものでしょう」

「言うやんけ～！　このハゲ～!!」

「私はハゲていませんが」

「ははは……」

全部練り直しという事実が重すぎて、俺は乾いた笑いしか出なかった。突っぱねる側はホントこういう時に羨ましくなる。こちらのことなんて何も考えてないんだろうな……。

お義兄《にい》さんは部長の皮肉にケラケラ笑いながら、背筋を一つ伸ばす。

「――ま、個人的には予想以上や。ボクはてっきり、義弟に何もやらせんと周りが勝手に進めるとばっかり思っとったからな。普通の企業ならそうしとる。つまりこの会社はアホやで。何の実績もないヒラに、ホンマに色々責任持たせてやらせてんねんから」

「随分な言い種《ぐさ》ですね。犀川《さいがわ》、言ってやれ」

部長が顎で俺をお義兄《にい》さん方《がた》へとしゃくる。何を言うべきなのか迷ったが、しかしもう頭の中は仕事の煙で満たされている。となれば、言うことは最初から一つだ。

「これは――俺の戦いですから」

「ハァ？　何を痛々しい中学生みたいなこと言うとんねん」

「ここは『頑張ります』と言うところだろう」

「ちょっ……！　ひでえなもう!!　俺もう仕事に戻っていいすか!?」

割と気に入ってるんだぞ、このフレーズ。大袈裟《おおげさ》かもしれないが、今の俺にとって一番の戦いはこのプロジェクトなのだから。俺の反応を見て、二人はニヤニヤと笑う。

「あー、おもろ。ほなボクはボチボチ行きますわ。他にも仕事ありますねん」

「ええ、ご足労頂きありがとうございました。基本会議日以外には来ないで下さい」

「ホンマこのおっさんバリ言いおるやん～！　好きやわ～！」

お義兄《にい》さんが部屋を出て行こうとする。すれ違いざまに、俺の肩にぽんと手を置いた。

「──気張りや。ボクはアホの方が好きやし」

「……はい！」

「あ、そや。ボクの家族に酷《ひど》いことしたらこの三流会社潰したるからな！　ほな！」

最後にやたら恐ろしいことを言って、お義兄《にい》さんは去っていった。この人なら物理的にも業務的にも弊社をぶっ潰せるだろうから、シャレにならない気がする。

「って、この会社が律花《りつか》に酷《ひど》いことするわけないですけどね……」

「何を言っている。あれはお前のことだろう、狼士《ろうし》」

「え？　何で俺？」

「やれやれ……まあいい。狼士《ろうし》、仕事に戻る前に健剛《けんご》の件で話がある」

「そうだ、俺もそのことで話があるんですよ。あいつ、コンビニでバイトしてましたけど」

「見たのか。なら話は早い。今後も奴《やつ》と付き合ってくれるか？　無論、無理にとは──」

「いっすよ」

「返答が早いな……」

やや部長が困惑していた。一応、自分達への被害だけで見たら、健剛《けんご》は我が家をあちこちぶっ壊し、律花《りっか》を拐い、俺にも手傷を負わせるという暴れん坊っぷりだ。十年振りの再会にしてはあまりにもやんちゃと言える。部長的には俺が許さないと思ったのだろう。

「友達なんで。頼まれるまでもないっす」

「……そうか。本当に、変わるものだな。お前も健剛《けんご》も」

「あー、確かに健剛《けんご》は昔と全然違いますよね。十年で何があったんだか」

「健剛《けんご》はお前に、お前は健剛《けんご》に似た。俺から見ればそうとしか思えん」

「いやいや、節穴っすね部長の目は」

「やかましい。話は終わりだ、業務に戻れ、狼士《ろうし》——戦いの時間だ」

「了解！」

席に戻ると、机の上にコーヒーが置かれていた。誰が淹《い》れたかは、考えるまでもない。

「ありがとう、生駒《いこま》さん」

「あの、せんぱい。今の呼び出しって……あれですよね。前の会議の……ごめんなさい！　あたし、ちゃんとやったつもりだったんですけど、やっぱり至らないところがたくさん——」

「あ、違う違う。そんな違わなくもないけど、ともかく大丈夫だよ」

申し訳無さそうにして、生駒《いこま》さんが頭を下げている。が、彼女に頭を下げるべきは俺の方だ。それとなく部長から会議の状況は聞いたが、生駒《いこま》さんは代理とは思えないぐらいにきちんと司会進行を果たしてくれたという。この子が居なければ、俺の立場はもっと悪くなっていた。

「本当に助かったよ。君が居てくれて良かった」

「あ——……はい。えと、その、嬉《うれ》しいです」

「俺の方はもう問題ないからさ、また今日からよろしく。丁度今、先方から全部練り直しって言われたところだから……」

「げ。マジですか」

「マジなんだよなぁ、これが」

一つくらいは通ると思っていたのか、生駒《いこま》さんもショックを受けている。とはいえ、お義兄《にい》さん本人が直々に却下したのだ。俺達はそこに文句を言えず、またやり直していくしかない。

「せんぱい、怪我《けが》されてますよね？　辛《つら》かったら言ってくださいね？」

「あれ、分かる？」

「はい。いつもと動きが違いますし」

「そうなの……？　これはちょっとまあ、転んだというか……」

身体《からだ》は確かにまだ痛むものの、日常生活動作に影響は出ていない。痣《あざ》はスーツを着ていれば見えないから、あくまで普通に振る舞っているつもりだったのだが、生駒《いこま》さんの観察眼は思ったよりも鋭いのかもしれない。

一応、身内の不幸で通しているので、怪我《けが》云々《うんぬん》はあまり掘り下げられたくない。

というわけで俺は話を少し逸《そ》らすことにした。

「そうだ。生駒《いこま》さんにお礼したいんだけど、何がいい？　なるべく叶《かな》えるよ」

「んー、じゃあ金銀財宝ですかね！」

「おい」

「冗談です。えっと、何でもいいんですか？」

「何でもってわけじゃないけど、常識の範囲なら何でもいいよ。ほら、結構並ぶスイーツ店とかでも全然並んで買って――」

「ならせんぱい、今度一緒にごはん行きませんか？」

生駒《いこま》さんがにこりと笑いながらそう提案してくる。

何故《なぜ》だろうか。別に、普通の会話のはずなのだが、俺の背筋が少しだけぞくりとした。戦闘中に、相手の攻撃が来ると察知したら、似たような感覚に陥ったことがある……。

「飯かぁ。じゃあ奢《おご》るよ。今日の昼でいい？」

「いいえ、晩ごはんの方がいいです」

「え？　夜？」

「はい。飲み会ってことで」

「ああ、なるほど。だったら大鷹《おおたか》達も――」

「お礼は、あたしにだけしてくれるんでしょう？　それなら二人で行くべきでは？」

にこりと生駒《いこま》さんは微笑《ほほえ》んでいる。律花《りっか》にも似たようなことをされたことがある。無言ではなく、笑顔の圧力というものだ。俺は有無も言えず、承諾するしかなかった。

（単にお礼をするだけで、別に昼でも夜でも変わりはしない……よな？）

「よーし、がぜんやる気が出てきました！　お仕事がんばりましょうね、先輩！」

「そ、そうだね。頑張ろうか――」

本当に、お礼をするだけなのだが――俺はどういうわけか、彼女の笑顔から、また妙なトラブルが起こる波のようなものを感じたのであった。

＊

家に帰り、二人で晩飯を食べて、テレビを観《み》て、風呂《ふろ》に入って、明日の準備をして……そうしていよいよ、この時が来た。

「にゃん吉。ベッドに来るなよ」

『これがいわゆる「フリ」かにゃ？』

「いや違うっつーの。今日だけは駄目だ」

『別に、わがはいがどこで眠ろうがわがはいの自由にゃ。まあ……わがはいは空気をちゃんと読めるクレバーな猫だし？　今日は遠慮しといてやるにゃ』

「クレバーではあるけど空気は……いやいいか。今度また猫缶をこっそりやるよ」

にゃん吉の妨害という不確定要素も排除した。これで正真正銘、寝室には俺と律花《りっか》だけの空間が形成される。俺は水を一杯飲んでから、寝室へと向かう。律花《りっか》は既に待っている。

「お、お邪魔します……」

「あっ、どうぞ……」

お互い死ぬほど他人行儀になった。ああ、俺の枕と律花《りっか》の枕が横に並んでいるぞ。そんなことが許されていいのか？　許されていいんだよな。ダブルベッドだから。最高じゃないか。

部屋は薄暗く、間接照明だけが照らしている。律花《りっか》はベッドの縁に腰掛けて、所在なさげに視線を右往左往していた。ここは夫として、どっかり構えるべきだよな。

「律《りっ》――」

「あ、あのね！　先にその、話を聞いて欲しいの」

「あっ、はい」

とりあえず律花《りっか》の隣に俺も座る。す、と律花《りっか》が片手を重ねてくれた。

これは……。もう行くんじゃないか？　行けるところまで。あるんじゃないか？

「変だったよね。ずっとこーゆーの、避けてたの。夫婦なのに……ごめんね」

「前も言ったけど、気にしてないって。今こうやって、一緒のベッドで寝られるわけだし。それで、話って何なんだ？」

「うん……その、ろうくんってさ。わたしの……知ってる？」

「え？」

聞き取れなかった。ごにょごにょと律花《りっか》が口の中で言葉を甘噛《あまが》みしている。間接照明のせいで正確には分からないが、多分今耳まで真っ赤になっているだろう。

「だから、その……場所」

「場所？」

「あ、痣《あざ》の場所！　知ってる⁉　知らないでしょ⁉　だって言ってないもん‼」

「痣《あざ》……って、《祝福《ブレス》》の？」

異能力者である律花《りっか》達《痣持ち《ブルーズ》》は、身体《からだ》のどこかにその証明となる羽根形の痣《あざ》がある。

それは俺もよく知るところだが、しかし律花《りっか》の言う通り、俺は律花《りっか》の身体《からだ》のどこにその痣《あざ》があるかは全く知らない。お義兄《にい》さんは腕だったが、じゃあ律花《りっか》も腕――ではないな。

これまでの服装を見る限り、一般的に肌が露出する部分に痣《あざ》はなかったからだ。

「おへそ……」

「ヘソ？　ああ、ヘソに痣《あざ》があるのか」

なるほど。謎が解けた。それを見られるのが恥ずかしかったんだな。

「俺は別に、どこに痣《あざ》があっても――」

「の下……」

「ん……？」

「おまたの……ちょっと上くらい……なんだけど……」

「……」

そこは、何ていうか――だいぶデリケートなゾーンだった。いやでも、律花《りっか》は恥を忍んで今それをカミングアウトしている。なら俺も恥を捨てるべきだろう。

「見たい」

「え？」

「見たい　痣《あざ》」

「ちょっ、ちょっと！　これすっごい恥ずかしいの！　だからろうくんにも、えっと、裸を見せたくなかったの！　気にしてるんだからね⁉」

律花《りっか》が己の枕で思いっ切り俺の顔を叩《たた》いた。すげえいい匂いがする。俺の枕って何らかの細胞が腐ったかのようなニオイがするのに何でだろうか。

俺にとっては『そうなのか』で終わるような話でも、律花《りっか》にとっては身体《からだ》のコンプレックスの一つなのだ。見たいのは事実ではあるが、でもここで押すわけにはいかない。

「話してくれてありがとう、律花《りっか》」

「う、うん。えっと、その、近いうちに、見てもらう……と、思う」

「楽しみだなぁ」

「や、やめてよそういうの！　ろうくんのヘンタイ！」

「言うほど変態か？」

諸説分かれるところだと思う。恐らくは男女で。

律花《りっか》はまだまだ茹《ゆ》で上げたように真っ赤だが、更にもう一つ秘密を話してくれた。

「あとね、もう一つ……ろうくんに言ってないことがあって」

「何でも聞くよ。律花《りっか》のことなら」

「ありがと。えと、その……えっちなことについて、なんだけど」

「…………」

ベッドの上で正座しておいた。一言一句聞き逃すつもりはない。

律花《りっか》は顔をしかめたが、俺の真剣な面構《つらがま》えを見て、何か言うことをやめた。

「わたしがそーゆーの苦手なのは……知ってるでしょ？」

「ああ。そりゃまあ」

「あれの理由……なんだけど」

「うん」

「む、昔ね。まだ中学入ったくらいの頃だったかな。夜、たまたまお兄ちゃんの部屋に行ったら、その……お兄ちゃんが、観《み》てたの。裸で、えっちな……ビデオ」

「……どんな？」

「教えない……。でも芳乃《よしの》に言ったら、『それだいぶエグめのやつ』って言ってた……」

「へー……」

「それが、トラウマで……。どうしても、抵抗が今まで――」

「すまん、律花《りっか》。ちょっとだけ待ってくれ」

なるほどなぁ。謎がすげえ解けたわ。律花《りっか》のトラウマの原因は……なるほどなぁ。

俺は寝室を出て、スマホを連打してお義兄《にい》さんに電話した。

『どないしたん？　こんな夜遅――』

「殺すぞ!!!」


『何やいきなりオドr』

通話を切って電源も切った。ありったけの怒りをぶつけておいた。一体あの性欲粘土男がどんなビデオを観《み》ていたのかは知りたくもないが、それで律花《りっか》にトラウマを植え付けているのならば世話ない。っつーか思っクソお義兄《にい》さんが原因じゃねえか。律花《りっか》があぁなった理由は『サッパリ分からん』とか言ってたよな確か？　クソが……。

この怒りは後日仕事でお義兄《にい》さんに直接ぶつけるとして、俺は寝室へと戻る。

「ごめん、お待たせ」

「お兄ちゃんに怒ったでしょ……」

「いや全然」

「まあいいけど……。えと、だからこんなくだらないことで、今まで――」

「くだらなくないさ。ちゃんと話してくれたし、それに前へ進もうとしてくれてる」

そういう秘密や過去が、今の律花《りっか》を形成しているのなら。肯定はしても、否定は出来まい。

俺はベッドに寝転んで、少し伸びをした。歩くペースなんて、人それぞれだ。律花《りっか》がゆっくりなら、俺もそれに合わせてゆっくり歩こう。そのリズムを、楽しめるくらいには。

「……ねえ、ろうくん」

「ん？」

「あともう一つだけ、あるんだけど……これは、明日の朝話すね。今言うと、ちょっとアレだろうから……。その、お兄ちゃんのことを知ってるなら、分かる気もするけど……」

「そっか。律花《りっか》が話したいタイミングでいいよ。特に思い当たる部分もないし」

「隠し事が多い妻で申し訳ない……」

「大した量じゃないさ。俺も律花《りっか》に言ってないことあるし」

「え？　なに？　教えて」

「……また今度な」

「えーっ！　ずるい！　……もうっ」

律花《りっか》も横になって、二人で天井を見上げる。布団《ふとん》の中で、俺達はどちらからともなくお互いの手を探って、重ねた。今はこれだけでも、心地がいい。

「おやすみ、ろうくん。また明日ね」

「ああ。おやすみ、律花《りっか》。また明日」

今日も、明日も、その先もずっと。

俺は律花《りっか》と、おはようとおやすみを繰り返していこう。

いつか年老いて、二人死に別れる日が来るまで、ずっと。

夫婦《おれたち》の物語に、終わりはない。

《了》

◉有象利路著作リスト

「ぼくたちの青春は覇権を取れない。―昇陽高校アニメーション研究部・活動録―」（電撃文庫）
「君が、仲間を殺した数 ―魔塔に挑む者たちの咎―」（同）
「君が、仲間を殺した数Ⅱ ―魔塔に挑む者たちの痕《きず》―」（同）
「賢勇者シコルスキ・ジーライフの大いなる探求 ～愛弟子サヨナのわくわく冒険ランド～」（同）
「賢勇者シコルスキ・ジーライフの大いなる探求 痛 ～愛弟子サヨナと今回はこのくらいで勘弁しといたるわ～」（同）
「賢勇者シコルスキ・ジーライフの大いなる探求 擦 ～愛弟子サヨナはぷにぷに天国DX仕様～」（同）
「サキュバスとニート～やらないふたり～」（同）
「サキュバスとニート～くえないふたり～」（同）
「組織の宿敵と結婚したらめちゃ甘い」（同）

本書に対するご意見、ご感想をお寄せください。

ファンレターあて先
〒102-8177　東京都千代田区富士見2-13-3
電撃文庫編集部
「有象利路先生」係
「林けゐ先生」係

本書は書き下ろしです。

電撃文庫

組織《そしき》の宿敵《しゅくてき》と結婚《けっこん》したらめちゃ甘《あま》い

有象利路《うぞうとしみち》

2023年10月10日　初版発行
2024年12月10日　4版発行

発行者　山下直久
発行　株式会社KADOKAWA
〒102-8177　東京都千代田区富士見 2-13-3
0570-002-301（ナビダイヤル）

装丁者　荻窪裕司（META＋MANIERA）
印刷　株式会社 KADOKAWA
製本　株式会社 KADOKAWA

ISBN978-4-04-915073-5　C0193　Printed in Japan

電撃文庫　https://dengekibunko.jp/